未來事务管理局 | NEXT 未来文库

一座尘埃

万象峰年科幻小说集

万象峰年◎著

航空工业出版社

内 容 提 要

《一座尘埃》是万象峰年个人作品集，收录万象峰年获奖作品，其作品特色在于创造全新世界场景及运行规则，并具有强烈视觉冲击想象力。全书包含7篇故事，内容混合现实、奇观、情感，给读者带来新奇事物的感官体验，类型丰富、情感充沛，给读者构建了一个别样世界。以《点亮时间的人》为代表作品，文章讲述宇宙灾变让时间停止，人类造出灯一样的机器，研究员利用灯穿行于停滞世界，寻找合适人选，试图延续文明。但是人性的恶开始暴露，幸存者们抢夺灯来支配时间。

图书在版编目（CIP）数据

一座尘埃 / 万象峰年著. -- 北京 : 航空工业出版社, 2021.6

(NEXT 科幻书系)

ISBN 978-7-5165-2540-1

Ⅰ. ①一… Ⅱ. ①万… Ⅲ. ①幻想小说－小说集－中国－当代 Ⅳ. ①I247.7

中国版本图书馆 CIP 数据核字 (2021) 第 075938 号

一座尘埃

Yizuo Chenai

航空工业出版社出版发行

（北京市朝阳区京顺路 5 号曙光大厦 C 座四层　100028）

发行部电话：010-85672688　010-85672689

三河市双升印务有限公司印刷　　全国各地新华书店经售

2021 年 6 月第 1 版　　2021 年 6 月第 1 次印刷

开本：880×1230　1/32　　字数：225 千字

印张：10.25　　定价：45.00 元

中国科幻的“NEXT”希望在哪里

韩 松

中国的科幻正处于一个重要的转折关口。一方面，它在中国各界和国际上引起越来越大的关注；另一方面，它也面临如何承前启后、推陈出新的迫切问题。

科幻是文学大花园里的一支。但最近看到很多年度文学荐书排行榜上都没有科幻。包括类型文学优秀图书，也没有科幻，至少没有我们认为的那些优秀的核心科幻。这与科幻的热度不符，也一定程度上让人感到是否创作有些乏力？科幻创作中抄袭现象虽是个例，但也敲响了警钟。

大量的科幻图书涌现，数量逐年增长，但是一些出版社却反映销售不好。我接触到了一些读者，发现他们对于科幻的了解，仍仅限于《三体》。这让人认识到科幻仍然是小众。而随着微信、短视频和游戏市场的扩大，更多受众还会被分化。

国内的科幻活动越来越多、越来越热闹华丽，科幻奖也已有十几个、最高奖金达百万元人民币，但期待中的精品还是较少。《三体》问世十年后，就再没有产生这样的轰动作品。这是否是一种能被接受的常态化呢？毕竟世界范围内也没有出现“三体现象”。但这仍然不能阻止我们对精品的追求。我看到有读者给我留言：“斗胆说一句，科幻作品虽然越来越多，但总觉得令人惊艳、拥有瑰丽世界观的仍然是不够。”

国内创作之外，近年译作的增加也十分迅猛。我们的科幻，从生成到发展，都一直受着国外的影响，特别是不少灵感来自美国这个科幻大本营。我觉得中国科幻仍然需要潜心向世界学习。但是译作现在有些鱼龙混杂，有些译作的质量仍需要提高。另外国际环境的变化也给引进工作带来了影响。

被寄予很高期待的科幻电影，自《流浪地球》后也在不断努力，但是距离受众的愿望还有明显的距离，实践或许正在证明，科幻电影终究是最难的一件事情。急功近利蹭热点的几乎都很难成功。

许多地方在搞科幻产业化，不少资本涌入科幻圈，但从打雷到下雨，再到怎么能有更大的雨下，仍在探索。科幻产业园区到底怎么打造？科幻究竟是不是人民生活的刚需品？科幻产业的投入怎样才能创造出应有效益？这些都还需要用事实来回答。

中国科幻从晚清诞生至今，发展了一百多年，它的源头还在于文学的创作，在于作家们精益求精的写作。

正是在这个时候，未来事务管理局与博峰文化合作推出了“NEXT”科幻作家个人作品集系列。“NEXT”就是“下一代”的意思。故名思义，它精选了未来局十余位年轻签约科幻作者的作品，这些作者有较强的个人风格和特色，也在一定程度上反映了中国科幻创作未来努力方向，正是着意于承前启后、推陈出新。

作为国内科幻文化的推动者，未来事务管理局不仅与国内最优秀的科幻作家有着长期合作的关系，也一向重视对年轻科幻新秀的培养。在成立发展的几年里，未来局不断从各类科幻征文比赛、平台投稿及自创的科幻写作营课堂中寻找、筛选和指导最有潜力的年轻科幻作者，帮助他们创作出具有时代感、能被当下读者欢迎的科幻作品。这些作者近年来取得了众多的成绩，积累了相当数量的科幻作品，并收获了多种科幻奖项、广大读者和评论界的好评。这套丛书的出版，就是对这个现象的总结。

这些作者，最大的一九八二年出生，最小的一九九五年出生。这两个时间点让我很是感慨。我正是在一九八二年开始科幻创作的，那年在《红岩少年报》上发表了我的第一篇科幻小说《熊猫宇宇》，而一九九五年我在《科幻世界》上发表短篇小说《没有答案的航程》并获得了银河奖。

那个时候的科幻创作、发表和出版都还是比较艰难的，我和其他不少作者，更多是怀着对科幻的满腔热爱，只是不停地学习，埋头不断地写，而较少考虑能否发表和出版。这样坚持下来才积累了一定量的作品，也逐渐形成了自己的风格和特色。

我读了“NEXT”作者的作品，好像又看到我以前的样子。我感到他们很有才华和天赋，他们的创作是美好而杰出的，更重要的是，从他们的字里行间，能感受到对于科幻的无比热爱，并由此创造出了与众不同的科幻意象。我觉得，写科幻就是要按照自己喜欢的感觉和方式去写。首先只有能被自己接受、能够打动自己、自己觉得写得舒服的，才有可能是好的作品。从这个意义上，这些年轻人的作品，可以说反映了科幻的初心。

新时代的中国科幻还需要更多的时间来沉淀。但保持初心无疑是它当前最重要的追求之一。我希望能有更多的年轻作者，能够不凑一时热闹而更多地学习，能够找点时间去甘于边缘化，能够安安静静地坚持纯正的科幻写作，能够不自我设限地作天马行空的自由想象，用以表达自己的真情实感和对宇宙人生的认真思考。这就是中国科幻“NEXT”的希望。

在世界的大树下

万象峰年

这本集子是 2020 年之前我的主要作品合集。从大学毕业的那一年起，大概横跨十三年的跨度，2020 年，对于世界和我来说都是一个重大的时间转折点，所以这本集子可以作为我写作的第一个大阶段的总结。

写作是这么一回事：当你以此为生，它就成了世界，世界也成了它。写作帮助我改变了看世界和看自己的方式，终于有一天我发现，我坐在了世界的大树下，每一个问题，在这棵大树上都会生出若干个分岔的枝条，大树远比我要表达的更广大。它在微风中摇晃着枝条，时不时对我发出提问：你想爬上哪根枝条呢?

你想要表达什么样的美？像你曾经被科幻震撼到的那种美吗？就像一个新的世界突然展开？当然，这种美已经在你的心里生根发芽了，你会一直追寻这种美。细腻婉转、需要生命里的每一个时刻来雕琢的美呢？它就像砌进世界的汉白玉石材一样，它既是一种诱惑，又常常超越了你的耐心。更让人熟悉更易于接近的美呢？它能安抚疲惫的人，但是它足以安抚你自己吗。那种更难触摸更难表达的美呢？它会引导你走到险峰奇境，但是它也隐隐让你担忧，文字的力量会不会遮盖了真实本身的力量。

你写的东西有没有价值呢？对于你自己来说，你一直相信它们是你最大的财富，但是你无法用一无所有的现在去向谁证明这一点。当你不能向谁证明的时候，你也渐渐不能向自己证明了。对于世界来说，你反倒无需证明什么，就算它们是被埋葬的煤炭，它们的埋葬也会是投入炉中燃烧的献祭。对于其他人呢？它们为你所爱的人带来骄傲，可生活依旧拮据。但总有那么一刻，文字会闪耀出任何东西都不可代替的力量，会让自己及家人受困于生活中的有限生命得到延伸，会有人想起你写的东西，就像想起你曾经活过一样。

你想走向哪一种对世界的爱呢？对智慧的爱？当然需要。但是你发现，无论是孤高自傲的自己还是想低到泥土里去寻找智慧的自己，都爱着智慧。对他人的爱？那你要小心了，这可能会让你变得冷漠。对爱人的爱？那你也要小心了，这可能让你变得脆弱，陷入情绪的泥潭。也许你正是对世界爱得不那么自然，才需要文字来修饰。

大树说，又回到了最简单的问题，你到底为了什么而写呢？还记得你人生中最初落笔的时刻吗？为了一个表扬、一个分享，为了兴趣相投。在这条路上走着走着，慢慢地就变成了为现实而写，为一些遥远的东西而写，你仿佛跨着大步，想同时迈向两根相反的树枝上去。

当我为了这棵分岔的、充满矛盾的大树发愁的时候，我发现这棵树和我种下的那些树是那么相像。

目　录
Contents

一座尘埃

起先，尘埃在灯光里缓缓飘浮，然后它们摸索着去向。建造世界的词语逐一沉淀下来，发出声响。

“就从这里开始吧！”灯光一侧的黑暗里有一个声音说道，“在这个世界上啊，食物有限又不均衡地分配到不同的人那里。人吃得越多就会长得越高大，没有尽头；越饿就会缩得越小，虽然乏力但不至饿死，只会不断小下去。于是有些人就会小到看不见，既没有什么用处，也带不来什么麻烦，有些人则会如同山脉般高大，他们踩上一脚就能改变世界。”富翁靠在床上儿子的身边，正要给他讲睡前故事。今天的故事会有些特别。

“可是，我没有见过比你更大的人，也没有见过比我更小的人。”小男孩说道。

“那是因为你一直生活在我们的庄园里。我，还有佣人们，都是为了你停留在这个体型的；你的玩具是为了你设计成这个大小的。你会看见的，随着你的长大，你会看见越来越多的人。”富翁拿过儿子手上的八音盒，拧动发条让它转出清脆的音乐来。

小男孩摸向爸爸的胡子，好像在照顾一丛森林一样：“你会变成很大的人吗？”

富翁狡黠地一笑：“爸爸必须去到大人的世界，才能做大事情呀。”

小男孩撇了撇嘴。“我也会越长越大吗？”他又问。

“会的，你要快快长大，追赶上爸爸。”

小男孩仰看着爸爸的脸，心里不愿意长大，又不舍得爸爸。

“那么，你要听大人的故事还是小人的故事？”富翁拍了拍一本厚厚的新故事书。

“听……小人的故事。”

“小人的故事很少，或者大多数没有流传到我们这里。大人的故事则有些单调。我想我能找到几篇……”

“我改主意了！我要听大人和小人一起的故事。”小男孩在床上扑腾着嚷道。

富翁皱起眉头，掩藏着嘴角的笑意，故作为难地翻开故事书的目录。“这可要花时间仔细找找。”

在这个无端生长的世界里，有人像柱子一样把天撑高，有人转身后像尘埃一样消失。

——云游诗人般颂《世间的距离》三英寸版

记者是平常人口中所说的那种典型的“中人”——中等个头，中等收入，中等食量，像一根钉子一样稳稳地钉在这个阶层。他的皮肤因为常年的外出调查工作被晒成褐色，让他看起来像个探险家。但是他和探险这种事八竿子打不着，他从不触及超出自己尺度的领域。他称这为“中等的眼界”。这是他得以在中人世界站稳脚跟的诀窍。现在他看着面前这个妄图引诱他脱离轨道的人，盘算着怎么打发他走。

对方在这个中人喜欢光顾的餐厅坐到记者的对面，点了一盘限量标准中最大分量的土豆牛肉。来人是和记者一样的中等个头的人，稍微上了年纪但精神很好，头发花白发亮，背微驼，穿一身定制的西装，和这个油腻老旧的餐厅格格不入。这人自称是那个全球闻名的富翁手下的主管。

“佛比先生的很多业务涉及中人，所以他让我停留在这个大小。”主管礼貌地摘下帽子放在桌子的一角。解释完后，他又表达了对适时做出改变的肯定：“我还挺想到别的尺度去看看的。”

就算他不解释，记者也不会认为他是一个骗子。以记者的职业眼光看来，这个人的气质不是一般中人所具有的，他确实有资格去到别的尺度，只不过不是更小的那个世界。

记者耐心地听着主管说话。他得承认这个委托很有意思，但是他的兴趣远远地站在一旁聆听着，等待好奇心被满足后，找一个时机干净利落地切断这场谈话。

主管刚要说出报价的时候，记者打断了他。

“如果你了解我的话，主管阁下，”记者把吃得干干净净的盘子往前一推，做出谈话已经被推到一边的样子。“不不，如果你了解这些中人的话，”他用眼光扫了一眼像朝圣一样来来往往的食客，“你应该知道，没有人会愿意变小。这无关金钱。”

“我了解。如果不是走投无路了，佛比先生不会让我来找您。他觉得您的能力是他的希望。”

该说些什么呢？感激，受宠若惊。但是无论说什么，记者也不会冒这么大风险去给这个大人物希望。能让这个世界上最大的巨人之一发愁的事情，随便落下一粒灰尘就能要了自己的命。记者站起身来，转开半个身子，拿起他的皮质笔记本。

主管的眼睑低垂下来，眼里饱含着忧伤：“我恳请您再考虑一下，为了一个丢失了孩子的父亲，为了少爷……”他的声音哽咽了，“佛比先生当然明白这件事情的价值，所以他愿意让您永远免于变小的恐惧。”

“什么？”就像肌肉有了自己的主意似的，记者不得不转回身来。

“事成之后，在佛比集团的存续期内，佛比先生会永远保障您有足够的食物停留在中人世界。”

这和金钱没有本质的区别，但是用这个说法说出来的条件，让记者无法抗拒。就像一场美梦。

他恍恍惚惚地答应后，主管高兴地大步走出餐馆回去汇报了，留下桌子上的大半盘食物。再一转眼，那盘食物就消失了。

神奇的事情是，当心底的恐惧被驱散后，同情心开始浮上来。记者很想知道，在成年的那一天决定绝食变小的富家少爷，内心的想法是什么。他猜想这绝非是少爷的临时起意，当事人的童年和少年时代的房间往往是藏着最多线索的地方。

富翁立刻同意了，让主管带记者去查看少爷的房间。

房间位于城市郊外的一座大庄园。据说为了确保小少爷绝对安全出生，当时的富翁一家连同佣人都变成了中人。记者循着这个对于中人来说很是宽敞的房间往下看，他能感觉到小少爷是如何被这个世界精心呵护的。盒装的积木，手工定制的玩偶，床头的张贴画，书桌上的照片，书柜上的故事书，绘画本上画着大人和小人的画，一把精致的小提琴。把这些一一翻检过后，记者拉开书桌中间的抽屉，拿起一个被摩擦得掉色锃亮的八音盒。它散发着黄铜的光泽。拧了一圈，八音盒发现清脆的声音，仿佛把房间中的一切都唤醒了。

“少爷小时候最喜欢的玩具。”主管说。

记者合上笔记本，走到门边。门边上画着一列不断长高的身高线。最高的那根线已经差不多有记者那么高了。记者在脑海里勾画着，一个茁壮成长的、叛逆的、敏感的、内心藏着秘密的少年。

“最高的那根线还远远不是少爷最高大的时候。少爷本来可以长到和老爷一样高大的。”主管叹息道。

要长得高大是一个缓慢积累的过程，变小却是很快的事情。要追赶上少爷，就必须争分夺秒。记者开始节食。当饥饿感袭来，身体就会缩小以减少能量的消耗，这时你仿佛能听到身体挤压自己的声音。

记者来到一间钟表铺，交给钟表匠一块铜质的老怀表。

“家里传下来的吧？”钟表匠戴上放大镜看了一眼怀表说，“它走不准了？”

“不，它走得很好，无论是时间缓慢的旧时光，还是狗崽子一样快的现在，它都很尽职。”记者把手肘撑在柜台上说，“我想拜托你把它拆开来，不上螺丝地再装回去。我要带上它。”

“你为什么……啊……”钟表匠若有所思。

他开始埋头用精致的工具拆开怀表，全神贯注。小得几乎看不见的零件被精确摆放好，闪闪发光，等待着被还原。过了一阵子，他把怀表递还给记者。

“你要很小心。”钟表匠小心地托着怀表说。

记者掏出一块手帕，接住怀表，小心地包裹起来。现在怀表已经不走了。

钟表匠抬起眼睛，眼里含着悲伤：“我希望能再见到它。”

记者点点头。

太阳又走了一圈，把阳光投进卧室的窗子。接下来的每天早晨，记者醒来时床都会变大一圈，这似乎是好事，但衣服鞋子变大就不能穿了。幸好富翁预付了他一大笔钱，让他不至像一个过渡者一样穿一双草鞋，穿一身破布。他还雇了一个管家阿姨来打理家务，以及在他不在的日子里照看屋子。换下来的衣服和鞋子被整齐地排列在柜子里面，从大到小，有一天他会把它们从小到大再穿回来。

他从来没有经历过变小，这让他有点忐忑。即使在四年前大饥荒的时候，他也精确规划着食物的分配，扛过了那场萧条。一些认识的人变小后就再也没有回来。他常常会想象更小的世界里人们是怎样生活的，现在终于自己也要走上这一条路了。除了日常的麻烦，首先的感觉是自己变得弱小了，连管家阿姨都比他高出大半个身子，轻易就能把他提起来。世界渐渐变得陌生又难以信任，就连自己的家也不可避免地变成这样。这种感觉就像是，自己还是那个自己，世界被偷偷地替换掉了。小时候他的家里有一顶油毡布做成的帐篷，是爸爸从旧货市场收来的，那是他和猫最喜欢钻进去的小城堡。有一天，爸爸妈妈决定要拿这顶帐篷去卖掉，他们告诉他，这顶帐篷曾经笼罩过一个形如枯柴的巫婆，是不祥之物。他心里有一半知道这是父母的谎言，有一半却无法摆脱那个故事，于是他再也不敢直视那顶帐篷的门帘暗处。他眼睁睁地看着那个家园变得陌生，想不明白是什么夺走了他对世界的熟悉。

家里的柜子高耸上天花板，柜子顶上成了家中他够不到的一处异域。他起床时久久地盯着那里看。突然扑上来的小狗把他吓了一跳。小狗欢快地舔着他的脸，那张舌头几乎要把他的脸包裹起来了。天哪，伊奇什么时候变得这么大了？动物是不会跟人一样改变大小的，他再也不能托着伊奇的胳肢窝把它举在跟前了。他带上伊奇出了门。

在城市的街巷里，伊奇成了他的向导，带给他安全感。它总是像一头狮子走在他旁边，用毛蹭着这座粗糙的城市。他们重新建立了一种奇妙的关系。

一个没有在城市中摸爬滚打过的富家少爷，想要逃走总会留下一些蛛丝马迹，寻找这些痕迹是记者的专长。傍晚时，记者和伊奇来到城市的一座废弃的港口。晚霞铺向海面上的远方，生锈的吊塔像哑巴一样沉默地站在堤坝边。总有人来到这个旧的遗迹寻找新世界。

海风带着寒意。一群灰扑扑的人们簇作一团，等候在一艘铁壳船旁。从他们的口中能够听到一些对目的地的想象。要是在平日，记者以旁观者的身份能够判断，这只不过是自我欺骗罢了。但是现在他加入进来，用这想象取暖。他们正等待夜幕降临。

大多数时候,这些人就被称为“那些人”,少数时候,他们被称为“亚中人”。亚中人的体型相当于中人的一半到三分之一大小。不能维持食物收入平衡的中人，有的选择暂时缩小体型，用节省下来的储蓄渡过难关；有的则是已经破产，不得不谋划另一种活法。无论怎样，他们都脱离了原来的职场和社交圈子。

高出众人一大截的船主拿着撑杆走过来，吆喝大家上船。人们像企鹅一样走上了船。

“狗也要买票。”船主拦住记者说。

记者点了点头。

人们被赶进船板底下的夹层。五六十个亚中人就像变戏法似的装进了这艘看起来不大的渔船里。记者被臭烘烘的人群挤到一个角落，他吐了一口气。偷渡到上城区并不是一个好主意，但这不能阻止总有人前赴后继。这就像口口相传的天神的传说一样，富人留下的残渣就能撑起一个天堂。

马达发动了，船在夜色中离岸。

记者买了一个能在甲板上待着的位置。在甲板上被海风吹拂着，才让他的头脑清醒起来，想起此行的目的是什么。

“你和别人不一样。你去那边干什么？”船主用礁石一样粗哑的嗓音抢先发问道。

“我要找一个人，据说他搭乘过你的船。”

“找人？”船主笑起来，“一个很重要的人？”

“对我的雇主很重要。”

“你是私家侦探？多少钱值得你去干这个？”

记者没有回答他，抛过去一个铜币：“一个富家少爷，瘦削，棕色头发，应该背着一个大行囊……”

“我记得他。”船主打断道，“他两个月前搭乘我的船。没错，正是去往那个方向。”船主眯起一只眼睛望着前方。

“他有具体说要去哪里吗？”

“有说过一些话，但是我这个老家伙要仔细想想才能想起来。”

记者又抛给他一个铜币。

“他往更小的世界去了。”船主回答，“没有具体说，但是他打听了一些情况，我很确定他要去找小人的原住民区。”

“有什么理由吗？”

“我也不理解。听说上城区的小人原住民对外来瓜分资源的人怀着敌意。他一定是疯了才会想要去那种地方。”

“是啊，我也疯了。”

这时一道光柱从海面上扫过来。“趴下！”船主喊道。他把记者和狗盖在油毡布底下。记者想起了小时候的那顶脆弱的帐篷，大气也不敢喘一下。

巡逻艇开过去以后，船主把油毡布掀开：“你不会找到他的。人一旦变小就像盐撒进了海里。”

“谁知道呢？”记者望着墨蓝色的海面，它和远处的城市连在一起，分不清哪里是海岸了。

不知漂荡了多久，上城区终于近在眼前了。这里的楼房差异巨大。巴别塔一样的超级摩天大楼从城市中间拔地而起，直穿云霄，配以宽阔的起重平台和专用车道，那是天神的宫殿。普通的摩天大楼像森林中的老树拱卫着神殿，代代相传。填补在缝隙中的是众多的普通高楼，像森林中的灌木和草丛，这是为城市提供服务的中人的居所。在这之下，那些地衣苔藓的世界，没有人看得到。

“你知道吗？”船主望着上城区的夜景说，“这么多年，我像一个船钉钉在这艘船上，我已经看腻了一样的过客，走腻了这条航线，我以为所有人都是这条轨道上运送过去的废料，他们只有恐惧，没有勇气。但是那个少爷不一样，你也不一样。”

记者感到有点羞愧。“偷渡的活儿也不平常。”他说。

“是从我的父亲那儿接下来的活路，好像这件事就这么合情合理。我想过去寻找别的生计，但……”他耸耸肩。

“远远看上去，夜景很美。能远远地看着也不错。”记者说道。

船主把记者给的一枚铜币用力扔向海里。水面上发出了细小的一声。

“为什么？”记者问。

“有那么片刻，我可以想象我成为了跳出自己的人。”

船靠岸了，船主举起撑杆，把剩下一枚铜币叼在嘴里说道：“看在这个的份儿上，我再忠告你一句吧：适可而止，千万别以为还有回头路。看看这城市，世界上的资源和粮食大多被巨人和大人占有了，中人可以买下一部分，争相生产出世界上的大部分财富。其他更小的人，他们不存在。”

“谢谢你的忠告。”记者拢起大衣，牵上狗。

“看在另一枚铜币的份儿上，我希望你能找到那个少爷，回来告诉我你们的故事。我会把这枚铜币付给你。”

记者微微鞠了个躬。

船主叫船工打开船舨。黑色的偷渡者们涌出来，对着城市压低声音欢呼。他们通过一条窄窄的木板，走上有着巨大排水沟的岸边。人群很快把记者裹进人流中间。

透过人群的缝隙，船主最后的声音念叨着飘来：“唉，有人往，无人回。瞧瞧我，变成了一个冥河摆渡人。”

此时队伍这只长虫的虫头已经走进了城市的背影。

记者在一家接待亚中人的地下旅馆暂时住下来，为下一个尺度作准备。旅馆叫作“觅食者之家”，从一家饭店的后门进去，几间仓库被隔成蜂巢一样的小房间，上下三层，住满了各色人等。虽然不容易，亚中人还是可以找到一些活计，一些不需要操作大型设备的工作，一些中人家庭会雇用他们当佣人，运气好的能用他们的知识找到一份还算体面的办公室工作。

记者变得越来越不想出门，他感觉日常商品和公共设施对正在变小的自己越来越不友好。这种被遗弃的沮丧感缠绕着他，消磨着他的行动力。每天饭店的后厨会偷运出来一些剩饭剩菜，用还算便宜的价格卖给房客们。记者只能要到大得像锅铲一样的勺子吃饭，但是餐盘和里面装的东西却没有相应放大，第一次吃饭的时候他对着这套奇异的餐具手足无措。

记者对面的房间住着一个总是脸色发红的无业男人，是那种不断内耗的血色。每天叫卖的餐车推过走廊的时候，是那个男人的房门唯一会敞开一道口子的时候。他的钱只够买一点点食物，掏钱的手指上指甲乌黑乌黑的，有时他只是看看，什么食物也不买。记者试图望向他布满血丝的眼睛，然而他的目光只要和谁一接触上就会惊慌地缩回去。通常情况下，他的目光焦距只在距离自己几寸远的范围内燃烧，就像一团自发的火焰将自己包裹起来。记者几次伸头看到，除他房间的床上摆着一本旧书和几张旧报纸外，几乎是空荡荡的。除此之外能够想到的事情是，男人每天就躺在那张床上，无所事事，望着天花板靠幻想度日，像风干的泡沫一样渐渐消瘦缩小。记者试图尽量自然地跟过去想多看一眼房间深处，但男人已经走回房间并关上了门。

门扉发出一声叹息。那个男人是那种无可救药的人，坐在一辆向坡下滑行的车里还懒得去扶一下方向盘，就连那一声叹息都要靠他物才能发出。记者想到自己也已经走到边缘了，他收住了脚。

男人终于滑到了这一个坡底。当他瘦小到仅有普通板凳那么大小的那个晚上，记者看到他拖着寥寥无几的行李搬出了旅馆，像一团将要燃尽的火焰消失在了夜色里。

记者合上窗帘，狠狠打了自己一巴掌。

皮质封面笔记本已经大到不能用了，很多小物品的尺寸没有工厂会生产，需要自制或是在黑市上用贵重金属交换。记者从一个皮匠那儿弄来一个小背包，自己给伊奇做了一对驮袋。他骑在伊奇背上一起去调查，把调查笔记用微雕刻刀刻在一张锡箔纸上，这是为以后方便携带作准备。

一天调查回来，记者把怀表拆开，小心翼翼地取出怀表的表芯。仿佛这颗裸露着齿轮的心脏还在跳动着，将时间切割为完全相同的等分。他将手帕裁下二分之一，包裹着表芯，另一半包裹着怀表的其他部分，塞进了床底下。

调查找到了一些线索。小人原住民区是一些不对外人道的地方，但是研究城市地图和雇人去市政大厅查找资料可以找到一些特别的地方——这个城区的垃圾处理场。这是城市二手资源聚集的制高点。它们被用红圈圈出在地图上。上城区旁边这样的地方有两个，每个都离城区不近，挨个走一遍不知要花上多少时间。

早上起来，记者踩着椅子背爬上洗脸台洗漱的时候，不小心掉进了洗脸盆里，他索性洗了个澡。他看看镜子里勉强露出脑袋的自己，已经小得只有自己原先的一个巴掌大了，严格来讲已经算一个小人。旅馆的进门处有两条身高线，严格管理着不符合身高的住客，他早就低于了最矮的那条线。就算他塞给旅馆经理小费，也待不了多久了。

旅馆经理告诉他，在小人的世界里，不存在付钱就能住的旅馆这种东西，因为信任建立起的关系比商品服务更重要，那是一个比他想象的更脆弱的世界。

记者想办法打了一个电话，把管家阿姨叫了过来，把不能携带的行李交给她。管家阿姨对自己的雇主变成了这番大小很吃惊，她好不容易才迫使自己对这个小人儿恭恭敬敬地说话。伊奇也要告别了。记者就要往更小的世界去，他和伊奇之间的关系再怎么也很难维持了。伊奇将会由管家阿姨照顾在家里。记者抱着一支笔芯，给管家阿姨签了一张大额支票，预付了够用好几年的一大笔工资。他最后拥抱了这头叫伊奇的毛茸茸的大怪兽。伊奇用宽厚的舌头把他舔倒在地上，仿佛从来没有察觉到他的变化一样。

阿姨抱着伊奇上了一辆出租车，记者甩干湿漉漉的头发回到旅馆收拾剩下的行李。

走过对面房间的时候，记者看到清洁工刚刚离去，门虚掩着，这间房间还没有租出去。记者趁着没人便推门走进昏暗的房间，一时间他不敢相信自己的眼睛。

墙上写满了诗句。

屋子里就像被照亮了。记者不知道该用什么词语去形容，那些诗句美而丰富，燃烧着，静静流淌着，颤动着，折射着，纤细的，庞大的，即将消散的，婉转萦绕的……

记者的手因震撼而颤抖。他感到羞愧万分，自己竟然因为看到的不够多就贸然做出了判断。那些静静留下的诗句就像光芒一样刺痛着他的自尊。他狠狠打了自己一巴掌。

他在那间房间里站了很久，离开旅馆时天已经黑了。回头看时，所有的住客被黑暗埋没在这座不起眼的旅馆里。他提醒自己要去看得更多。今后在这样的黑夜里，他必定会无数次想起，那个在向下滑行的车子里唱起歌谣的人。

午夜，记者睡在了街心公园的长椅下，他搬了一堆树叶来把自己盖住。其他的地方看起来都不安全，街边的汽车声音大得吓人，花圃里又传来老鼠的窸窸窣窣声。他想念伊奇了。公园里看不到流浪汉。记者心想，他们是存在的，只是被塞进了看不见的角落里，就像不存在一样。

那个少爷也经历了这样的日子吗？从一个没有人能忽视的巨人，

把自己削短打薄，从世界上消失。他究竟为了什么？在这个无月的夜晚，一个大大的问号悬在陌生的天空上方。

早晨，太阳光透过长椅的缝隙把记者晒醒。他在树叶里伸了个懒腰，睁眼看到一个巨大的屁股坐在他的头顶。周围有几个小人正在顺着黑色的铁架子爬上长椅。坐在长椅上的是一个妇人。一个小人爬到长椅上，蹑手蹑脚走到妇人的挎包旁，从里面掏出一件亮闪闪的小东西，递给另一个小人。

记者捡起路边的一块石子砸向长椅。“啪嗒”地一声，妇人惊忙低头看。小人们丢下东西逃散了，妇人在后面叫骂着用挎包拍打他们已经不在的地方。一个小人从草丛里跑出来，给了记者一闷棍，就把他拖走了。

再睁开眼的时候，记者的身上被泼了一盆冷水。一群小人恶狠狠地瞪着他。

小人的世界，这里是法律也不愿意管辖的地方。

这些小人只有中人的拇指大小，记者比他们高一个头，但是没有用。他在一个宽敞的院子中间，双手被绑在一根木桩子上，无论朝哪个方向跑都得跑上一段时间。这里看起来是一个废弃的建筑工地，因为远处有高大的墙壁，看不到有人居住的痕迹，甚至还长上了杂草。院子周围有高高的草丛掩护，不钻进来找很难发现这里。院子里的四周建了一圈简易的棚屋，重重叠叠，堆着各种零件，支着烧烤架、加工台面，晾晒着衣物和食物。记者还看到，这个小天地里有简易的篮球场、一架巨大老旧的露天电影放映机、医疗室、手工制作的轮椅、精心修建的走道。

另一拨人背着战利品回来了，叮叮咣咣把东西倒在院子里：硬币，耳坠，钢笔，钥匙扣……

有人说道："老大来了。"

人群让开一条道来。一个穿着一身皮革衣服的女子从最里面的一间屋子走出来。她和别人一般高，她的脸上架着一副墨镜，额头上扎着一根红色的头巾，步态像威严的豹子。

首领朝着记者的方向，但是没望着他："听说你闯入了我们的地盘，还搅黄了我们的好事。"她的声音透着一种可怕的力量。

"我不知道偷东西也算好事。这与我来的地方有一点儿不同。"记者说。

"我不知道你有没有听说过豹子，那东西会吃人，在我看来它是很美的动物。"首领微微歪了一下头，墨镜反射出一道灰光来。

"我见过，很不幸，在富人的笼子里。"

首领微微笑了笑："我们正是把有价值的东西从富人那里解救出来。"

记者抽了抽被绑住的双手，说道："那我们应该不是敌人。你给我松松绑，我很愿意听你的英雄事迹。"

"你可不是穷人，至少你为有钱人办事。"首领的语气冷下来。

记者想起来自己的行李被他们拿走了："我受人委托。"他承认。

"在我们这里，让有钱人更肥壮可不是什么好事。"

"我没有帮人赚钱，我帮一个富翁寻找他走失的少爷。"

首领走近记者："你不用说服我，我也不喜欢说服人。"

她抽出一把精致的闪着银光的匕首，又走近两步。银光一晃钉在了木桩上，首领转过身去。记者自己把绳子割断了，拿起匕首。首领的同伴们紧紧地盯着记者手上的匕首。

"我们是一个盗贼部落，以你不齿的事情为生，就像一个大家族。"首领回转过身来说，"你最重要的人是谁？"

"曾经最重要的人已经不在了，现在我最重要的人是一只狗。"

"它叫什么？"

"伊奇。"

"好的。我想让你明白，我的部落成员之中的每个人都不亚于伊奇对你的重要性。你必须以伊奇的生命发誓，不会泄露关于我们的一丁点儿消息。"

一个同伴叫道："以一只狗发誓算什么！你不能相信他。"

首领转向那个人，把手放在墨镜上。那个人立刻噤声了。

首领放下手，对记者说道："我相信你。如果你撒谎我会立刻割断你的喉咙。"

记者想了想，摇头说："我不能以伊奇的生命发誓。"

首领不知从哪里掏出了一根手杖，以快得看不清的速度点到记者身上，再一挑把匕首打到天上。匕首旋转着"哧"地插在地上。"把他关起来。"她对同伴们说。

记者被关进了一间屋子里。晚上，他看到部落的成员们在院子里围着火堆跳舞。首领叫人送来食物和一盅酒。"庆祝收成减少的一天。"来人说。

我就要死在这里了，记者心想，无人知晓。那些中人丢失的财物可能还在警察那里有记录，而我，什么也没留下。记者没有吃东西，只把酒喝了个精光。即使可能死在这里，他也要按照工作规划来要求自己。没想到偷来的酒的味道还不错。如果他们把他关上两个月，他就能在他们眼皮底下消失。

第二天，记者被一阵嘈杂的叫喊声吵醒。所有人都聚集在院子里。地面传来震动，仿佛被什么东西敲打着。

“一个中人小孩在拆毁我们的路！”有人报告。过了一会儿，又有报告传来：“他抓走了我们的一个人，装在玻璃瓶子里。”

首领走上前，命令大家拿起武器。长矛手在前，弓箭手背着箭袋列队，投石机被推出来。

“你不能这么干！”记者对首领喊，“我见过那样的孩子，他们互相攀比养在玻璃瓶里的小人，让小人互相打斗。他们残忍又贪玩，你们会被杀死的。”

“我们一个人也不会丢下。”首领冷冷地说。她捡起一根铁棍敲开了记者的门锁，和战士们一起走出去了。

外面的人正忙着厮杀，记者从一处栅栏上翻出去，猫着腰走进草丛。他走了几步，站直腰，想了想，又返回去了。

外面的战场上，小孩就像一个硕大无比的巨人，遮挡住了太阳，随便一脚就能把一个小人踩成肉饼。投石机把石灰弹投向小孩。趁着小孩挡住眼睛的一小段时间，战士们就会发起一波进攻。小孩愤怒地回击，用树枝抽打着地面，捡起石头砸向小人。记者看到小孩穿着一套捕虫的行头。当小孩伸出捕虫网扑向一个小人的时候，弓箭手就齐齐发射把手击退。首领每经过一轮射箭就提醒大家躲避和上弹。

小孩越来越狂暴，开始尖叫起来。

“不好！”记者叫道。

小孩愤怒地踢着地上的石子，发起了无差别攻击。石子像暴雨一样飞溅开来。

一块石子飞向首领，她面朝着石子却没有躲避。记者扑过去和首领滚到一边。石子“扑通”砸在地上弹走了。

“原来你真的看不见。”记者说。

“捡起石子，反击！”首领爬起来继续指挥。

战士们把石子搬到投石机处。一个小组占领了一个高点，将一面镜子竖起来。一块太阳的光斑反射到小孩的脸上，小孩愣住了。石子像雨点般飞向他。

听到了好像是门牙打崩的声音。小孩扔下瓶子和网兜哭着跑了。

院子里，战士们拖回来两具同伴的尸体。他们同时在欢呼。

记者爬到院子的瞭望塔上，手肘撑在栏杆上，把头埋到手掌里。

“谢谢你。”首领来到他身后。

“我不知道，这算胜利还是……”记者低头望着院子说。

“我们救出了同伴，把那个小杂种打哭了。”首领就像在说一场伟大的胜利。

“死了两个人，值得吗？”

“没错，我们损失了两个人，但是我们没有哭。战死的两人是真正的战士。”首领神情严肃地说，“总有一些要付出很大代价才能抗衡的东西。”

首领拿起随身的弓箭，面对着地平线上的太阳，稳稳地拉满弓，射出一箭。箭画出弧线从光明里落向城市中的一个方向。她望着那个方向，虽然看不见，但是她知道那个东西在那里。记者望去，佛比工业的大楼矗立在城市中间熠熠发光。

“我很抱歉，对于你们的遭遇。”记者说。

首领打断他：“我们不需要可怜。部落的位置已经暴露了，这里不再安全，我们马上就要撤离。你可以走了。”

“似乎现在说这个已经没有意义了，但是……我会替你们保密的。”

首领摘下墨镜，泛白的双眼里似乎有了光芒：“我有过一只狗，卡尔莎。它是一只导盲犬。”她在太阳中抬起头，望着只有往事存在的方向。

记者对这个人生起了敬佩之情，她失明的双眼既不惧怕直视太阳也不害怕黑暗。

首领继续说道：“卡尔莎照顾我比我照顾它更多。当我小到我们不能再互相照顾的时候，我离开了它和家。外面的生活会改变一切。有些想要杀死我的人，我们成为了同伴。起初我们只是收集一些破烂，后来不得不主动出击。每当被追捕，我们就会往更小的世界逃去。那是狼狈的日子。”首领笑起来。“被苍蝇拍追打得缺胳膊少腿，被水管冲进下水道，在睡梦中被老鼠拖走。他们的世界里没有任何公共设施会覆盖到我们这里，我们脱离了正常世界的经济圈，法律也不管用了，像我这样的盲人本应该死掉。我选择变得更凶狠。后来，我们决定在这里停下来，保护自己的家园。我用搜刮来的资源为自己造了一条盲道，为部落的成员造了一个真正的村落。在这里，每个人的需要都可以被当作一件事来规划。现在我们不得不放弃这里了。”

“我希望你们能重建家园。”记者说。

“会的。我们发过誓不会再往小世界逃跑。而你，似乎有我不能理解的原因——要去往更小的世界。”

“我也没有完全理解，今天我似乎又明白了点什么。也许有一天我会找到答案，说不定我们本就一样。”

部落的人在忙碌着收拾东西。首领叫记者等一下。她去了一会儿回来，拿来了记者的行李。

“我听到过一个消息，落叶街的小人当铺收到一枚就连我们也弄不到的珍贵宝石，你也许会感兴趣。”首领把锡箔纸的笔记递还给记者，“真可惜，我读不了上面的故事。”

记者道谢，接过叠得整整齐齐的锡箔纸，忽然有点舍不得上面即将消失的体温。他趁什么东西起变化之前告别了首领，离开了部落。

记者在那个小人当铺看到了那颗从项链上取下来的宝石，宝石塞满了整个储藏室。当铺老板正在切割宝石准备分小了卖出去。即使在小人的世界里，也会有人想要拥有一件闪亮的恒久的东西，毕竟在小世界很难有什么东西是持久的。记者花了两块宝石的价钱买了一小块宝石，装进木条箱子里。他借用老板收藏的电话打了一个电话给主管，表示要向富翁汇报。

这是他第一次见到富翁。富翁住在远离市区的一座山谷。峡谷间搭起的穹顶组成了一座宫殿，山谷的风从宫殿中穿过，仿佛持续了一个世纪一般，发出空旷的呜咽声。记者甚至心想：自己会不会像一粒灰尘一样被遗忘在这座宫殿里。

主管把记者带到一个特制的会客平台上，它只是会客厅桌子上的一个笔筒大小的装饰物。富翁为了表示礼貌还是清空了整个会客厅的佣人。

老实说，记者根本看不到这么巨大的人长什么样，他只能看到一片大山一样的阴影压来。富翁身上的每个微小动作，衣服布料的摩擦声，沙发的咯吱声，脚趾搓动的声音，都能填满整个空间。这是世界上最大的超级巨人之一。要如何才能吃成这么巨大？记者心想，这是一个多么漫长而浩大的工程啊。

脚下传出机械齿轮和轴承的声音。一组复杂的光学镜片组从地下升起来，富翁那边还有一组更大的，在两组镜片组中间还有一组，应该是用于连接中人的尺度的。三组镜片组的光路对接到一起。两人面前各有一面显示镜片，还有一个传声器。通过显示镜片，记者终于勉强看到了富翁的脸孔。和报纸电视上的意气风发不同，那是一张憔悴的脸。

富翁用显微镜鉴定了宝石，说道："没错，确实是他项链上的宝石。"虽然压低了声音，富翁的声音还是震得四周的物品"嗡嗡"作响。

"那您可以暂时放心。"记者说，"当铺老板说少爷看起来很好。"

"唔，你的钱还够用吗？"

"够用，越小的世界需要花的钱就越少——您不用担心少爷的用钱问题。再小下去就不是钱能解决的问题了。"

"不要耽搁了，快去找到他，等你回来了我再感谢你。"富翁说。记者看到一只巨大的飞艇在富翁头后面的天空上飘过。

"是的，我立刻要动身了。"记者鞠了个躬。他想快点离开这个压抑的地方。

"对了，"富翁补充道，"不要给家里的管家太多工资。掌握好平衡，让他们不至太小，小到没用，也不至太大，大到生长出野心——不是所有人都像你这样尽职。"

当铺老板给的线索指向了北边市郊的一个垃圾处理场。这个时候，即使肯付钱，城市的出租车也不愿意搭载一个小人。司机难得有眼力去分辨路边的小人，也难得有听力去和小人对话。好在主管帮忙订了一辆出租车。

记者坐在后座椅子上，很难保持一个优雅的姿势，这里简直就是一个会动的篮球场。于是他索性躺在椅子的皮面上，随着汽车的抖动翻滚。司机侃侃而谈，很快他就疲倦了聆听记者发出来的细小的声音，变得自说自话了。穿过那些巨大的建筑底下的时候，记者感觉车子成了大树脚下的一片树叶，自己就是这片树叶上的一只蚜虫。他拼命张望，也无法看到这座城市的整体面貌了。

到达目的地，司机朝后座看了一眼，说道："太好了你还在。我害怕你会消失掉。"

小人的世界就是一个正在从中人的视野中消失的世界。跳下车，记者意识到自己真正是孤身一人了，不会有人来找到他，不会有人带给他支援，并且他还会继续消失下去。

这座垃圾处理场被小人们称作"云梦山"。它的周围萦绕着一种城市腐朽的气味，它的北边就是森林，另一种奇妙的气味混合进来，使得这个交界之处散发着难以言说的异土的气息。据说走上了云梦山的人将获得第二次人生。这里比很多人一生经历过的世界还广大。城市里的文明人不会知道，这个丢弃废弃物的地方成为了很多人类生存的绿洲。

沿着隐匿在杂草丛林中的小径走下去，能看到一座座用垃圾建设成的村落。围绕着云梦山形成了诸多小人的村镇、聚落。有些封闭而野蛮，敌视外人；有的则刚刚经历了一场恶斗，由新来的主人占领下来。围绕着不同的大小尺度和分工，则形成了利用资源的不同梯度聚落。从拇指大小的小人到指甲盖大小的小小人，他们拆解利用着城市垃圾的不同部分。用金属武装起来，善于打铁的金属部落，他们的房舍是罐头和铁盒子。利用腐败的有机物种植庄稼的农人部落，他们擅长引水挖渠，收获时搭起脚手架来采摘。狩猎小动物、驱赶大动物的猎人部落，猎人身上总是挂着一串昆虫当干粮，他们同时负责一块地区的守卫工作，所以人缘很好，有吃百家饭的特权。体型短小擅长钻进机器内部去精细修理的修理部落，住在一个由机器组成的村子里，这是少数几个有蓄电池供电的村子之一。心灵手巧，擅长编织和染色的纺织部落，只有他们才能为小人们提供量身定制的衣服。他们的村子里堆放着染色用的矿物和植物原料，有喜欢绘画的小人会来这里交换颜料，变成垃圾上、路边石头上的画。游医在垃圾堆里翻找出药片，走村串户行医。在森林边缘，有驯化蚜虫的游牧部落，采集果实的酿酒部落，他们酿造出独特的奶和酒。记者看到，由于分工的存在，小人们重新形成了他们自己的经济圈。没有历史，没有新闻，没有书本的记载，是这些人的故事组成了这座云梦山。

夜幕降临，记者放下行囊，看着雾气在云梦山上升起。他坐下生起一堆火，拿出他绘制的地图。下一站就是他在云梦山的最后一站了。这些月他在部落间走访，忘记了时间。似乎随着尺度的变化，时间的流速也变化了，只有摸到怀表表芯的时候能让他感到一些恒定的东西还没有抛弃他。他早已把钱币当金属卖掉，换成更贵重的金属随身携带；

锡箔纸笔记本已经不能携带了，他把笔记全部记在脑子里；他把怀表表芯里的调速器拆出来，其他部分埋在了云梦山上。少爷的线索在这些部落间忽隐忽现。好事情是，他还活着，还在前方。

“他往更小的世界去了。”记者总是得到这样一句回答。

当记者变得只有指甲盖大小的时候，他来到了中转镇。中转镇是一个开放而野蛮的地方，位于云梦山和森林交界处。他从路上老人的口中听说，一百八十年前，失去工厂的那个黑手党家族从城市北上，赶走了盘踞在中转镇周围的老鼠和野狗，建立了这个小人聚居区。黑手党家族用强力的手段维持着镇子上的自由地下产业，甚至培养潜入暗杀的杀手。这里成了各色灰色人等汇集的地方。后来，镇子的管理者几经更替，但无一不是强力的铁腕人物，也都秉承着中立的态度。大约五十年前，镇子演变成一个跨尺度中转地，也就有了“中转镇”这个名字。现在这里是小小人和微人过渡的地方。

在镇子入口，记者看到了一面巨大的寻人墙。小世界里总在上演着无数流离失散的故事，寻人的人到了小小人这个尺度一般就不会继续再找下去，这里是人们能掌控自己命运的极限大小了。小小人们在寻人墙上贴上寻人启事，希望在另一边微世界的人会看到。偶尔也有微人来这里贴上寻人启事，希望小世界的亲人和朋友能帮自己一把。白色的纸片在墙上覆盖了一层又一层，风吹来时它们飞舞着，“哗哗”作响。记者走上前去看。墙上的寻人启事有人在寻找恋人，有人在寻找走失的患有痴呆症的老父亲，有人一路赶来寻找破产的兄弟。寻人墙下面还聚集着不少人，在用茫然的目光打望着路人。一个人扳住记者的肩膀，仔细上下端详了一番，失望地走了。

记者想了想，没有贴上自己的寻人启事。

镇子上开着一家规模颇大的赌场。越是在命运的边缘，越是有人愿意把命运拿出来做一场赌博。在这里，能够流通的只有一种东西——粮食。在赌场门口向人打听消息很容易，只要你有几颗粮食，那些赌徒会把自己门牙的颜色都说出来。只不过没有什么有用的东西。

赌场里人声嘈杂，人影憧憧，烟雾把光线都黏滞在空中。赌桌都很矮，为了招徕微人顾客。记者看到一个小小人赌徒每弄到一点粮食就拿来赌博，却总是输，很少赢。对翻盘的渴望盖过了他脸上的饥饿感。赌徒越来越小，一个星期后他甚至要爬到赌桌上面才能玩下去。

记者给了一根烟给赌场扫地的人，问他这里的粮食是什么价格。

清洁工是一个小小人，瘦小干巴。他瞅着这个外来人，说："这里的大部分粮食是不卖的，得到黑市上买，黑市上的粮食比黄铜还贵。"他降低音量："您不上赌桌是明智的选择。"

"为什么？"

清洁工吐出一口烟："嘿嘿，总有更小的人想方设法地搞到食物，想要扳回命运、吃回上一个大小，成为重新杀回正常世界的传说。这样的人每天都有，做到后面那些事的人……"他笑了起来。

"你是说赌局不公平。"

"我可没有这样说！"清洁工抗议道，"您可别让我砸了工作。这是您走出这间屋子谁都知晓的事情，人一旦变成微人就不会再回来了。不过呢，不赌一把谁知道呢？反正这里的人拼尽全力也只能维持目前大小，不会有再多的希望了，然后就会像我这把老骨头即将走上的路一样，越老，越小，噗——”他吐出一阵轻烟。轻烟无声地散入到赌场的烟雾里去了。

记者没有再说什么。谁又敢说能够把握自己的命运呢？云梦山上流传着诸多可怕的传说，其中最可怕的一个，是政府要治理城市环境，将回收掉垃圾中的食物残渣。

中转镇笼罩在人身上的是一种失败的气息，所以每当赌桌上有弱者赢得一星半点，全场的人都会欢呼起来。那欢呼声又燃烧着落魄者的双眼，驱使着他们把更多的命运砸进赌桌。

终于，那个已经变成微人的赌徒也弄不来像样的粮食了，无论他在人群中怎么挤，人们也看不见他，他连赌桌都爬不上去了。他落魄的背影告别了中转镇，走向小于号的小头指向的那条路。

记者看着赌徒消失在路的尽头，再低头看看自己的影子，影子已经短得和那个赌徒的差不多了。自己也不知不觉变成了一个微人。他想到了回头，又被这个想法吓了一跳。会不会寻找少爷的事情也是一场赌博？从一开始自己就被那个不可能实现的幸福诱惑着，不断给它添加着筹码。从进入中转镇开始他就失去了少爷的所有线索，说不定少爷也是一个赌徒，已经消失在了赌桌下面。

终于，他决定了第二天天亮就走。

他回到租住的房子，盘点了剩余的粮食和贵金属，它们还够支撑他返回上一个尺度。收拾好的行李靠在门边，记者和衣睡在床上，以便明天早上天一亮，背上行李就走。

半夜，门被敲响了。

记者置之不管。敲门声越来越急。

记者下床贴着门听，外面是两兄妹求助的声音。记者犹豫片刻，手刚放到门闩上，就听到门外追来了另一伙人。那伙人抽出了刀。

记者猛地把门打开，把兄妹俩拉进屋，卡下门闩。

兄妹俩靠着墙大口喘着气，“咯咯”笑起来。

“好险。”哥哥说。

“危险还在外面。”妹妹说。

刚才开门的一瞬间，记者看见了，外面的追兵是两个比他们更大的小人，每个人都有这座房子一般高，就像两个小巨人。他们把屋子门口死死堵住。

比刚才更大更猛烈的敲门声很快传来。“把那两个小虫崽子交出来！”门外喊。

“怎么回事？”记者问兄妹俩。

“我们只是跟他们交换了命运。”哥哥说。

“不过，我们没有问他们答不答应。”妹妹忍不住觉得好笑。

“于是我们偷吃了他们烤好的大餐。”

“但是，我们留下了我们的行囊。”兄妹俩拉着手像一个陀螺一样转了一圈。

荒野流浪者。记者知道，那伙人经过危险荒野的洗礼，活下来的都是身经百战毫不在乎明天就死去的家伙，普通人避之不及。

门又“砰、砰、砰”响起来，门外的人开始踢门，活页上的钉子被撞得往外蹦。

“你们疯了？”记者对兄妹俩说，“我们都会被杀掉！”屋里的油灯扑闪着，他在兄妹俩的脸上看到了熟悉的赌徒的狂热。该死，这是两个抓住命运旋转的狂人，生活就是他们的赌桌。

“对不起。”哥哥收敛起笑容说，“我没想到会有人开门，我们不想连累你。如果他们闯进来，你可以把我们交出去。”

记者摸了摸额头。他回头去屋里找可以当武器的东西，只找到怀表调速器上的摆轮。这个大铜环照得屋子四壁金光，它也许能敲晕小小人，但是大个子的小人？他不敢多想。

外面的人开始撞墙壁，房子也开始晃动起来，灯光几次差点就要熄灭了，地面已经站不稳了。

“现在就把我们交出去吧。”哥哥说，“有人愿意为我们开门，这已经是很好的结果了。”

妹妹拉住哥哥的手，一滴眼泪从她的眼角滑下来。

记者把手放在门闩上，望向兄妹俩。

哥哥点点头：“谢谢你，今天是不错的一天。”

屋子猛烈摇晃起来。记者猛地打开门，把摆轮竖直扔出去，关上门。在这一刻，他感觉自己也变成了一个狂热的赌徒。摆轮闪着黄澄澄的光滚下了斜坡。门外的人愣了一下，拼命追了上去。这个大铜环在斜坡上弹跳，发出悦耳的贵重的声音，在中转镇的夜色里格外清晰和诱人。

记者转回身：“没事了。”他松了一口气。

“他们不会回来了吗？”妹妹问。

记者说：“在中转镇，不会了。”

“希望他们好运。我不知道怎么感谢你。”哥哥对记者说。

“去过自己的日子吧。”记者说。

兄妹俩互相望了一眼，都摇了摇头。

“你知道有什么东西是永远不会变小的吗？”哥哥说，“是将所有命运作为赌注。我们的生命永远不会变得更小。”

“我们的快乐永远不会变得更小。”妹妹接着说。

“我们的死亡永远不会变得更小。”

“我们的悲伤永远不会变得更小。”

他俩拉起手，又转了一圈：“我们就要坐上最后的气球了。”

“什么气球？”记者问。

“一棵大杨树，杨絮能载着人飘走。当生活走入死路时，我们就会找到这样一棵树，坐上气球，去到另一个地方，一个由命运决定的地方。”哥哥兴奋起来，眼睛放光。

也许在下滑的车子里唱起歌谣的诗人也是这样的目光，把箭射向太阳的盲人首领也是这样的目光。他们在不断变小的世界里努力创造着不能以大小来衡量的东西。

记者提起门边的一个大背囊，问道：“这些粮食够交换你们的命运吗？”

哥哥查看了背囊，惊讶地说：“这些粮食够交换任何东西。可是，为什么……”

“也许我也需要一个机会跳出我自己。”

兄妹俩你看看我，我看看你，为难地左思右想。

记者说：“现在我相信了，那确实是一棵漂亮的大树。”

哥哥说：“我害怕辜负了你给的食物。”

“你们不会辜负任何东西，我给你们的只有祝福。”

兄妹俩开心地转起圈来，一圈又一圈，直到累倒在桌子上。

哥哥晕晕乎乎地说：“那棵树在森林里，我会给你画一张地图。那是这个季节最后的杨絮，你可要抓紧。”

妹妹晕晕乎乎地说：“但是别急得错过了风！”

记者翻出怀表调速器剩下的部分，抽出比自己以前的头发丝还细的游丝，现在它已经有腰带那么粗了。就是这样一件小到这个尺度的零件，分割出时间中不变的频率。他把游丝盘成一卷塞在背囊里，把其他部分给了兄妹俩。

记者一直看着兄妹两人，直到晨光驱散黑暗。

他背起剩下的行囊，走向了小于号的小头指向的那条路。

在以前，有人说过某人被蚂蚁撞晕的笑话。在微世界，这不是一个笑话。一只蚂蚁呼啸而过就像一辆汽车，走在森林里不小心被掉落的水滴砸到就有可能扭断脖子，被蚯蚓翻过的疏松的泥土是致命的陷阱。

镇子后面的小路通往森林里，很快消失无踪，任何地方都可能是路，也可能是死亡地带。和记者在之前看到的一切景象不同，微世界里没有看到任何村镇、市集、部落。有时能在路边看到三三两两扎营的微人，他们就像难民，面无血色，眼睛无神，他们渴望地看着路人却又不会做出任何动作去求助。这里没有人见到过任何类似少爷的人。

这番景象让记者没有了犹豫，一心想找到那棵杨树。

森林越走越深。记者发现自己迷路了，人影也不见一个。他不知道地图还有没有效。在这样小的世界里，大的参照物距离太远，小的参照物又时常变动。野草遮蔽了天空，草梗像幽暗的迷宫，每一棵大树的阴影投下来都像是一个国度，这些国度不属于人类。有时候地面上听到的昆虫的声音比鸟鸣的声音还大。一只色彩斑斓的马蜂把记者吓了一跳，他观察了一阵才确认马蜂已经死去了。记者借助小刀拔下马蜂的尾针当武器和工具。他发现，在这样小的世界里，自然的造物比粗糙的人造物要好用多了。他用马蜂尾针当工具，爬上了一棵草的顶端，终于看到了地图上标注的那棵高大的杨树。

走到大树底下花了一天，爬上大树又花了一天。这两天里没有见到一个人。

爬树的过程中，白色的杨絮不断向四面八方飞去。

傍晚时，记者登上了树顶的一根树杈，看到成千上万根枝条悬在空中，每一根上都长着杨絮。杨絮从每一个站台上出发，浩浩荡荡，树冠就像一个巨大的中心交通港。白色的杨絮此时已变成了金色，飞得优雅而轻缓，仿佛这是一趟金色的旅途。

记者忍住了想要马上出发的冲动。他知道以自己现在的重量，必须等起风的时候。他把怀表的游丝留在了树顶上，怀表终于还是没有剩下什么。游丝中卷着一根伊奇的绒毛，虽然差不多粗细但是更轻短，他带上了那根绒毛。

他找了个树缝睡下，树缝里蜷伏的温度正好不冷不热地伴他度过了一夜。

第二天中午，很幸运地来了一场风。树叶“沙沙”响着，就像赛场上的旗帜。记者按照兄妹俩说的话，采集来几团杨絮，在背风处组合成一团大的。他把自己缠进杨絮里，走到迎风的树枝上。一阵风刮来，双脚很自然地离开了树枝。他激动地向大树说着再见。

森林的树冠在脚下变小。他看到了这片小而广大的世界。云梦山在远处露出一角，森林在脚下涌着层层浪花，一群鸟儿从旁边飞过，细密的绒毛清晰可见。在地面的热气流达到平衡的高度，杨絮停止了上升。

忽然天阴下来，记者害怕一场雨将至。然而没有雨点落下，风也停了，随即一股杂乱的风又刮起来。他发现阴影不是一片云，而是一堵几百米高的“墙”。“墙”上是粗大的布料，群鸟正在布料的峭壁上拼命向上飞。再往上看，在那遮蔽了太阳的峭壁尽头，一个巨人的脑袋出现在上面。这是一个刚刚从地上爬起来的旅行巨人。一群鸟儿误入了巨人衣服布料的孔洞中，过了一会儿，又从巨人的腋下钻出来。

记者朝巨人挥手打招呼，然而他小得连鸟儿都看不见他；他朝巨人大喊，然而这声音还没有风声大。巨人的手臂从空中摆过，记者就像被扰动的灰尘一样被一阵激流裹挟着推远了。一瞬间天空恢复了晴朗。巨人完全没有意识到这一粒灰尘的存在，迈开大步走远了。

记者孤独地飘着，直到缓缓降落在地面。他从杨絮里钻出来，重新踩在森林的泥土上。湿冷的泥土提醒着他重新成为了命运的俘虏。像是完成了给自己的一个交代。他知道在风的另一头不会有另一个神奇的国度，只是幻想的机会用完后，还是难免有一点失落。这里已经完全是森林的气息，没有任何人类活动留下的痕迹，没有方向可循。新的旅途不知从何开始。

夜幕降临了。这个尺度下，在森林里生火是不可能的事，一点小小的微风就能把火吹灭。记者抱着腿坐在一片叶子底下，又冷又饿，孤独又不安。体积越小，热量散失就越快，这意味着越小的人会更快地变小。这条残酷的法则也统治着森林，他仿佛能听到自己的身体缩小的“咯咯”声。在这个远离文明世界的地方，他甚至感觉到自己在退化，渐渐成为野兽、昆虫、苔藓、石子。自己终于还是要付出代价了吗？黑暗里传来夜虫的“隆隆”声，他知道捕食夜虫的捕猎者也躲藏在暗处，就像赌场里的命运之神一样。

记者枕着背囊睡去了。那赌场转盘的声音一直出现在梦里，有时变成机械齿轮转动的“咔嗒”声，有时变成车轮碾过的“隆隆”声，有时变成巨人小孩敲击地面的声音。

地面在震动。他等着梦境过去。地面还在震动。记者惊醒。地面突然隆起，把树叶的屋顶顶得分崩离析。早晨的阳光射过来，一切变得明亮。

记者从土堆上摔下来。一只蝼蛄从土里冒出来，张牙舞爪地出现在他面前。蝼蛄的一只开掘足就有他整个人那么大。蝼蛄朝挡路的人类刨去，长着利刃的开掘足高高举起。记者赶紧抽出马蜂尾针与蝼蛄对峙。

马蜂尾针就像玩具一样，完全刺不进蝼蛄前足的硬甲里，反被蝼蛄轻轻一刨就打掉了。记者捡起尾针滚向一边，试图从侧方向蝼蛄发起攻击。但是这只体型比他大得多的虫子也比他敏捷得多。蝼蛄扭转腰身把记者连同尾针一起撞倒在地上，并像战车一样碾过来。记者捂住了脑袋。

面前刮起了一阵风。一个灰影消失在林梢间，蝼蛄也不见了。一个东西“啪嗒”落在前面的地上，是蝼蛄的一条腿。

记者扑上去，像捡到宝藏一样搂住蝼蛄腿。这条腿很大，他舍不得只带走一部分，只得拖着腿慢慢地向前挪。腿的足尖上长着可怕的尖刺，但是丝毫不影响它是一顿美味的食物。

蝼蛄腿越来越沉重，记者每走一步都要付出全身的力气。拖了一段路，记者终于忍不住坐在了地上。他回头看到蝼蛄腿上卧着一个人。

记者一下跳了起来，质问道：“你是谁？！干什么？！”看到同类的激动同时混杂在一起，使得他的声音既愤怒又惊喜。

蝼蛄腿上的人用一只手撑着脑袋，淡定地说：“我是一个修行者。”

“你在我的食物上做什么？”

“搭个顺风车。”修行者说。

“这不是车，是我在拼命地拖！”记者抗议：“你没有一点愧疚吗？”

“我感到心痛，你拖的东西太重了。”

记者无话可说，只得正告修行者：“请你下来。”

修行者像一朵云从蝼蛄腿上滑下来，他披着一件拖到地上的皱巴巴的草叶。

记者继续拖着蝼蛄腿往前走。修行者像一只瘦长的虫子不紧不慢跟在他后面。

你没有自己的事要做吗？记者想问，但是他又怕把这个好不容易遇到的同类给赶跑了，他问出口的是：“你有什么事情要去做吗？”

“我吗？没……没有。随着这座森林呼吸就是我要做的事情。”

“你不担心变小？也不想要变大？”

修行者遮在长发下的眼睛闪着细小的光芒：“曾经担心过，越担心就会越小。现在我是森林的一部分。当你变成森林这么大，就没有了恐惧。”他张开双臂，侧着耳朵聆听了一下，森林中传来鸟叫声。“啾啾。”他说。

“这么说来，我想请你帮忙是不太合适了？”记者瞟了一眼蝼蛄腿。

“我可以帮你吃掉一部分，但是我不会扛着这样一个重东西。”

“不劳烦了。”记者把蝼蛄腿扔在地上，掏出小刀割了起来，割下来一块塞进背囊里，继续上路。“我丢掉了比我还大的一块食物。”他感叹道。

“那可能是超出你的能力的东西。昨天我见过一个旅行巨人掉下来一块面包屑，几队人马从不同的方向去争抢那块面包屑，那是一场恶战。”修行者吹了一声口哨。

“我路过那个巨人。”记者说。

“你是个有智慧的人，昨天我看见你从天上飘下来。”修行者说道。

记者沉默了一阵，说：“我在找一个人……”他讲述了自己的故事。

两人就在森林里漫无目的地走着。

修行者一言不发，直到听完。“真是奇妙的故事。”他说，“我在你的眼睛里看见了答案，我已经不需要告诉你什么。真妙啊，你担心自己所见的渺小，更甚于担心自身的渺小。你注定就是属于这座森林的。”

记者看了一眼苔藓的长毯上头那些轻轻摇动的草丛，草丛上头那些从青绿到墨绿的树影，树影摩擦的声音是森林的心跳。他深深吸了一口气，身体轻盈了起来。

修行者看向他咧嘴一笑：“如果你也不知道去哪儿的话，我可以带你认识这座森林。”

修行者对森林里的事情有着敏锐的直觉，记者则有着周密的规划。二人刚开始还能勉强维持着大小，随着天气变凉，他们像消散的暑气一样越来越小。那根伊奇的绒毛也快要粗重得扛不动了。记者在一个悬崖边上把绒毛推进风里，绒毛随着风飘远了。一股酸涩从鼻子里涌来。森林是保管记忆的仓库，是编织命运的织机，是酿造百味的工坊。记者隐隐害怕，自己已经快要忘了这趟旅途的目的。

“森林说，背不动的东西，就交给它吧。”修行者走过拍拍记者的肩膀说。

秋天就要过去了，地上红色的落叶像巨毯一样铺开。林间空地上，阳光从树叶的缝隙中落下，散射着巨大的光柱。

“找到了，快来，这里。”修行者像一个孩子一样开心地说。

“什么？”

“被阳光照着的一片干净叶子，阳光宝座。”

记者抬头看去，红色的叶面在阳光下散发着温暖的清香。修行者已经爬上去躺着了，惬意地哼唧着，他瞬间就融入了森林的声响，在阳光下发着光。记者好不容易才爬到叶面上，摊开身子躺下。叶肉软软的，暖暖的，叶脉就像小山脉一样。

他终于像一粒尘埃一样渺小了。

他依稀地记得，自己有过无比巨大的时候，并置身于数千年文明建造的一砖一瓦里。那一个他在重重的叶障之上，向下看不到一片落叶，这一个他向上看不清曾经的自己。

森林里传来“啪嗒、啪嗒”的声音。

“快跑，是暴雨。”修行者溜下树叶，把记者一起拉下来。话音刚落，“啪嗒”声更密集了。

这个季节的暴雨很少见，让人毫无防备。两人气喘吁吁地跑向一棵树。

这场雨来得太急，应该是从高地上下过来的，一股水流随着雨点冲了过来。

两人被一滴溅起的水滴冲进水流。天旋地转。记者呛了几口水，在这种水流里他没法游泳，他只能在脸被抛出水面的时候拼命呼吸——修行者告诉过他这种情况，他们身上的气泡很快就会被撞散，并沉到水里。

"呼吸，呼吸。"修行者的声音传来，"抓住任何东西。"

可是没有任何东西经过。水流越汇聚越大。

不知过了多久，记者抓住了一颗草籽的边缘，奋力爬上了这条"小船"。他把手伸向前方的修行者，大叫道："抓住我！"

修行者伸出手，可是他身上吸的水已经太重，他的手臂在水里浮浮沉沉。几个浪头打来，修行者离草籽越来越远了。

最后一个浪头打来的时候，修行者挥了挥手，他的脸上露出笑容。"放手吧，我在森林里等你。"

修行者消失了。记者呆呆地趴在草籽上。

草籽在森林中穿行。不知什么时候，草籽上又上来了几个人。暴雨停下来了，水流也缓下来。经过一个半岛的时候，一根枯草叶伸过来拦住了草籽。半岛上有几个人伸手把漂流者们拉上岸。记者的行囊早已被冲掉，每个人都一无所有。人们踩踩地面，是一种特别的金属质感，有人看出来了，这是齿轮的一片齿牙形成的半岛。

雨后的积水形成了一座湖，湖边的野草直刺苍穹，雾气缭绕。幸存者搭起十几个帐篷组成了一个临时小村落，这些帐篷让人感到稍稍安心。人们搜索了周边，找到了半个核桃，还有一点核桃仁在里面，这很幸运。大家用微微散发着腐烂味道的核桃仁充了饥，仅仅能补充散失掉的热量。

众人围在半岛的空地上，中间没有火堆，倒是有一颗晶莹剔透的水滴，十个人也不能合抱。

记者感到口渴了。刚从洪水中逃生就感到口渴似乎很滑稽，但是只有经历过洪水的人才知道水的恐怖。眼前这颗水滴让他稍微放松下来，他想要上去喝一口水。

"慢着。"一个老人喊住他，扔给他一根纤维做成的藤索，说："系着这个去，要不然你会被水滴表面的张力吸住，淹死在水滴里。"

记者呆呆地愣着。

老人说："看来照顾你的那个人不在了。你还有很多要学的生存知识，否则一只螨虫就能要了你的命。"

人们轮流上去喝了水。水滴看起来一点儿也没有缩小。

"曾经我的一滴眼泪也有这么大。"有人说道。人们叹气起来。

"我们为大家演奏吧。"幸存者里站起来几个年轻人。他们看起来是由几个年轻男女组成的一支乐队。"我们少了一个人，还是能勉强配合起来。但是我们的乐器被冲走了，只要能找到一只死掉的虫子，我们就能做出所有的乐器。"

有人说在附近见到过一只死掉的瓢虫，但是只剩空壳了。乐队表示没问题。他们去取了材料回来，用瓢虫的壳片做成鼓，裁下薄翼做成吹奏乐器，用锯下的触角的纤毛作为弹奏工具。

真的有音乐从这些简陋的乐器里传出来了，就像魔法一样。死掉的瓢虫被重新赋予了生命。乐队弹唱着，人们围着水滴安静地听着。水滴上的反光照着每个人的脸。记者看到，人群之中有带着泪痕的旅人，有皮包骨头的流浪者，有拖着一条残腿的独眼木匠，有抱在襁褓里的婴儿。音乐声会随着演奏者变小而变小，但是那旋律不会，旋律勾起的感情不会。雨后的太阳映照在水滴上，人们就像看到了温暖的篝火，转身背后就是自己的村庄，家就安放在其中。人们暂时忘记了叹气，甚至有人傻傻地笑起来。

记者僵硬的脸上渐渐有了一个笑容。“我们会再见面的，森林先生。”他说道。

记者盯着弹唱者的模糊的脸看，那张脸渐渐变得清晰，如同奇迹一般，他在弹唱者的脸上看到了一张熟悉的脸。是少爷，他突然变得无比确定。

演出结束后，记者走上前，对坐在一颗沙粒上的弹唱者说：“我想我没有认错人，你是佛比家的少爷，你的父亲委托我来找你。”

弹唱者惊讶地看着满身风霜的记者，眼睛变得湿润。

两个人静静地看着彼此，就像看着另一个自己。

“我……我还不能回去。”少爷说，“世界上还有我没有看到的人，这是我的使命。”

从一个尘埃一样渺小的人的嘴里说出了记者想要的答案。记者明白了修行者没有告诉他的那个答案：你寻找他的过程中，你已经变成了他。

记者想找一些话来劝阻少爷，与其说是劝阻，不如说是向自己证明什么。“朝这个方向走，总有一天会到达我们能力的极限，也许已经是极限了。已没有什么可被我们掌控的东西了。”他像一个引路者一样伸出手掌指向水滴：“看啊，这个水滴还能存在多久？这座湖还能存在多久？湖面已经现出弧度，可能太阳再升起一点儿时它就会消失。”

少爷沉醉地望着水滴：“看啊，我们能在水滴上看见彼此，在它存在之时，美就存在于它身上。”

“你的父亲，他憔悴了很多。”

少爷低下头，很久，他说道：“能力还有走往另一个极限的方向。请你回去告诉我的父亲，去寻找看到世界的最小角落的办法。巨大的人能做到一切，当有一天他能看到我的时候，我就会回家。”

“我不知道他会不会相信我说的话。”记者说。

“是他让我成为现在的我，我了解他。”少爷真诚地望向记者的眼睛。

记者明白，自己该回头了。

少爷说：“我在变小的一路上埋藏了一些食物储藏点，我可以告诉你几个储藏点的位置，这能帮助你返回。”

记者鞠了个躬。他在水滴上看到了另一个更小的自己。

经过了两年时间，记者才变回亚中人的大小，就像漫长的潜水终于浮到了水面。文明世界对他来说已经有点生疏了。

他回到富翁那里。富翁好像又大了一些，像一座孤独的山峰。

富翁给了记者一半资产的使用权，让他变大去寻找那个“看到世界的最小角落”的办法。

记者接下了富翁家族的第三个委托。

通过富翁的渠道，粮食源源不断地购来。记者长得越来越大。世界在他的眼里越来越小，高楼从仰视变成平视变成俯视，后来他在山谷里远远地俯看着曾经生活的那座城市，佛比工业的大楼在城市中心像一根磨亮的银针。让他意外的是，变成巨人要学习很多礼仪，比如，如何行动不惊扰到小人类，如何与环境达成平衡等。他不确定这些礼仪的效果，但是这让他感到自己还掌握着文明。

十年后，他已经和山脉齐视，眼前云雨变幻，世界上的很多人随着这个过程从他的眼前消失了。他创办了一家公司用于研发各种技术来让大人看到小人、小人与大人对话。规模庞大的发明团队不断地突破极限，攻克难关。巨大的透镜被竖立在城市中，代替了广告牌，装着蛇眼的可伸缩大小的蛇形机器在小巷和山野中穿巡。

他花费数年时间在城市中间建造了一座不输任何大楼的钟楼。他执意要从一根比头发丝还细的游丝开始，让工程师用匪夷所思的机械传动方式，建造起微型振动机构，经过多级放大擒纵机构的传递，驯服巨大的重锤发条释放的动力，最后驱动着高耸在城市的雾气上空的巨大表盘。每当整点，大钟敲响，大半个城市都会听到由那一根细细的游丝传递出来的钟声。

他本来以为公司会被他的任性而倒闭，但是没有，总有人能够为他的技术找到更恰当的用途。

“当你变得这么大以后，是很难倒下的。”富翁说。

记者没有结婚，一心扑在公司上，有时他会想起那个把箭射向太阳的盲人首领。凭借着发明的技术，他找回了失踪很多年的小狗伊奇。这让他备受鼓舞。

他高兴地去向富翁汇报。富翁正在后花园里和另一个超级巨人下棋。巨大的棋子劈开山谷间的风，风声随着布局的变幻改变着音调，棋子是高楼的样子，窗子和阳台都惟妙惟肖。记者意识到，棋子和棋盘是由工人建造起来的，而不是雕琢出来的。

他站着等待棋局结束后，另一个超级巨人离开了。

他走上去问富翁一个他困惑了很久的问题："你们超级巨人平时会和什么人在一起，做些什么？"

富翁微微低着头回答："我们有一个巨人俱乐部。有意思的事情太少了，我们会用一座城市来下棋。"

记者惊讶地问："那个棋盘上有小人类吗？"

富翁耸耸肩："也许吧，我不知道，如果你都不能看见。"他的眼皮底下藏着落寞。

记者没有报告什么。他意识到他发明的那些东西只是一堆玩具罢了。他从来没有触及到根本的问题。就算能看到一个小人类，能看到他的生活吗？能看到一滴水上面的张力吗？就连相邻尺度间的距离都是那么遥远。人对那些遥远的不能触摸的东西永远是无能为力的。

伊奇老了，有一次它病倒了好几天记者都没有看到。记者在自己掉的一颗牙齿里给它打造了一个花园。他知道伊奇在那里，就在自己身边，他却要用特殊的设备才能看得见它。伊奇死的时候他也没有察觉到。他已经没法像从前那样再伸手去摸一下小狗。他把那颗牙齿连同那座花园里熟睡般的伊奇一起埋在了一座美丽的山脚下。

随着世界上的超级巨人又多了几个，世界上的大多数人类几乎看不见了，平原上荒凉又空旷，只有风从巨大的山脉上吹来，愿意说上几句话。记者不知道怎样跟少爷交待。他很难让自己接受，那些人类都存在于世界上，只是散入了再也不属于这个世界的角落。自己成为了看不见树下的一片落叶的人，能爬上落叶的自己留在了那颗水滴上。

富翁在山坳口上修建了一座巨大的风琴，它被太阳晒得闪闪发光，风会吹奏风琴把乐曲声带到富翁的后花园中。记者走过去，感觉到一片雨云在他的皮肤上降下雨水的微凉。富翁正在望着山脉那边的夕阳。记者心想，富翁还是怀念着那个需要上发条的八音盒吧。

记者对富翁说："我失败了，不管我怎么努力，我都没法站在这个距离看到那么小的世界。你可以收回你给我的一切。"

富翁叹了一口气，说："那是你应得的。"

记者也老了，他创立的公司已经不比富翁的公司规模小多少，但是他还是没能再见到少爷。

最后的日子里，他的食欲很差，但是他还是拼命地塞下食物。有一天他拖着摇摇欲坠的身子走到一片森林边上。巨大的老人蹲下去仔细查看那片森林，许多种绿色混杂的树冠像波浪一样随着他的呼吸起伏。他感觉，自己曾经似乎也在另一个很小的尺度上俯瞰过这片森林，许多往事变得模糊了，他没法让它们清晰起来，但是他想为它们做最后一件事情。他轻轻地躺在森林上面，就像躺在柔软的叶面上。一个约定轻轻地呼唤着他。他呼出的最后一口气让树林间漫起了雾气。

这个奇怪的巨人立下的遗嘱让谁也不要来埋葬他。他的身体没有像其他富人那样被回收。巨人死后的巨人鲸落滋养了万物，森林茁壮生长起来。那个世界里有蘑菇，有果实，有昆虫，有野兽，有村落，有丰盛的万物。有人推测这个巨人鲸落可以持续滋养上百年。据说有探险者在一棵参天大树上发现了一张张写着字的叶子，那是微人们用铲子挖出来的，上面讲述着他们的故事。以前从来没有人发现微人有精力来进行这么浩大的工程。探险者把大树找了一遍也没有找到那些微人。

森林里建起了一家叫作“一座尘埃”的旅馆，是有人资助了一个著名的建筑师建起来的，从微人到大人都有房间可住，最小的那些房间是免费的。没有人知道那个出资的神秘人是谁，甚至连他有多大也不知道。从旅馆的天台上可以眺望巨人的遗骸形成的山脉，白岩上生长着葳蕤的植物，那是一个著名的景点，霞光照射时尤其美丽。为了纪念那个温柔的巨人，它被称为“落鲸山”。

起先，尘埃在傍晚的阳光里缓缓飘浮，然后摸索着去向。建造世界的词语逐一沉淀下来，发出声响。

终于走到这里了。在这个世界上啊，命运无端地生长着。富翁也未曾料到自己在这个年岁还留在人世，他觉得必定是还有什么命运在等待着他。

一个星期前他走进旅馆的时候，已经可以勉强住进中人的房间了。如今的他早已卸去公司的职务，晚年他节食了十年，并动手术抽取了绝大部分身体物质。他还要往更小的地方去，多亏有了这座旅馆，他心存着一线希望。他不知道来不来得及在离世之前缩小到足够小。

这是一座神奇的旅馆，就像不同世界相遇的一个中心世界。富翁在旅馆里遇到了从真菌的世界一路成长起来的人，也看到过曾经巨大过的落魄者。此刻他正循着乐器声颤颤巍巍地走进一间正在欢乐聚会的屋子。

傍晚的阳光从高窗上照进来，旅馆散发着木头的香味，屋子里像一片金色的林间空地。来自不同世界的人聚集在这里。弹唱声传来，人们打着拍子。围观的人对富翁说，这是一个中人乐队，很多人为了听他们的音乐把体型停留在中人的大小，旅馆最近还扩建了一批中人大小的房间。

人群又一次欢叫起来。视线穿过人群的空隙，富翁看到了人群中间的头发已经斑白的少爷。时光停驻下来，富翁的双手撑在拐杖上，拐杖微微颤抖着。

少爷唱着由云游诗人殷颂的诗句改编成的歌词。他仍然有着长长的睫毛，清澈如湖水的眼睛。

富翁不知道世间还有这么美妙的音乐。他的心里怀着忐忑，不知道少爷会不会愿意与他相见。但无论如何，他不会遗憾了。歌声把一生的重量从他的身上卸去了，他感觉到自己轻如一片落叶。

歌声停止，少爷的眼睛抬了起来。

在这个无端生长的世界里，有人像柱子一样把天撑高，有人转身后像尘埃一样消失。在那样的日子里，我总等待着回头。我们的视线会不会再次相聚在一起？

——云游诗人殷颂《世间的距离》通行尺寸版

后冰川时代纪事

在我搬进出租房之前，听房东说已经有人入住了，他叫老木，租我隔壁的那间。这让我稍微宽心了一点，就算受骗的话也有人作伴了。我又忧心起租伴的为人来，要知道一个不好的租伴也许是一连串倒霉的开始。

摸黑上了楼，掏出房东给的钥匙扭了两下，好像没用，门锁透出来的寒气冻得我发麻。

“推！推！”有人在里面模糊不清地喊。

我用肩顶开霉朽的门，一堆行李应声滚进去。大厅中间有一团肉乎乎的东西，应该就是老木，正趴在地上吃方便面。他抬头看看我，歪歪头，示意我要不要来一点。我看见他嘴角的涎水，下巴还拖着几根战战兢兢的面条，连忙摇了摇头，随后又笑着点点头表示谢意。他没说什么，继续吃方便面，肥胖的身躯拱在地上，露出尾椎骨上的鱼状棘。我暗自打了一个寒颤，尴尬地四下张望，我这才发现整个大厅没有一张桌子椅子，地上尽是半化开的冰片子。大厅一角赫然是那块冰川纪遗留下来的遗冰层，虽然房东已经事先打过招呼，我还是被吓得不轻，根本不敢正眼瞧上一眼，飞也似的把行李踢进房间，关起门来。

我花几个小时把房间简单铺设了一下，铲掉了地上的冰皮。现在房间里铺着我的铺盖。若没有铺盖，估计晚上得冻死，铺盖的一头堆着全部的行李，然后还剩有一小块可以转身的空地。我搓着冻僵的手躺在铺盖上，长长地吐了一口气，感叹自己终于有了一个落脚之地。

找到一个房子是不容易的，大多数房子都在冰川纪里毁坏了，当然，人口压力也减少了很多。冰川消融以后就有人从废墟里清理出尚可使用的房子，登记了所有权。这些第一批眼光远大的圈地者后来成为了社会的贵族阶层、房地产商和房东。

不知什么时候睡着了，一觉起来已经到了傍晚，窗户上结了一层霜，透出微微橘红色的夕照来。我贪婪地看着，据生存学大师讲，这样有助于激发温暖的幻觉。不一会儿天就黑了，我摸着墙够到门闩，打开门，门外的大厅也是一片漆黑。我又转身回屋摸出蜡烛来点上，走到大厅，看到地上一个庞然大物，吓得我差点叫出来，定睛一看是老木趴在地上吃方便面。像他这样的食客一定养活了不少手工业劳动者。

“你还没吃完？”我问出这句才想到他应该是吃第二餐了。

他“哼”了一声，没有停下来。

“怎么，你就吃这个？”我踢踢他的屁股问道。

“那吃什么？”他终于扭过头来看着我，扯着细小的眼角，那神情像一只蜥蜴。

这是我第一次听见他说话（隔着门的那次不算），声音粗哑而让人觉得粗俗，我想事实就是这样，一个人有这样的吃相必定不会高雅到哪里去。

“你可以吃些现成的食品，这样很浪费能源配额的。”我好心劝告道。

“没事儿，我合计着够用。”

“你一天煮两次方便面，你晚上不开电热毯？”

他拍拍肚皮：“我这里厚实。”

“哦——”，我看见了他身上撑得圆鼓鼓的棉袄，点了点头，也许这个人真不怕冷，也许他宁可挨冷也要吃，看他的体型绝对不是一般人能吃出来的。

老木的方便面把我惹饿了，我好不容易才忍住没有动用我的能源配额，只是找了一点压缩饼干下肚，就着冷开水把那些硬渣吞下去，不管消不消化，只希望它们在喉咙停留的时间短一点。

吃完我说要出去走走，便套上棉大衣出了门。拢着袖子在漆黑的街上转了半天，一个人也没有，整个世界都被冻得死气沉沉的，除了黑黢黢的废墟就是还没化冻的遗冰层，风吹过空荡荡的街，像一群落魄的贵族跑过。曾经那是一个贵族的时代，但是他们都已经下了地狱。我看不清脚下的冰，滑了好几跤，幸好一个人也没有。我这才想起我还不知道自己出来要做什么，呆呆地愣在街中间半天，还是转回去了，我想我明天要找一个工作，我的积蓄不够在这个寒冷的世界维持多少温度了。

我回来时老木已经睡了，我经过他的房门时停下来，仔细听，不一会儿就听见老木翻身打滚和哼哼唧唧的声音。我在心里窃笑：冻你成孙子。

这时候我庆幸我的能源配额还在，我没有因为一时冲动花掉它。我把蓄电池接上电热毯，钻到铺盖里面。这些能源可以够我睡上一晚上好觉了。

第二天我看见老木的鼻子冻得通红，笑着问他昨天睡得怎么样。

他说："我的鱼状棘硌得慌，总睡不好的。"

原来是这样，我表示同情。

他说："你还可以吧？"

"很好。"

他突然想起了什么，瞪着我问："你……你的变异呢？"

我窘迫地说："我有的，我的……是下面那个……"

他神情凝重地点点头，表示同情。

老木自称是个地质学家，也许捡到过几本地质的书，还看了两眼。他指着地板说，这里是冰川划痕，你看这儿，这个裂纹，一直到天花板，是构造应力造成的。他说，如果你照这里挖可以挖出螺蛳壳，冰川纪前的人吃剩下的，听说那些龟孙子很会享受……这时我就装作很认真地点头。

地质学家于找工作同样没有什么优势，老木找了几天工作一无所获，我也一样，所以我跟他有了一点同病相怜的感觉。

有一天，老木神奇地弄回来一些烤肉叫我一块儿吃。我的神经在烤肉香味的刺激下兴奋起来，我买来一小瓶酒，兑了些水，对老木说今儿咱们好好地腐败一下。老木拿出餐刀把烤肉仔细地切成一小块一小块，拨给我一半。我给他斟上酒，和他对饮起来。老木嘴大，喝得急，不多会儿就满脸通红了。

“今天我看见一只老鼠。”老木冷不丁地冒出一句话。

“嗯？它们也活下来了？”

“可不，就在路上，小家伙卡在人行道下面的砖缝里，被我逮住了。我原本想上交猴子发电厂的，后来我想起来，前几天我在上城区废墟发现一块刚化冻的门板。”

“门板和老鼠有什么关系？”我嚼着烤肉问。

“废话，没有门板当柴火哪有你吃的烤老鼠肉！”

我像被打了一巴掌，胃部一阵痉挛，赶紧灌了一口酒镇住。老木啊老木，我真想揍你一顿，可是我全身瘫软。缓和了一阵，我还是决定原谅他了，我把我剩下的老鼠肉全部推给他，光喝酒。

“你什么都能吃，可我不是，我的胃很脆弱。”我郑重地警告老木。

老木耸耸肩，把一块烤肉扔到嘴里。他每扔一块肉，我的胃就挣一下。

老木终于酒足肉饱，哑着嗓子吼道：“冬天怎么他妈那么长呢！”

我不无感叹，经过冰川纪的洗礼，这些粗口仍然幸存了下来。我说：“什么冬天不冬天的，早就没有春天了。”

“冰川纪不……不早他妈结束了吗？”

“科学家说现在是后冰川时代，至少还要持续上千年，我们幸存下来就不错了，幸运的还能长些膘，你就知足吧！”我不无讽刺地说。

“唉！”老木叹了一口气，“多少食物呀，它们都不存在了。”

我鄙夷地瞟了他一眼。

老木道:“他们自个享受完了，就把地球弄糟了，都没想过留给我们一点。”他愤愤地呼出一道粗粗的白气，让我感觉这个世界的不真实。

我不说话了，和老木一起呆呆地仰着头，干咽着口水，喉头一鼓一鼓的。大厅角落的遗冰层里冻着那只东南亚仰跳猴，鲜红的下巴朝着我们，就像刚开始一次跳跃还未及落地一样，让我不由得发怵。

今天老木回来高兴地跟我说，我们的城区新建了一个猴子发电厂，以后能源配额可以提高了。

猴子发电厂，我一想起来就头皮发麻。

冰川纪之前，一切不可再生能源就消耗光了，漫长的冰川纪使大部分科技包括生产能源的科技遗失了。但是美洲大陆的科技考古学家们幸运地从一个“鸽子实验室”遗址中找到了一组实验资料，那个实验是让染上毒瘾的猴子去蹬一架脚踏板，蹬得卖力就会有毒品从一个针管注射到它的身体里，否则猴子得不到毒品。实验表明，猴子会拼了小命蹬脚踏板，直到精疲力竭。后冰川时代的科学家们正是根据这个原理发明了猴子发电厂。但是在刚开始时，能源状况并没有得到显著改善，极低的毒品产量限制了猴子发电厂的规模。直到后来，地球的这一端，第二个技术里程碑出现了，亚洲大陆的科技考古学家们在一个不起眼的小作坊遗址里发现了用苯丙酮合成甲基苯丙胺的结晶方法，猴子发电厂终于大规模地发展起来。人类再次进入了能源时代，无数的猴子、遍布在世界各地的猴子蹬出了人类文明复燃的曙光。现在，“猴子”不仅仅指猴子，也包括所有用来发电的动物，当然也包括人。《新文明法案》规定:“所有无业游民、无产出者将送交人口委员会审查，申辩不能通过者将被发配猴子发电厂。”

猴子发电厂就是这样一个地狱，鞭策着每一个人去创造财富，同时它又是天堂，让我们看到温暖，看到热的方便面。

第二天我去领新的能源配额，充电站前面已经排了长长的队伍。我看过一篇冰川纪前的文章，说各式各样的排队是小道消息流通和流言滋生的地方。可是我完全没有看到那样的情况，不知道是不是寒冷使人沉默，我看见的人们都缩着头一声不吭，偶尔挪动一下脚步，像一群孤独的乌鸦。我也懒得找谁说话，排到我的时候我申请了三天的能源配额，把蓄电池插在充电插头上，等到绿灯亮了拿下来走人，后面的家伙后脚就挤了上来。我惊喜地发现，能源配额果然多了零点几度。

我破例煮了方便面和老木庆祝。老木意犹未尽地啜着面汤，说幸好人们又通过手工作坊复原了这种工业时代的食品。

这也是不容易的，在很长一段时间里，他们根据冰川纪前的广告片段复原这种食品，却复原出了橡皮筋。人们对前人在饮食方面的生活方式似乎有着天然的兴趣，正如那句广告：一种食品，一种生活方式。

老木冷不丁地说：“哦，对了，我今天看见一个原种人。”

“哦，是吗？”我愣了一下。

“是只母的，又黑又瘦，精得像只猴子，一帮人围着都没有逮住她。”

“在哪儿？”我心里头一惊。

“春眠路。”

是她！我在右舷酒吧看见的那个女孩。当时她要向酒吧老板赎回她的一盆花，老板不认账。谁都知道，这样的高档品在黑市可以卖高价，老板不可能还给她的。她像一只猫一样跳上桌子，揪住老板的衣服。老板吓坏了，说花已经卖掉了，他可以给钱给她。最后她也没要钱，她说："请在场的人喝酒吧。"听到这句话，在外面看热闹的人纷纷涌进酒吧，那女孩在人群中溜走了。她路过我旁边时看了我一眼，我不知道她是不是有意看我的，那眼神是那样骄傲，却惹人怜爱，让我怦然心动。

"你怎么知道她是原种人？"我有点不甘心地问老木。

"警察查她的身份证她拿不出来。她身上一点变异也没有，妈的，别看她长得黑黑瘦瘦的，骨子里还是纨绔子弟的后代。"

我不禁为那个女孩担心起来。说起原种人，那本是贵族的后裔。冰川纪到来的时候，上层社会的人在世界各地建造了称为"文明温室"的庇护社区，不仅保护贵族们，还保存了大部分的科技，而普通老百姓只有捱的份。最初的严寒导致地球的人口剧减过半，庇护区外的幸存人类联合起来，艰难求生，漫长的严寒使得这些人类的基因发生了变异，他们称自己为新种人，他们就是我们的先辈。而那些仍然保持着前人类纯正基因的贵族后代被称为原种人。再后来，先辈们向原种人发起了攻势，这场平民对贵族的战争持续了几个世纪，这也是科技走向毁灭的时期。冰川纪年七百一十四年，最后一个"文明温室"被捣毁，但是原种人并没有灭绝，他们的遗民躲入了称为"文明冷柜"的冬眠舱（我们把它叫作"棺材"）。尽管"棺材"秘密建造在地球的各个隐蔽角落，在冰川纪里还是被找出来捣毁了不少，冰川纪结束后，痼疾一样的前纪元贵族的遗老遗少们陆续从遗存的"棺材"里爬出来，复苏的原种人联合起来向新种人要求权利。《新文明法案》通过后，承认了原种人的权利，允许他们有限度地进入我们的社会。但是原种人始终是没有社会地位的，就拿发配猴子发电厂的事来说吧，新种人需要经过严格的审查程序才会给予发配，原种人常常是往里一扔了事，任你申辩也没有用。

老木察觉到我的表情，说道："你不高兴？是怪可惜的，像这样的小杂种肯定是无业游民，抓到上交猴子发电厂能奖励不少能源，要是让我赶上……"说到这里他响亮地咽了一口口水。

我感觉就像被一只癞蛤蟆舔了一样恶心，不由得缩了缩脖子。虽然我并不认为前代人的罪恶还要追究到后代人的身上，但是对原种人报以同情的人很容易被口水淹死，我不得不有所忌讳。我掩饰地咳了两声，说道："是的，是得抓，如果她真的有……那样坏。"

老木斩钉截铁地说："嗯！这是肯定的，原种人没一个好东西，他们把环境搞坏了就躲起来了，不管我们的死活，我们自己活下来了，现在他们凭什么出来和我们共享资源？他们凭什么不长尾棘！"

老木的话让我想起从前的政论广播中饱含激情的演说："原种人是那个时代聚敛资源的核心受益者，也是环境策略的主要决策者。全球的环境灾难来临时，他们抛弃了他们应担的责任，反而抢占了资源优势以求自保。他们的纯正基因是用广大人类的死难换来的，他们的每一个碱基对里都编码着罪恶，他们的每一代都在复制着这种原罪……"我隐约记得曾经有一个词叫"愤青"来的，用来形容老木这样的人再合适不过了。

那些"愤青"所叫嚣的"基因合法性"，其实只是一个发泄的借口而已。真正地讲，基因的差异并不是分化两种人类的根本原因，我们大部分人的变异都是微小的，实际上和原种人没有多大差别，但它更像是一个胎记、一个符号，提示着一段历史、一段仇恨，告诉人们不平等要用不平等来偿还。

我的头脑中开始出现各种胡思乱想，如果她被抓住了会怎样？被送到猴子发电厂还出得来吗？以前我待的城区的发电厂后面有一条巷子，发电厂的一个小铁门就开在那里，我见过有“猴子”（我看了半天才确定是个人）从那里被扔出来，无疑是嫌他太瘦弱了蹬不动脚踏板了。他脑袋里的意识估计成了浆糊，说的都不是人话了，只会沿着巷子爬，第二天去看他还没爬出巷子，挨冻受饿，毒瘾发作，死得比鬼还难看。

想到这里我后背一阵发麻，我一把拖过老木问：“她跑往哪里了？”

老木瞪着眼睛看我，说：“去……去发电厂方向了。”

我蹭地站起来，迈步要走。

老木惊忙问：“你干什么去？”

我懒得理他，随手抓起一把餐刀，说：“我去杀了她。”

“喂，你……”老木在后面喊，“小心那娘们挠人！我看要不算了吧！”

发电厂周围是废墟地带，房子基本上都被冰川毁坏了，只剩下残垣断壁。大部分地方还没有化冻，也没有什么人居住。路边的残冰中还冻着一些老树桩，一旦冰化去就会有人把这些树桩挖去卖到黑市，给新兴贵族当柴火，那些阔佬们早已造好了壁炉，只等着柴火了。我想这里的环境正适合她兔子一样的行踪。走过几条坍圮的巷子，阳光倾斜地照在老墙中间，在经年的青苔上泛着光，满眼都是破败的景象，除了墙上的数字没有什么文明的信息遗留下来。这里以前是好些个单位的大院，我穿过一个院子时闻到了微微的霉味，这是好事情，说明现在的气候越来越适合孢子繁殖了。

一伙人悻悻地从一条小巷子走出来，一边骂骂咧咧。等他们走远以后，我才钻进小巷子察看。

她跳出一扇破窗子的时候正好与我面对面，她惊得愣了一下。我抢先说道："放心吧，他们已经走了。"

她将信将疑，终于还是相信了我，她说："我记得你了，在右舷酒吧。"

我们找了一家小面馆坐下，我给她和自己各要了一碗面。

"我请客。"我故作慷慨地对她说。

她用手背擦了擦嘴巴，硬邦邦地说："怎么，看样子我付不起钱吗？或者你另有所想？"

"不不，别误会，我不是街上那种痞子，我还欠你一杯酒呢。"我看着她，她冻得通红的小手和脸上有好些刮伤的痕迹，像一只从荆棘里走来的小鹿，让我隐隐心疼。

她的声音温和了一些："现在捡了便宜还知道回报人不多了。"

我想报以一个微笑，可是脸冻僵了，只能笨拙地提一提嘴角。她倒是忍不住笑了，她的笑让我温暖起来，一下子轻松了许多。

"我叫炯三。"我说。

"很久没有人叫我的名字了，我叫丰颜。"

"哦，丰颜。"

她点点头。我们聊起来。

小面馆是一对老两口开的，倚着城管大院废墟的半面墙，再用捡来的石棉瓦搭出一个顶棚。我看见老汉把面条下在热气腾腾的电热锅里，然后撕开一个配料包倒进去，这不是方便面吗？我失望极了，这真是一个方便面的时代啊。老汉刚要端锅头，大妈打开他的手，用抹布裹住烫手的锅柄，才把面条倒出锅，端上来。看着碗里我眼睛一亮：里面竟然有几片肉！随即我差点下意识地去摸摸口袋——我不知道这里的面有多贵，之前没有问价，我犯了充阔佬的大忌。

我隔着腾腾的雾气看丰颜，她瘦削的脸颊在雾气里晃晃悠悠。我想说些什么，看她捧着碗出神，我只好低头吃面。

吃完面给钱的时候，丰颜说："你不必破费了，我有钱的。"

要抽身的话这是一个机会，我犹豫了一下，暗地里伸手进口袋里摸钱。估摸着还够用，我说道："就当是我回请你吧，我欠你一次的。"

"你欠我？"

"是……是啊。"

丰颜抿嘴笑起来："随你吧！"

我不知道她笑什么，也傻笑着。还好不算贵，我的钱还够。我付了钱，突然想到什么，迟疑了一下，还是问老板娘道："大妈，您是从哪里弄到的肉？"

大妈说："我们这里离厂子近，经常有'猴子'拿出来处理，很方便的。"

老木的！我几乎要脱口而出，老木啊老木，怎么都跟你一个样？罢了罢了，我努力止住痉挛的胃，挤出一个笑容对丰颜说送她回家。丰颜同意了，我陪她走进破败的巷子。

"你是一个原种人，对吗？"走在路上我装作随意地问。

她惊得跳到一边，捋起袖子，露出手臂上的一个疤痕横在我前面，“我有变异！”

“这是烧伤的，你自己干的吧？放心，我没有恶意，我也是个原种人。”

她仔细打量我，没有在我的身上发现什么变异，眼中的警惕才消退一些。

“那个伤疤，以后别做那样的傻事了，这样骗不了人，只会伤了自己。”

她委屈地点点头。

我知道我知道，为了生存你受了多少的委屈，我多想抱着你的肩膀安慰你。

到了她的住处，竟然是废墟里的一个地窖。我摇摇头对她说：“你要去找一个工作，然后去租一间正式的房子住，要不然他们会把你当无业游民。我也没有工作的，我们可以一起找。”

“谢谢。”她感激地说。

“努力。”我说，“我明天来找你。”

回到家我累得倒头就睡了，睡得迷迷糊糊被老木敲醒来。老木一把把我拽出门，拉到厕所里。

我搓着眼睛说：“什么？”

老木打开蓄电池上的应急灯，照着厕所角落的一块冰叫我看。他竟然舍得开应急灯，必是有什么重大的发现。我朝冰层里看，看见有一个圆筒状的东西。

“看见了？”老木问。

我点点头，又疑惑地看着他。

老木马上把应急灯关了，“这是一个易拉罐！喝的，冰川纪前的。”

“无聊，你又拿不出来。”我兴致索然地睡觉去了。

然而老木用实际行动证明了他对那个易拉罐的锲而不舍。他每次吃方便面都把面汤留着浇在冰层上，我很惊讶他竟然能割舍下这份口舌之欲。他每天蹲在厕所不厌其烦地浇面汤，我甚至奇怪他肥胖的身子是怎么进行如此细致的工作的。冰层一点点的化开，到了第二个星期，易拉罐终于取出来了。老木捧着罐子展示给我看，罐子上面写着“Coca Cola”，虽然已经变形，但竟然是密封完好的。老木说这可是顶级奢侈品啊，我要拿到黑市去卖。我说随你吧，你不能指望阔佬也和你一样饥不择食。

第二天老木真个把易拉罐塞在一个黑皮包里出去了。

这时候我跟丰颜的关系日渐熟络起来，我们流窜在大街小巷，看电线杆上和劳务所里贴出来的招工的条子，其实我心不在焉。

工作不好找，尤其对于原种人，歧视条件很多，甚至常有人不怀好意地盯着丰颜，遇到这样的情况我就拉着她飞快地走开。每结束毫无收获的一天，我沮丧又有点暗暗高兴，高兴的是第二天我又可以和丰颜继续我们的旅途了。有时经济紧张了我们就靠打些零工赚钱，我做过房屋中介所的催款员，做过一家品牌膨化饼干的推销员，做过酒吧的掺水师。但是我知道，想要不被抓去发电厂，最保险的方法是找到一份稳定的工作。

看着偏西的日头，我对丰颜说："我们到春眠路的酒吧去喝一杯吧！"

丰颜不说话。

我知道她怕什么，我拍拍口袋，说："我有刀，我保护你。"说着我露出餐刀的刀柄给她看。

她看清楚那截黑东西，灿然一笑，跳到前面叫道："炯三，聘你为本姑娘的带刀护卫，不得偷懒！"我大步跟上。

我们找了一间叫"小资"的酒吧，这名字似乎在提示着一种古老的生活方式。我选了一个靠里的位置，把她挡在里面，边喝边聊起来。丰颜说起她的身世，脸上泛着酡红的哀怨："在我十二岁的时候，我的父母就不再抚养我了。"她眼睛里的幽光透过酒杯散射出来，整个屋子都飘浮着她的气息，让我的心情不由自主地被牵引，"父母对我一直不好，他们说这是让我变得冷酷，在这个冷酷的世界里只有冷酷的内心才能让你生存下来。但是我总学不会。"她苦涩地笑了一下。

"真羡慕你还有父母，像我，我们这些人，都是从试管里出来的。从育儿所到教养院，就像流水线，我走出来的时候只记得那些人的工号。但是有一个老师，她肯告诉我们她的名字，也愿意和我们用名字相称，她叫雅卓，我听过的最美丽的名字。"

我说了一些我们那班孩子和雅卓老师的趣事，把她逗乐了。

"她啊，就像我们这些孩子的母亲，这是我生命中唯一感受到的母亲的感觉。"我顿了一顿，"你在想什么？"

"没……没有。"丰颜回过神来，"母亲的感觉？那是什么样的？"

"我说不清，就像在黑暗的隧道中你相信前方有光明，身处寒冷的你相信温暖会到来。"

“雅卓也能感受到吗？”

“嗯，我相信，我能够看到她眼睛里的幸福。”

“她真是一个特别的人。现在的人都已经不关心孩子了，不是吗？”

“是啊……我们都是被抛弃的后代，谁还对后代抱有希望呢？”

这个时代的人类不再有延续种族的光荣，哪怕存续在基因里的本能依然强烈。我的脑海里响起了“绞肉机”轰隆的声音，如一阵空洞而狂暴的鼓点敲击着我的太阳穴。

每个月都有一天，“绞肉机”会从街上经过。那是个铁的机器，像立着的巨大的圆桶，周围遍布着一个个孔洞。我上次看见“绞肉机”来是在一个星期前，它由四个轮子驱动，顶上的小烟囱冒着烟，让我想起了古老的蒸汽机。它一面走一面播放着咿咿呀呀的音乐，但是它本身的机械体发出的轰隆声更催动人心。

“绞肉机”巍然屹立了两个小时后，又唱着欢快的调子走向下一个街区。走之前它不忘宣传一通，什么“为了人类的未来，请生育您的后代。”“不育可耻，多生光荣。”

但是没有人听政府的这些宣传，十个世纪前的人放弃了他们对后代的责任，十个世纪后的人继续着同样的报复。前人用一百倍的资源来滋养自己，难道要我们用百分之一的资源去养活别人不成？来到这个冷酷的世界上受苦的生命还不够多吗？

这是被抛弃的时代，这是抛弃了一切的时代。

于是科学家们只好用“绞肉机”搜集来的精子培育胚胎，艰难地维持着出生率和人种基因的多样化。全世界的顶尖科技都被调动起来，为延续人类种族而努力。

丰颜的话打断了我的思绪："从前的人不是这样的，虽然他们犯了不可饶恕的错误，我们总说他们很自私，但是我觉得他们也有美好的一面，他们之中的两个陌生人会走到一起，组成家庭，关心对方，他们会生育后代，为后代规划一个美好的未来。他们有我们所不具有的力量。"

"是使命感吧？"我不确定地说。

我想起那个在每年的市民代表大会上高声呼吁的知识分子，他的呼声振聋发聩："醒醒吧！我们对后代不再怀有使命感，人类要灭亡了！"然而没有人理会他，人们关心的是自己的生路，而不是人类这个已到迟暮的种族。

丰颜皱了皱眉头："还有别的什么，有时候我能隐约地感觉到，我们丢失了太多的东西。"

但是谁都找不到答案了，我们与一千年前的人已经是不同的两个种族，虽然他们的文明还在影响着我们，但是他们的生存方式早已完结在一千年以前。

老木没有卖掉那个易拉罐，又把它带回来了。我看见他矛盾的样子：一会儿蹲在地上沉思，一会儿站起来出神，夕阳把他的剪影投在地上，有一种形而上的意味。

他突然一拍大腿站起来，"哧"的拉开易拉罐，对我说："你……"

"不要！"我抢道。

老木通情达理地点点头，一仰脖子自个儿喝了，喝得干干净净的，然后冒起一串嗝。他这才顾得上跟我说话："真奇怪的味道……你知道我为什么没舍得卖掉易拉罐吗？因为我发明了一个东西，这个罐子用得上。”

老木迅速把他的构想演示给我看，他把罐子放在电热炉上，把一截软管插在罐子口，然后翻他的杂物箱，翻出一朵塑料的花：“比方这是一圈桨叶。”他拿塑料花对着软管的另一头，“你看，把它们固定起来，在桨叶上传动一个发电机。电热炉把罐子里的水煮开，水蒸气通过软管，推动桨叶，带动发电机，就可以发出电来。”

我在头脑里判断了一下这个方案的可行性，问道：“你这个装置的动力来源是什么？”

“水蒸气。”他想了想，又补充道：“电。”

“这就对了，你用电来发电？我想这个装置只能用更多的电发出更少的电。”

“那是因为这个装置还太简陋，很多能量散失出去了，只要我不断地改进系统，减少系统的能量散失，输出的电量肯定会增加的，当输出的电量大于输入的电量的时候，我的发明就成功了。”

我惊讶地瞪大眼睛看着他，他的脸上摆着认真的表情，我说道：“呃，祝你成功。”

我有一种幸灾乐祸的感觉，就让他忙去吧，至少他不会有闲空在我面前做那些蠢事、说那些蠢话了。

丰颜好几天都没有跟我出来，她好像在忙自己的什么事，我一连几天心里空空的。终于再见到她时，她神秘地对我说：“走，带你去看我新发现的古物。”

发电厂周围荒无人烟，那里有很多没有被踏足过的地方，丰颜告诉我她经常在这一带找古物。在一处废墟里，她让我见识了那些尘封在冰中的往昔。那原本是一间卧室的一隅，一张桌子被困在冰层里只露出一个角，透过冰层还可以看见它上面有几本书。可以想象，主人只来得及翻上几页就匆匆离去了，忙乱中掉下的一本相册一直躺在桌子下，时间就像凝固了一样，静静地晃过千年。

丰颜从挎包里拿出钉子和石头等东西给我看：“我正在挖掘这张桌子，先凿出轮廓，再融化冰，现在已经挖出一个角了，挖到那些书要一个星期，最后的目标是那本相册，可能需要一个月。”

“你用什么办法融化冰？”我问。

“用热水，如果是纸质的东西，到最后就不能用热水了，要用体温去化开。”

我的心一紧，目光跟去看她的手，她的手红通通的，攥着一枚钉子，就用这一点点温度？我摸了一下冰块，冷得缩了回来。我不解地问：“这些东西，值得花这么多工夫吗？”

“嗯。”丰颜不在意地答道，她拿出几张相片，“这是我以前弄到的，你看，这是冰川纪前的人，他们和我们一样。”

我好奇地抢过来看，相片已经泛黄发皱，画面里是一个女孩安静地站在阳光里，长发垂肩，她的眼睛里仿佛有淡淡的忧伤，融化在了阳光里。另一张是那女孩和一个男孩的照片，男孩带着顽皮的笑，她捧着一束花，倚靠在男孩肩膀上，笑靥如花。

“那个时候有这么美丽的花，它们开放在阳光里。”丰颜神往地说。

我看见相片上没有标日期，问道：“这两张照片的日期哪一张在先，哪一张在后？”

她摇摇头，随后马上肯定地说：“两个人那张的日期在后。”

丰颜爬到二楼高的一块楼板上，叫我上去。我小心地踩着残缺的墙走上去，丰颜拉我一把，我就跳了上来。我们坐在楼板边上，看着下面黑色的废墟和白色的冰。丰颜变戏法似的拿出一本笔记本来，说：“这是我在同一个地方找到的，那个女孩的日记，是我最珍藏的东西。”我想伸手去拿，她立刻收了回去。“我念给你听。”她说。

她翻开日记的一页念道：“孩子们追逐着邮递员的单车，邮递员摔倒了，摔在一片花海里，孩子们嘻哈笑着围上去，邮递员害羞极了，推起单车就跑，身后追着一群花瓣，像孩子一样灿烂。”

我困惑地皱着眉头，“邮递员？单车？你能明白多少？”

她摇摇头，然后笑道：“但是很奇妙，我能体会到那些心情！那些跳跃在字里行间的喜悦就像阳光的斑点一样！”

丰颜歪头看着我，我不知道她期待我出现什么回应，只好不自然地笑笑。她说：“女孩的外婆家是郊外的一幢小屋，每个夏天她都会到那里住上一段，那里有鲜花、原野、阳光，有玩耍的孩子，有一个叫邮递员的人会定时经过，在那里她遇到了照片里的另一个人。但是我不知道女孩的名字，她没有提到过。”

我不知道这是一种什么感觉，我们看他们的样子，谈论他们的生活，甚至体会他们的感情，仿佛我们跟他们一样，生活在同一个阳光灿烂的日子，可是我们从来没有走进他们的世界，我们体会到的只是我们自己的感觉。我们终究只是在遥望。

丰颜翻开日记本的另一页，念道：“雨线斜斜地打在窗户上，窗外有穿裙子的少女，她们提着裙子走过小小的水洼。如果我跳出去和她们打一架，你会站在谁的一边？”她脸颊绯红地小声笑起来，“日记本里还有一句：如果一个不曾相识的男孩再三地说他欠你的，那么他就是对你有意思了。”

“啊？”我的心一动，挠挠头跟着笑起来，突然不想去弄明白这句话的意思了。

这时丰颜的表情变得认真起来，她翻到后面的一页，轻轻念道：“我们坐在郊外的那块大石头上，下面是茂密的草丛，我穿着花花的裙子晃着脚，你吹着好听的口哨，我们折好多纸飞机放飞，看它们在我们身边打转，一只一只地没入草丛中去。”她合上日记本，“如果这一切还在。”

“如果这一切还在，今天我们就不用面对这些废墟和冰块了。”我附和道。

她摇摇头：“你不明白。”

“日记后来怎么写的？她怎么样了？他们怎么样了？”

她不肯告诉我，把日记本收进挎包里，低头靠在我的肩膀上。

我轻轻扛着肩头的那个重量，端直地坐着一动也不敢动。我低头看见四只脚，两只黑乎乎的穿着人造革的皮鞋，两只脏兮兮的穿着开裂的靴子，四只脚悬在废墟上面摇晃。

“你敢吗？”丰颜突然问我。

“什么？”

“我在下面发现一个地下室，很黑。”

“我……当然敢了，我有刀！”

丰颜高兴地拉我起来，说道："走吧。"

我们从一个入口爬进了地下室，我在前面探路，脚下全是乱石堆。"小心。"我提醒丰颜。往前走一段，脚下变成平地了，再往前走，我摸到了一堵墙。

"什么也没有。"我摸着前面的墙壁说道。

一片安静。

"丰颜？"我问道。

"炯三，你敢吗？"她突然从后面抱住我的腰。

"你说什么……"我惊慌失措起来。

"你想要孩子吗？"

我的心狂跳，我结结巴巴地说："不……不……我不……不能……"

我急促地喘着气，她的脸贴在我的后背，我感觉到她呼出的热气。

过了好一阵子，她放开我，幽幽地说道："你不是原种人，你有变异，对吗？"

我无话可说，只好点点头。

"你为什么骗我？"

"对不起……"我理亏地说。

她叹了一口气："可是你为什么又宁愿跟我在一起，连累自己找不到工作？"

"我不知道为什么，我不知道是对是错，我只是喜欢和你在一起，我想我能体会到照片里面的两个人的感觉了。"

"这叫恋爱。"丰颜在我的耳朵后面轻轻说，"我不怪你了。"她绕到我前面，踮起脚尖吻了一下我的脸颊，然后踏着清脆的脚步走出去了。

我呆呆地站在原地。

“我想我恋爱了。”我对老木说。

“你说什么？你是说恋爱？爱情？那是多少个世纪前的概念了？”老木正在摆弄他的发明，那个装置已初具雏形。

“我不知道是不是该这么称呼，你有过这样的感觉吗？”

“我只对‘绞肉机’有感觉。可是，你……”他一边说一边把一截软管塞到易拉罐里去。

“不是那种感觉。”

“那就别给自己找事了，你的工作还没找到吧？”

“你不想知道那个人是谁吗？”

“谁啊？”

“那个原种人。”我说完捏紧了拳头，如果他敢有什么异动，我就先下手为强。

老木停了下来，过了片刻，他叹一口气道：“唉，我早该想到的。”

他竟然没有对这件事再说什么，我暗悬着的拳头放了下来。他饶有兴致地给我摆弄起他的装置，不知道他从哪里搞来了一个小马达，连在桨叶上，串上一个小灯泡。现在这个装置已经能让灯泡微微发亮了。得知他为了省出实验用的能源，已经把方便面戒掉了，我感到不可思议。

老木废寝忘食地扑在发明上面，一天天消瘦下来，变得形容不整，他的积蓄所剩无几，却没有再去打工。房东来催了好几次房租，每次都威胁说要清房，我的钱东凑西凑交上去了，老木的还一直拖着。我对老木说你去做点正事吧，要不到时候你来问我借钱，我可是没有的。他说："我这个是划时代的发明，坚持下去肯定能成功，到时候你每天都能煮方便面了。"他仰起一个高大的背影，夹杂着脊柱的"噼啪"声。艰难地撑直腰以后，他高山流水地咽了一口口水，然后呆呆地望着大厅角落的东南亚仰跳猴，东南亚仰跳猴也用鲜红的下巴望着他。他哆嗦一下，说道："实在不行的话，那东西化出来还可以填填肚子。"

我有些酸楚地走开了。

好几天没找到可打的工，我和丰颜的经济再度紧张起来，正在我一筹莫展的时候，丰颜突然说她接了一个活，只要去猴子发电厂偷出档案文件，就可以拿到一大笔钱。我知道这是怎么回事，我不希望她跟那些原种人激进组织有什么联系，那些人总是以破坏的手段谋求权利。

她有些生气地说："你做什么都怕！难道你养活我？"

我哑口无言了，只好说："我是担心你的安危，那里是最危险的地方。"

她挽着我的臂弯说："不会啦，你不是有刀吗，你保护我啊！"

我愣了一下，劝阻的话到嘴边又咽下去了。她拉着我说："快走呀！"我不由自主地跟了上去。

我们趴在发电厂外的一截断墙上侦察，发电厂四周是二人高的围墙，透过围墙顶可以看见里面灰色的厂房和巨大的变电器。我们的目标是档案室。

“你看，那里有一堆胶管。”我说。

“嗯，我也看到了，我可以从另一边搭砖头爬上墙，翻过去，跳在那堆胶管上。”

我打了一个冷战，想到那是输液用的胶管，说不定还藏着针头。“太危险了。”我直摇头。她却坚持这个方案。我说：“你进得去出不来。”

她说：“你拖住保安，我拿了档案从大门跑出来，只要我跑出了发电厂，他们就抓不到我。”

我最终说不过她，只好按计划行事。“小心！你要安全地回来。”我叮嘱道，然后捧起她的手呵了一口气。她眨了眨眼睛，笑着点头答应。

我掂着两瓶酒来到厂门口的传达室，几个保安立刻围了上来。我说：“我是来找肉的。”一个满脸赘肉的保安说：“你找对地方了。”招手叫我进屋。

屋子里有四五张小折凳，中间的一张桌子摊着几副牌，还有半锅尚有余热的方便面。一个肚子肥厚的保安仰靠在一张沙发里，把沙发填得满满的，我一眼看见他的下巴上有一块刺眼的红斑。他自我介绍说他是保卫科科长，冲我道：“开店的吧？”

我点点头，“开面馆的。”

“不错。”他把酒瓶子盖咬开，倒了一杯酒，“要鲜货？”

我愣了一下，点点头，转脸向窗外，以免让人发觉我脸上的生疏。厂区里堆了几堆锈迹斑斑的笼子、踏板、轴承和链条之类的东西，我这才注意到空气中弥漫着机油味，让我一阵恶心。

科长拿出一个小本子："鲜货要预约。人肉你是不要的吧？我们近期有一头驴，十二只猴子，两只獾，都有人预订了。还有一只叫万户侯的大象，瘦得皮包骨头快不行了，应该近期就可以出货，你就要它吧。"

我摇头说："象肉太糙，耗火时。"

"那你就得等一阵子了，看看这些……"

我瞟了一眼窗外，看见丰颜的身影从厂房边上折了过去，提着的心稍微放下了一些。我故意提高音量，煞有介事地商讨货物的价钱。

我和科长讨价还价，不时地向窗外瞟一眼，如果丰颜这时跑出来，我就立马虚张声势地拍板定价。过了许久都没有动静，就在我开始胡乱猜想的时候，警铃响了，几个保安迅速跑了过去，我回头看大铁门已经"吱呀呀"地关起来了，我的心一下子沉了下去。厂区里传来杂乱的脚步声和叫喊声，不一会儿就看见丰颜被几个保安押了过来，我的脑袋"嗡"的一阵发懵。

好几个保安才制服住她，把她押进传达室。我看见她满脸灰土，有几块青肿，我的鼻子一下子酸了。丰颜看见我，安静下来。我想开口说什么，但又觉得现在不是说话的时机，只好默默地看着她。

科长端着酒杯，上下打量了她一番，问道："身份证？"

丰颜喘着气傲兀地看着他，一言不发。

科长啐了一口唾沫，骂道："妈的原种人！"

我小心地插话道："没有身份证的不一定是原种人吧？"

科长捏起她的下巴："你不会看吗！她身上哪里有变异？"他在丰颜的身上捏了几把，丰颜像一只怒兽一样张嘴咬他的手，他惊忙缩回手来，酒洒了一身。"就像一只猴子！这就是那些贵族的后代。"他弹着身上的酒讥笑道，转脸对部下说："先做成'猴子'，再向能源部补个批条。"

"等等……"我急忙说，"不是应该先由人口委员会审查吗？"

"审个球！"科长恶狠狠地说，"她肯定是来破坏发电厂的，对这些仇视社会的原种人，早处理早省事！"

丰颜气汹汹地叫道："你过来！我告诉你我的变异在哪里！"她是在帮我吸引其他人的注意力，我悄悄地摸到了刀柄。

科长不吃她那一套，不耐烦地挥手道："拖走！拖走！"

丰颜的眼睛无助地闪烁着，我知道她想从我这里寻找一些安定的力量，却又极力避免眼光落到我的身上，她怕连累我，这让我的心如刀绞。

她把头扭过一边："炯三……"她终于忍不住小声说出来，这句话她是对着科长说的。我的心一下提到了嗓子眼，我狠狠地掐了自己一下。

科长还是察觉到了什么，警惕地盯着我："你认识她吗？"

我看看丰颜，又看看他，紧张地说不出话来，摸着刀的手又按了下去，我心里一点底也没有。

科长冷冷地对我说："你紧张什么？你的身份证拿我看看。"

我索索发抖地拿出身份证给他，他低头看了看，抬眼看我，带着穿透一切的寒冷。他逐字地念道："炯……三。"

保安的包围圈立刻向我这边围拢过来，一个剃着光头戴着皮手套的保安捡了一张折凳，不急不忙地折起来，在地上跺了跺。

科长摆手道："算了，小心被原种人栽赃，谅他也不敢和这个原种人有什么关联，除非他想不开了想去做'猴子'！"这既是警告也是威胁，他把身份证扔还给我，脸上浮现出一丝意味深长的笑意，“你是来谈生意的，是吗？走之前别忘了签订单，到时候走货付钱，你要是失约，哼，我们找得到你。”然后他转头对部下说：“没事了，走吧！”

丰颜转眼就被人架了出去，她咬着嘴唇没有再说一个字，没有再看我一眼。我全身被寒冷浸透了，手脚不听使唤，艰难地将手伸进兜里摸到刀柄，我闭上眼睛，深吸了一口气……

我拔出了刀，迅速抵在科长的脖子上，用尽力气喊道：“放了她！”

保安们一下子慌了神，光头的保安想去拿折凳，我把刀尖扎进科长红通通的下巴，科长疼得喊道：“哎哟别动！都他妈别动！照他的话做！”保安放开丰颜，我斥退他们，叫门卫打开大门。丰颜退出去后，我挟着科长跟着退了出去，命令门卫把门锁上。我把科长往前一推，科长肥胖的身子顺势就滚在地下，我拉起丰颜跑起来。

我们一头钻进废墟里，不知跑了多久，直到再也跑不动了，我气喘吁吁地把她抱在怀里，吻她的额头，望着她乌黑闪亮的眼睛。

她的黑瞳弥漫开来，变成一片漆黑包围住我，一口冰冷的空气涌入我的肺腔，我走在漆黑的楼道里，扶着墙，麻木地迈上楼梯。

如果……如果我那样做了，如果我救了她，如果这是真的……

然而没有，我终于没有勇气去涉险一搏，我的餐刀是钝头的，有一次切压缩饼干还切弯了，我会把自己也送进猴子发电厂的。我拿开手，睁开眼睛，看见她消失在工厂的深处。我用发抖的手签了订货单，科长让人打开门放我出去。我麻木地走着，不知不觉走到了她住的地窖，我走了进去，翻捡着她的物品，除了一床铺盖和她的挎包，几乎没有什么多余的东西了。我愣愣地坐在地上，直到傍晚的阳光照进地窖口，我带着她的挎包走出地窖，往家里走去。我是多么想见到老木啊。

我走在漆黑而逼仄的楼道里，死寂的头脑中不时浮现出一些虚幻的想象，虚幻的希望。这时我摸到了门，掏出钥匙拧了好久也拧不动，试着推了一下，门开了。

老木还在那里摆弄着他的发明，他的侧影佝偻得厉害，我走到他旁边停了下来。他仍然沉浸在其中，又一次接上电源，打开电热炉，电热丝却没有亮，他嘟囔地骂了一句，拿起电热炉敲了两下，电热丝亮起来了。他用粗短的手指调弄好一个个组件。易拉罐上糊了厚泥以减小散热，不一会儿水咕噜噜地烧开了，在易拉罐内积蓄压力，过了一会儿，他松开软管上的夹子，蒸汽“哧”地喷出来，推着桨叶“吱吱”转起来，马达上的小灯泡短暂地亮了片刻。老木眯着眼睛观察小灯泡的亮度，记在一个小本子上和前几次的数据作比较，然后似乎不满意地摇摇头。

“老木，不要再弄这个了，它不可能成功的。”我疲惫地说。

老木抬起乱发斑斑的头颅，用熬红的眼睛看着我，什么话也没有说。

“停下来吧，你什么也没有了。”

老木垂下头去，沉重地叹了一口气，用低哑的声音说：“那就只有去猴子发电厂了……”

我没有再说什么，平静地绕过他和他的装置，走进房间，“砰”地关上门，靠在门后，眼泪“哗哗”地流下来。夕照打在窗户上呈现出温暖的橘红色，朦胧而缥缈。我在丰颜的挎包里翻出那本日记本，翻到日记的最后一篇，眼泪让我的眼前一片模糊，我使劲眨着眼睛，过了好久我终于认出来了，上面只写着一行字：

“没有人能逃出这个世界的寒冷。”

播　种

上　幽灵列车

“我要一个故事！给我一个故事，马上！”我拽着涛哥的袖子说。

三个小时前我也是这样拽着《柳州生活报》主编的袖子，可怜兮兮地央求：“别把我的栏目撤下，我保证三天内交稿！”

我是一个靠给小报写灵异故事糊口的无业者，对外声称自由职业者，三十岁了还在混日子，房子没着，老婆没望，孔子说“三十而立”这句话的时候一定没有考虑到我的心理承受能力。靠几份地方报纸的故事专栏和一些网上的收益，我每个月刚刚可以供养一套出租房，碰到人品爆发灵感喷薄的时候还能有些余钱。但是吃这口饭就像打渔，总有旺季和淡季，如今碰上经济危机，人们的目光紧盯着财经版面，灵异小说成了可有可无的栏目。有些评论家说的“经济危机会使人们去远离现实的小说里寻找心灵慰藉”，全是扯淡。偏偏我又连着一个月憋不出一个故事来了，灵感像一座死火山一样，现在我急需一个小小的火星，哪怕能写出一个不怎么样的故事，让我先换口饭吃。

涛哥努力想把袖子抽回去，但是我一点儿也不动摇。终于，他朝桌子努努嘴。我说："老规矩，你讲故事我请客。"

晚上的青云市场热闹非凡，来吃宵夜的食客络绎不绝，各个摊位上蒸汽腾腾，各种小吃的味道杂陈在一起，变成本地人最熟悉的夜生活的味道。我点了一壶罗汉果茶给涛哥倒上。

涛哥一边喝茶一边整理被扯长了的袖子，“你知道吗？”他说，“春节反扒的时候我们捉过一些老油条，能拖着你的衣袖过几条街，也没碰到过你这么难缠的。”

“都为找口饭吃，不容易啊。”我说，又叫了两碗螺蛳粉，给涛哥的那碗加了卤蛋和鸭脚。

“你还住那个烂房子？”涛哥低头唆着粉，辣得直吹气，用“唏哩哗啦”的声音问我。

我说："没换，没钱。"

涛哥没说什么，继续低头吃粉。

我说："我是我们那帮同学里面最没出息的了吧？"

涛哥摇摇头，“你是最自在的。”

“自在个毛，坐吃等死，同学通讯录里面唯一写着‘自由职业’的，就和无业一个意思。”

“别说，我就佩服你的脑袋，你写的那些神神叨叨的故事别人还写不来咧。”涛哥抬起头来抹了一把汗，伸手想叫纸巾。我赶紧拦住他说：

“我带有。”

我掏出纸巾递给涛哥，说：“上次你讲那故事我没用上，但是你讲那人物我用上了，就是那个公务员杀手。”

涛哥心不在焉地“嗯”了一声：“你让我到哪儿找那么多故事给你？我们警察又不是天天办大案的。”

“你……”我没好气地说，“你编啊！”

“编？对了，编！倒是有一个！”涛哥被我提醒了，“我听说昨天接到一个拣破烂的人报案，那老家伙特能编，硬说他看见了一列火车，呃……没有人的那种，凭空冒出来，开着开着又不见了，国外也有过这样的故事，叫什么来着？”

“幽灵列车。”我提醒道。

“对！幽灵列车。”他说完看着我半天，最后冒出两个字：“完了。”

我意识到与其等涛哥说出个名堂来，还不如亲自去看看那个人：“知道他在哪里吗？”

“听说送去龙泉山医院了，还能去哪里？”涛哥“嘿嘿”笑着说。

第二天，在龙泉山医院里，我见到了那个拣破烂的阿伯。医生听说我来找他像见了亲人一样，“你认识他？快快快把他接走吧！他正常得很呢！”

阿伯把故事对我说了一遍，给我的感觉是：这个故事条理清晰，细节逼真。这个人虽然情绪激动，但是没有很强的表演欲望，他所描述的东西不会受到暗示而动摇。

他提到火车不是在铁轨上行驶，而是脱了轨，擦着地皮走，声音很大，碎石块打在他的大腿上和背上，他给我看他大腿上的瘀青，我检查了他的背上，发现背上也有他不知道的瘀青。

我有一种很奇怪的感觉，决定去现场看一下。

涛哥一定以为我被疯子传染了，为了一个故事打电话叫他来。他一下车就对我嚷道："我这可是执行公务的！你要是给不出个解释，你的罪名就是调戏警察！"

"你的痕迹鉴定水平怎么样？"我指着地上说。这里是铁路沿线的郊外，周围是成片的甘蔗地。

地上有一排像是被犁过的痕迹，草根和泥土被翻起来了，白花花地露在外面。

涛哥摸着下巴说："嗯，看起来像是一辆重型货车侧翻着向前滑出去造成的，时间不超过三天。"

"这里没有公路。"我提醒他。

涛哥在地上寻找撞击物的碎片，但是一无所获："痕迹的起始点是这里。"涛哥拿起相机拍照，顺着痕迹用步幅丈量长度，在大约七十五米远的地方，痕迹撞开一道田坎延伸进甘蔗地里，形成一道宽约四米、长约二十三米的压辙，在压辙的尽头连接着一个直径达十八米的圆圈，圆圈里的甘蔗被连根拔走了，更外围的一圈甘蔗被某种力扭成顺时针。"蔗田怪圈？"涛哥迷惑地望向我。

"现在可以推断的基本事实是……"

"有一个大东西被放到这里来，拖行了一段距离，然后被转移走了，然后制造了一些假象。"涛哥接过我的话说。他目测了一下泥土溅出的距离，又补充道："不，不是拖行，这个东西有很大的初速。"

我点点头："别忘了我们有一个目击者。"

"你真相信那幽灵列车?!"涛哥叫道，"什么鬼东西!"

职业本能使他望向四周拼命寻找可以解释的东西。最近的铁路线离这里也有二百米，铁道旁的速生桉完好无损。一列火车开过去，汽笛声尖啸着传开来，仿佛这是这个世界里唯一的声音，周围的植物被风吹动，仿佛也和汽笛共鸣发出细小的颤音。

涛哥转过头来惊恐地望着我，我和他面面相望，这真像一个让人脊背发冷的冷笑话。

晚上我们在青云市场吃宵夜，涛哥一脸沮丧地灌着啤酒。

"我写了份现场勘察记录交给领导，被臭骂了一顿。"他哭丧着脸说，"你说我没事去管这些和人民生命财产安全没有关系的事做什么?"

我碰碰他的杯子安慰他："没事，领导当到这年纪早已成佛了，哪还像我们这些老妖精?"

我叫了四串炸鱿鱼，涛哥自己要了一碗绿豆沙，他说："吃不了这些，这几天火气大。"

"对了，"涛哥说，"我照你说的查了，这里历史上没有发生过火车失踪的案件，在全国也没有。另外，前几天也没有发生过火车出轨的事故。"

我"嗯"了一声，摇摇头说："我原以为可以用时空虫洞来解释，比如某时某处的一列火车恰巧通过虫洞出现在我们这里，不过，现在也不能排除这种可能。"

"你玩得太玄，对我们警察办案没什么指导作用。"

"废话!"我"咣"地和他碰了一下杯，"我们就不是一条道上的，我跟你讲就是鸡同鸭讲。”

“不不，挺有启发的。”涛哥连忙说，生怕我把他扔在这个光怪陆离的世界上。“我们这么做行嘛，也像你写东西那样，有时就走到死道上了，需通过一个行外人从不同的角度来打开思路。”

我知道，涛哥这人最怕的是解释不了某件事，比如他怕看魔术，以前班里面有人学了一手魔术来显摆，他硬是缠着人家要问清原理，缠了一个月，最后人家不得不教给他了。什么事你只要能给他一个蹩脚的解释，他就能乐呵呵地落得个心里踏实。

这件事情到这里就算告一个段落了，往后几天也没有再听见什么消息，我用所见的事实作开头编了个东方快车穿越时空来到现代的推理爱情故事，并且决定把它写得啰唆点，估计可以连载十五六期。

一天晚上，涛哥急急地打电话给我：“喂！老万！你快来，出大事了，我们逮到了一个活的！”

“什么活的？”我一下懵了，以为自己掉到了皮卡丘的世界里。

“就是铁的！真的！火车！”

我“哧溜”一下弹起来，绊到网线并把笔记本电脑甩出三米远，我顾不得这么多，乒呤乓啷地奔出了门。

我打了一辆出租车来到涛哥说的地方，在一个路口外就封路了，涛哥来把我领进去。那火车一头扎在龙潭公园附近的一片树林里，几乎打了个对折，周围围着五六辆警车，车头大灯照着火车中部撕裂出的一个大口子。

火车铁皮被烧得焦黑，但还可以看出蓝白两种颜色。

“火车外壳被高温烧灼过，里面没有太大损坏。”我听见有人说。

我问涛哥：“查出车的身份了吗？有没有幸存的人？”

“没有，啥都没有。”涛哥一个劲儿地推着我往里走，一边递给我一个手电筒。

我们从撕裂的大口爬进去，一瞬间像进到了另一个世界，光亮和声音都被隔离在外面。

“为什么是我和你？”我这才想起这个问题。

“因为我是第一个上报幽灵列车事件的人，我跟领导说你是第一个调查幽灵列车事件的人，你手里有第一手资料。”涛哥“嘿嘿”一笑。

我向涛哥投去一个感激的目光，可惜光线太暗，他没有看见我火热的眼神。

我们往车头方向走，车厢以十五度倾斜，扭曲严重，车厢里一片狼藉，脱落的座椅和碎玻璃挤在一侧，没有看见尸体什么的。

“好像整车的人都消失了。”涛哥说。

涛哥的话提醒了我，我猛地站住，他不解地望着我，我说：“还记得上一列火车吗？如果这列火车突然消失……”

“我们也可能跟着消失！”涛哥惊叫，“那我们出去？”

我望望窗外树林的影子说：“不，既然来了，就赌一把。”我继续朝着黑洞洞的车厢摸去。

爬过几节车厢，我想辨认车厢号，竟然一个都辨认不出来。进火车以来一直有一种奇怪的感觉萦绕着我，我想涛哥也有这样的感觉。

我们走到应该是乘务员车厢的地方，这里也没有人，四壁上沾着类似炭化的粉末。我挤开已经有些变形的厕所门，厕所里湿漉漉的，脚下散落着一些白色的碎片，我拣起来查看，好像是花盆的瓷片，这里也没有任何生命的迹象。角落里一个胀鼓鼓的小包引起了我的注意，我拣起来打开，小包里塞满了手纸，显然是用来保护什么的。果然，我在里面掏出一个手机。

我按了一个按键，手机屏幕竟然亮了起来！我吓了一跳。手机屏幕上显示着一条信息，这时我明白过来那个奇怪的感觉是什么了——我们的文字认知能力被大大地降低了。我竟然看不懂手机上的方块字，还有一路走来的那些标识文字。

我把手机递给涛哥，他也摇摇头。我想了想，把自己的手机递给他，这回他能看懂了，我也能看懂了。我明白过来了，我们的文字认知能力没有被降低，而是这列火车上使用了另一种文字。

"外星人？！"我和涛哥几乎同时叫起来。我开始后悔怎么没有借一套体面的西服来参加这场载入史册的约会。

但是我很快又把自己的猜测推翻了，自从我打开手机滑盖看到键盘布局的那一刻起，我就有一个感觉：对方是和我们一样的人。

"我有了另一个想法。"我说。

"从所有物体的外形设计到功能设计，都遵循着和我们一样的人本设计理念，可以推断他们是和我们差不多的人……"我滔滔不绝地讲着。

手机当时就被封装好，送到北京请语言学、符号学专家破解，在火车残骸里找到一些印刷文字也一并送过去作为参照。火车头被整体运走，送到哪儿就不知道了。我被叫去警局录了一通笔录后被放了出来。

"优先破译符号，这是对的，这个文明和我们有着极大的相似性，符号是一个容易的突破口，它传达的信息最直接、最准确，相信过不了多久就会有结果。”

无论我说什么，涛哥都呆呆地望着面前一盘滋滋作响的烤鱼，他的眼窝深陷，好像一个沉思了一千年的思考者。

“老兄，”他终于发出声音来，“如果你今天不给我个解释，我今晚会睡不着的。”

我笑了笑：“还是老规矩，我给你解释，你请客。”

“你还记得平行世界理论吗？”我剃着牙问。

涛哥点点头，又摇摇头：“是哪个？”

“幽灵列车就是通过虫洞，从平行世界掉过来的。”

涛哥好半天才反应过来，“为什么光是火车？”

“因为虫洞刚好出现在火车道上。”

“两次都刚好出现在火车道上？”

这个概率太低了，这下我也懵了，我骂道：“这鬼名堂搞的！今晚我也睡不着觉了。”

那天晚上在我脑子里有一堆火车在撞，撞了一个晚上也没撞出条路来，第二天它们都散去了，我也就昏昏沉沉地睡了，无业者的好处就是没有人会拖你起来干活。

中午时，我被叫去公安局开一个电视电话会议，据说是通报破译的结果，参加的有一堆领导，还有眼睛熬得通红的涛哥。

我悄悄问涛哥：“你用了什么方法让我有如此待遇？”

涛哥神秘兮兮地说：“我跟领导说你是研究超自然现象的民间科学家。”

我差点没把一口茶喷出来，我强忍住掐住涛哥脖子的冲动，恶狠狠地说："下次的宵夜还是你请！"

北京的专家在电话里说："这条信息破解出来了，组成信息的符号和我们的汉字大体相同，只是把一些指形会意的部分在写法上做了改动。另外，手机上的时间也是和我们的时间同步的。"专家说完像是看恶作剧的孩子一样看着我们。

"那句话是什么意思？"公安局的领导迫不及待地问。

"意思是……"专家有点窘迫地说，"到播种的季节了。"

"什么？"几乎所有人不约而同地发出疑问。

"这是比较文学的说法，'播种'可以解释成'播撒''弹射''释放'，整句话可以解释成'到弹射的时候了'，'到释放的时候了'。"

"列车组成员接到命令弹射出去了？"有人说。

底下鸦雀无声。

"万老师，你发表一下高见。"坐在首位的领导严肃地说，听起来又像是命令。

我惊出一身冷汗，只好硬着头皮说道："我找到那个手机的时候，它显然受到了很好的保护，像是在紧急时刻要传达什么信息。可以想象，在危急时刻，一个列车员躲进厕所里，这个狭小的空间可以更大地抵抗车体的变形，他没有笔，只能在手机上写下一段话，装进随身的腰包，用手纸做缓冲保护，这段话是他冒着生命危险也要传达给后来的人的。"说到这里，我对那个不知名的列车员由然升起敬佩之情。

会场一阵沉默，北京的专家说："发言的同志是谁？"

又是一阵沉默，还是涛哥打圆场说："他是我们的顾问。"

“很好，就请你们好好调查这段话的内容，我们符号学的分析到此为止，手机我们将移交电子专家做电子工程学方面的分析。”在专家挂掉电话之前，我听见一声如释重负的吐气声。

回到家里我洗了一个澡，准备把脏裤子扔进洗衣机的时候，从裤褶里掉出来几粒黑色的颗粒。我把黑色颗粒捧在手里仔细看，它们的表面上有些皱褶，像是某种植物的种子，好像是在火车里粘上的。我仔细回忆，想起来我翻开装手机的腰包的时候，曾有一些黑色的碎片散落出来，它们就是这些黑色的小东西?

我的潜意识里立即蹦出一个地方，但我搞不清楚它们究竟有什么联系，我决定跟着感觉走一次。

出租车司机载着我在市区里转了好几圈，他以为我是离乡很久的归人。“想起来了吗？”他热心地问。

“没，还差点，等等，”我努力使头脑中的画面变得清晰，“好像在一个大立交桥下。”

“好，我拉你去几个大立交桥。”他说完一踩油门。

车子开到潭中立交桥下时，我叫司机停下，我走出车门，抬头看交叉的桥面，又转头看四周的环境，感觉告诉我应该就是这个地方，但它想让我找到什么？我小时候曾在这里玩耍过，那时这儿还是一片荒草地，现在已经面目全非了。小时候的世界是简单而平面的，后来世界被压缩得更加立体、更加复杂，人们向有限的空间无限挖掘，纵向发展的居住区，空中的交通线……

花坛里一种微微摇摆的小花打断了我的思绪，紫色和红色的小花已经到了花期的末尾，只剩下孤零零的几朵。枝头上已经结了好些像紧收的鸟爪一样的果实，我刚一碰上去，“鸟爪”“哧”的弹开了，黑色的小种子弹出落到泥土里。

我拣起一颗种子，和裤子上找到的作对比，是一样的。我的记忆里有这种东西的影子，它带我来了这里。

“这是什么花？”我问司机师傅。

司机师傅说：“这……这叫指甲花！挺常见的。”

说到指甲花，我记忆里的另一根线被接通了，我小时候常爱玩指甲花，它们的籽荚成熟后，用手轻轻一捏，就会弹射出花籽来，指甲花的花还可以用来涂抹指甲，小孩子家常说的“臭美”。这种花的学名我也想起来了，叫凤仙花。

指甲花的种子暗示着什么？我却一点头绪也没有。司机以为我在回忆什么，就没有打扰我，他独自点起一根烟坐在车盖上。我也坐在车盖上抬起头，桥面像层叠交错的枝条遮挡在天空，汽车像飞鸟一样穿梭而过，不同时代的背景在这幅画面上叠代变换着，“哒、哒”的马匹，中世纪的战车，铁皮的轿车，未来的飞梭……然后建筑也跟着演变起来，高楼长向天空，通过管道对接，空中公路飞架南北，密集的灯光像繁星点点……

一个感觉闪了一下，我对司机喊了声：“别理我！”一头钻到路中间。两辆汽车打着喇叭从我身边擦过，我闭上眼睛，汽车“唰、唰”的声音在四周围飞过，左，右，左上，左，右上，到远处就辨不出方位了。声音连成线条，汇聚成束，旋转缠绕，越绷越紧……这个线条世界的势能变得越来越大……释放！弹射！播种！一辆车尖啸着从我身边擦过，车带起的风吹在我脸上，我慢慢睁开眼睛，看着这个世界。

司机张大嘴巴望着我，我塞给他一张一百元的纸币，这是我这么多年来少有的一次大方。

涛哥很快开了警车来，车上下来的都是些有头有脸的领导，我不知道“民间科学家”什么时候变得这么风光了。

涛哥小声问我：“你真的找到答案了？这次可不是闹着玩的。”

我点点头。这时候心虚已经来不及了，索性硬着脑壳充“砖家”，我望了望众人，清了清嗓子说道：“为了便于理解，先从我们的世界讲起，纵观我们社会的发展历程，随着人口膨胀，对空间的需求越来越大，解决的途径无非就是多占地和起高楼，也就是扩张和空间的深挖掘。而交通的密度只能通过空间的深挖掘解决，比如这座立交桥。”我指指头上，领导们望望上面，点点头。

我继续说：“以下的完全是假设，我们假设另一个平行于我们的世界，它和我们的世界几乎一样，空中交通技术还未发达，而他们先突破了对空间进行小规模卷曲的技术，自然而然会尝试把这种技术应用在交通上，最理想的是大型交通——铁路，于是出现了空间卷折调度技术。一张纸上的一群蚂蚁，通过卷折纸张就可以不经过纸平面而进行调度，正如现代航空调度系统大幅提高了航班密度一样，这种技术一旦系统应用，就可以大大提高铁路的交通密度，降低空轨时间……”

一个领导抬手示意我停一下，他用手摁着太阳穴沉思，另几个人的额头上也渗出了汗珠。过了一会儿，领导示意我继续。

“如果要选择一个城市作为试点，柳州无疑是最合适的地方，它是南方的铁路枢纽，又不是省和国家的政治经济中心，可以承担意外风险。现在，平行世界和我们的世界是重叠的，就像两张叠放的纸，在纸上的一个重叠点——柳州上，空间卷折调度技术出现了意外，空间承受的力场超过了临界点，就像这个指甲花的种子。”我走到花坛边，轻弹一个指甲花的籽荚，籽荚“噗”地挣裂开来，黑色的种子弹射出来。“于是，‘砰——’卷曲空间中的火车被弹射出来，击穿了纸面，掉到另一张纸上。”

领导们纷纷围到花坛边捏指甲花的种子，他们猫着腰，把头凑在花丛里，解决掉一个又一个籽荚。我咳嗽两声，他们从童年的回忆中惊醒过来，严肃地挺直腰板，变回了领导的身份。

“怎么证明这个假设？”一个领头的领导问。

“我不能证明，我只能通过线索来还原一个可以解释的模型（我忍不住想直说我是一个编故事的人，但是涛哥把我推到这个份儿上了）。我从火车回来后，身上沾了一些指甲花的种子，是从那个小包里掉出来的，我之前忽略了这个线索，后来它引导我来这里，得出了这个结论。我想是那个列车员察觉到灾难已经不可避免，用这种方式作为他最后的列车日志。”我忍不住插一句问道：“后来在手机里面找到列车员的名字了吗？”

领导摇摇头，我心里有点失落。他想了想，说道：“有必要用这种隐晦的提示吗？”

“别忘了，这种隐晦是对于我们来说的，也许在他们的世界里，关于空间卷折技术安全性的争论早已是个公众话题，‘播种’这个词语已经成为一个热点词语，那个列车员在情急之下就用了他习以为常的表达方法。”

众人沉默下来，过了许久，领头的领导问道：“那……这个假设有可能成立吗？”

“从常识上来讲，几乎不可能。”我坦诚地说。

“局长，从常识上讲，火车凭空飞出来的事情也不可能。”涛哥笑嘻嘻凑在那个领导耳边说道，我这才知道他是局长。

另一个人白了涛哥一眼，凑在局长耳边说：“局长，那小子是个写鬼故事的。”

涛哥的脸“唰”的一下白了，这时我心里反而踏实了。

局长叉着手，面无表情地说：“根据线索来编故事，到底还是个命题作文。”

我说道：“那是我的工作，不代表我对所有事的态度。”我第一次理直气壮地说出“工作”这个词，这让我自己都感到吃惊。

局长点点头说：“我了解，感谢你给我们一个新的思路。”他转身对手下说：“我看可以了。”说完甩手上了车，涛哥灰溜溜地跟了上去。

晚上，涛哥一肚子郁闷地约我在青云市场吃宵夜。

我们点了一盘螺蛳坐下来，涛哥不吃东西只喝啤酒。小吃摊上的人都在议论神秘火车事件，各种版本的说法都有。有人说晚上听到了火车的汽笛声，这个说法引出了一片赞同声。其实夜深人静的时候汽笛声可以传很远，在整个城市几乎都可以听到隐隐约约的汽笛声，只是平时谁也没注意。摊子上挂着一个油腻腻的收音机，用油腻腻的声音滚动播报着火车事件的最新进展。专家组已经对火车和火车上的物品进行了分析，这是与我们的技术高度相似的产品，越来越多的声音质疑这是一场炒作。

“你被领导骂惨了吧？”我问涛哥。

“没有，局长倒没说什么……只是你以后可能不能参与调查了。”他咧嘴一笑。

“没什么，恐怕到时由不得谁了。”

“什么？”他惊讶地问。

我凑过去小声地说：“我担心，正剧要上演了。”

涛哥伸长脖子等我往下说，我用牙签挑着螺蛳，一副天机不可泄露的表情。涛哥说：“今天我请！”

“今天本来就你请好吧，下次也是你请，谁让你是公务员呢？”

涛哥咬咬牙说：“行！”

“我今天跟你们说的是简化的解释，按照平行世界的理论，平行世界很可能远远不止一个。每个平行世界中的空间卷折设计都是小于最大承载量的，但是多个平行世界在同一点上对空间进行挖掘，就引起了崩塌。如果是由多世界引起的崩塌，那么真正的总崩塌还没有到来，那将是超大规模的连锁反应。”

涛哥被啤酒呛了一口：“我靠！幸亏你只是个编故事的。有一点你说不通，为什么恰巧每个世界都发明了火车？每个世界都发明了空间卷折调度技术？每个世界都选择柳州作为试点？”

“平行世界理论中有一个‘世界相似原理’，平行世界的熵流动总是趋于一致的，所以平行世界的宏观状态总是趋于一致的。科技发明、政策的决策这些都属于宏观决策，在这个尺度上它们是趋同的。”

“可我们的世界没有空间卷折技术！这不是宏观差距吗？”

我想了想，说：“在这个技术爆炸的时代，一个原理从发现到应用可能只有几十年的时间，几十年的差距其实很小。”

“会不会这次事故就是平行世界为弥补这种差距而做的调整？”

我愣了一下，拍桌子惊叫道：“涛哥，你太有才了！我怎么没想到！”

“算了吧，”涛哥有些醉了，摆摆手说，“我自己都不信。”

“别……别啊，你想想看，这次事故证明了，在任何地点应用空间卷折技术都是不可行的，因为一旦作出决策，别的世界也会作出相同的决策，就算用随机决策也不能确保安全。这样一来，所有世界都不能再使用这项技术，所有的筷子被截到一样长短——世界相似原理。”

涛哥愣愣地呆了一会儿，说道：“好吧，我只能暂且相信这个了。要是什么时候世界末日了，我还真想看看呢。”

“等着吧，我们这是重灾区，火车会有更大的概率从空间卷曲的世界弹向空间平滑的世界。”

这时，旁边的摊子上两个人因为各执一词争吵起来，吵着吵着就有凳子飞起来，一张凳子“哐”的一声掉在我们的桌子上，把螺蛳砸散了一地。

“争争争争你大爷！”涛哥蹭地站起来，上去一脚把那个人扫了个嘴啃地，然后顺次把另一个人叉起来扔了出去。

我看得目瞪口呆，趁那两个人还在地上哼哼唧唧的时候，我赶紧把涛哥拉走了，临走时还是我把钱偷偷塞给了饭店老板。

第二天，没想到公安局局长又把我叫去了，在科学家不顶用的时候，人们总会回到神棍那里寻求寄托。

局长很客气地请我坐到沙发上，给我倒了一杯茶。他的眼皮肿胀眼睛发红，看得出这几天没少费神。他望着我一时尴尬地不知道怎么开口。

我很理解他害怕什么，这是关于职业自尊心的问题。

我说："你可以不相信我，这很正常，我不会介意。"

"不，不是相不相信的问题……现在连科学界也在质疑我们炒作。"他苦笑了一下，"可是我们有什么能力在没有人知晓的情况下，把一列火车加速到时速一百六十公里？"

我说道："我在这里只是一个说书匠，如果你愿意听故事，那么我可以说说。"

局长连忙点头，问道："你觉得这事会恶化？"

我知道涛哥已经对他说了，我笑了笑说："如果我编故事，我巴不得它恶化。"

"有什么办法阻止吗？"

我摇摇头："没有办法，因为原因不在我们的世界。"

"你有什么建议？"

"制订预案，发布预警，强制撤离。"

"这不可能，制订预案需要市委、市政府操作，强制撤离需要上报国务院批准，经济损失会是天文数字，这太离谱了。"

"是不可能，所以只有见机行事。所有猜想都还只是故事里的情节，没发生是正常的，如果发生了也不是谁的责任。"

局长低头不语，过了一会儿他语气坚定地说："我还是第一次跟一个连是否存在都不知道的对手作战，如果他要来，我就奉陪到底。”

“你觉得它真的会来吗？”涛哥坐在车盖上，抽着一支烟，凝望着头上的立交桥。这家伙以前不抽烟的。

立交桥稳定地站立着，桥面呈现出怪异的空间感，车流像平常一样拖着空旷的“嗡嗡”声飞驰而过。

此刻我在想着那个不知名的列车员，他的名字到现在还没有找到，我感觉我和他之间有一种奇妙的感应、奇妙的缘分。如果我知道他的名字，说不定我会像见到老朋友一样说道：“嗨！原来是你！”

我问涛哥要过烟来抽了一口。“我相信他说的话。”我说。烟在空中化成迷雾，我拿起一个指甲花的籽荚，在迷雾中挤开，小小的黑色的种子争先恐后地弹出来。

迷雾渐渐被风吹散，我裹紧了外衣说：“到播种的时候了。”

下　大　播　种

车厢里的红色警报闪烁着，烟雾弥漫在空气中，震动已经使人不能站立。列车长还在试图用无线电和调度室联系，他叫我们待在各自的铺位上用被子捂住口鼻。

外面不断传来尖啸声，车窗被映成橘红色。我向窗外看去，环绕着列车的巨大轴线圈被暗红色的气流包裹着，线圈周围产生的激波挟着滚烫的空气吹过，火车就像在一个巨大的充满火焰的风洞里。非常不巧，这个风洞还是一只掉入大气层的烧鹅。火车里的杂物被吸出去，形成一条披着白鳞的长龙，长龙在靠近线圈的地方燃烧起来，瞬间化成灰烬。

激波产生的电离层在线圈周围造成了黑障，无线电联系被切断了。列车长放弃了努力，他放下电话，逐一扫视了我们一遍，说了一声“晚安”，然后回到了他的房间。

我放在桌子上的那盆指甲花一下一下敲打着车窗，籽荚被撞开来，把种子弹射出来，这一幕幕像闪电打入我的眼中。我竟然有些解气，那帮不相信忠告的人终于得到了教训，但更多的还是悲哀，因为我们成为了无辜的牺牲品。播种理论是对的，播种到来了。

我从铺位上跳起来一头冲进厕所，同事惊讶地望着我，他们准在想这家伙死到临头了还有心情上厕所。我把指甲花抱在怀里，思考着，如果我就这样挂了，我得留下点什么信息。从我知道死亡的那天起，我就认为死也是一种艺术，如果我哪天还没来得及反应就被车撞没了，那将是最大的悲剧。好在老天还没把坏事做绝，它给我安排了一个前无古人的死法。

手机的屏幕蓝幽幽地照着我，也反射着窗外橘红色的光芒，我呆了片刻，打开录像功能，伸到窗外拍了一圈，然后尽量稳定下声音说道：“列车没有到达调度接口，空间位置出错了！这里像一个风洞，气流很强！没有信号！”这时火车像被一根橡皮筋弹了一下，向前猛窜了一段距离，旁边的墙向我迎头撞来。我昏昏沉沉爬起来，左边肩膀失去了知觉。我捡起手机，无力地补上最后一句：“我是 N6670 次列车员万象，如果我死了，请记住我曾经活过。”

做完这些，我靠着墙壁，火车又晃动了几下。地上散落着白色的碎片，这是指甲花的花盆的碎片，这些碎片提醒了我，得保护手机的存储卡。我把腰包解下来掏空，用手纸把它塞得满满的，这道工序让我想到了岁末小巷子里家家户户都会挂的腊肠，可惜我再也尝不到那种味道了。

然后我做了个小彩头，把指甲花的种子放到腰包里，把手机放进去时我在屏幕上打了一条短信："到播种的时候了。"

"到播种的时候了。"我望着窗外说道，这时的火车正穿过一个水面一样的界面，一道光线刺进我的眼睛然后扩散开来，把我拉向永恒的白昼。

我从梦中惊醒过来，已经日上三竿了，太阳从挂着一半的窗帘照进来晒在我的身上。我坐起来喘着气，空气中仿佛还飘着刺鼻的烟雾，仿佛在那个世界真有一个列车员，他的命运和我的命运冥冥呼应着。要是在平常，这会是一个好素材，可以写成一个好故事够我吃一阵子了，然而现在我担心现实比故事走得更远，这些天来发生的事情已经让我有点跟不上节奏了。

我推开堆满方便面空碗的桌子，走到洗脸池前准备洗把脸，镜子中的自己胡子拉碴，眼神疲惫，好像灾难片里幸存下来的一个小角色，而且这个电影还远远没有结束，你不知道后面还会有什么东西冒出来。

见鬼，我喜欢这样的生活，对于一个胡思乱想混吃等死的人来说，这就是他的世界。

这时门外传来敲门声，我已经来不及洗漱了，只好擦擦眼屎厚着脸皮去开门，听声音我知道这不是涛哥，这是……我从门孔望见外面站着一挂腊肠。见鬼！我打开门，包租婆笑嘻嘻地从腊肠后面伸出脸来，这个肥婆从来都提防着我，这次不知又安了什么心。

她把腊肠凑到我脸前说：“万老弟，给你。”见我不说话，她说：“怎的，不爱吃？”

我忙说：“不，不，我做梦都想着这东西。”

她堆着笑说：“嘿嘿，这就好，我在楼下晾着腊肠，你闲着没事帮我看着点。”

我明白这个女人的心思，她是怕我偷她的腊肠，先用一点好处来收买我，还可以得到一个义务看守员。我心安理得地收下了，如果我不收下她会不心安的。

我把腊肠挂到阳台上，又想起了那个小包和手机，很可能手机里会存着更多的信息，现在也应该破解出来了。我正想打电话给涛哥，涛哥的电话打来了。

“你小子还在睡觉！快来三中路！”

我冲出门拦出租车，过往出租车的电台叽叽喳喳地叫着，司机一听我要去三中路都连连摇头开走了。好不容易拦下一辆愿意去的，因为那司机也想去看看。

一路上有救护车从文昌桥方向源源不断地开来，车子开进三中路没多远就停下来了，前面挤满了人，里面就算有只哥斯拉也看不见了。

还好我比较瘦，几经努力钻进人群，终于看见了前面的情况。一列火车歪七扭八地塞在路中间，路旁的路灯和树全部被连根扫断了，地上落满了碎玻璃和碎砖。装机青年的集散地——好机汇电脑广场的当街一排门面也被铲掉了，一群人正在那里哄抢商品，一队消防队队员在旁边抢救被压的人。火车这边的路面被铲得干干净净，火车那边一定堆满了大大小小的车子。一辆公交车横停在路中间充当着路障，警车闪烁着警灯。这才像发生大事的阵仗嘛，我吹了声口哨。

前面站了一圈领导，旁边就是市委、市政府，大大小小的领导全都跑出来了。我找到涛哥说："怎么不疏散人群？再来个火车就好看了。"

涛哥沙哑着嗓子说："已经在疏散了，这帮人都不知道大难临头了。你来看。"他把我扯过一边说："这次的火车和上次的样子不同了，这是从火车里找到的一片报纸。"他递给我一张塑料薄膜袋装着的纸片，又拿出一张表格说："这是根据一号火车破译出来的文字对照表。"

我找到对照表上"的"字的写法，和纸片上的文字对照，没有相同的。根据纸片上的符号频率，我在手上写下两个符号，对涛哥说："这两个符号有一个是'的'字，另一个也是常用字，都没有在对照表里出现。"

涛哥和我面面相视，他说："这么说……它们……不是同一个世界。"我点点头。涛哥说："你的猜测是对的，平行世界发生了连锁反应。"

"播种开始了。"我说。

"还真像播种，前次是西南郊外，上次是城南，这次是城中，下次不知道又会是哪里……"

涛哥车上的对讲机响了，过了片刻他脸色沉重地对我说："这次是谷埠街。"

我们驱车往河南方向狂奔，车子开上柳江大桥开不动了，逆行的车辆已经占领了顺行的车道，从那边过来的人一个个都像从地狱里逃出来的，不要命地往前钻。

涛哥把车门踹开对我说："走，下车。"刚打开的车门马上被对面过来的一辆车别上了，涛哥打开警笛朝对方大骂了一通，然后在怀里揣上警戒带，从窗子爬出去，叫我跟上。

我们爬到车顶上，从一辆辆车上面跨过去，下面的司机纷纷打喇叭抗议，但是他们也只能抗议而已。我们走到前面，看见几辆车的车主已经弃车，还有几辆车已经撞坏了，车阵被卡死在桥上了，还好我们及时做出了弃车的决定。

涛哥一路撞开人群，奔到出事地点拉警戒线。我在后面跟得上气不接下气，让一文青追一警察，真是要命了。

跑到谷埠街我倒吸了一口凉气，一列火车一头撞进了国际商城的门脸里，把一层楼撞塌了一半，玻璃外墙也垮了一大半，残墙上摇摇欲坠的玻璃还在往下掉。

涛哥望望这个大摊子，又望望手上的那卷警戒带，大骂一声，把警戒带扔在地上。

柳南派出所和市政公司的人先后赶到了，他们把现场隔离起来，就要到大楼里面去找人。涛哥把他们拦住了："没看见天上正在下刀子吗？切你们的脑袋就像切西瓜一样容易！等消防队来。"他转过身来小声地嘀咕："妈的，我还有这儿的购物卡没花呢。"

我指着河北方向对涛哥说："警察同志，我要报案……"

河对岸升起滚滚的浓烟，夹杂着火光。涛哥对着对讲机说了几句，对我说："走吧，局长叫你跟我回去。"

他对围观的群众挥手说："都散开都散开！每个人都回家收拾好东西等消息，不要乱走动。"

往回走时，桥上的车辆已经全部变成了空壳。回到公安局，很多人正在会议室开会，我看见市长也在，涛哥带我悄悄溜了进去。

公安局局长说道：“我建议，应急方案的主体参照重大突发灾难应急预案，我还有一份补充方案……今晚就组织一部分人先撤离，剩下的全部要进入地下躲避，二十四小时内全城撤离完毕。现在要立刻疏通道路，确保最大运量……”

市长说：“立即启动Ⅰ级预案，正常情况二十四小时内撤离完没有问题，只是不知道一天之内事情会恶化到什么程度。”

局长说：“听天命，尽人力。”

市长阴沉地望着局长，过了一会儿才缓缓点点头。我这才注意到这个临时会场的特别之处：地点在公安局，而不是在市政府。

局长说完小声叫我过去：“你还有什么建议？”

我说：“没有了，这么迅速做出的方案已经很完美了。”

局长一笑说：“谢了，这是事先做好的预案，算是你的提醒，对付摸不透的敌人，既不能乱动，又要抢占先机。”

我突然想起了什么，对局长说：“最好协调下游水坝开闸泄流，要是火车积塞在河道就可能抬高水位。”

“有那么多吗？”

“难说。”

局长点点头说：“好，我跟市长说，但那只是提议，最终决策是由市领导来做。现在做出的每个决策都是决定命运的……你说，会不会每个平行世界里都有一个不知死活的公安局局长在指手画脚？”局长一扫多天的疲惫，露出一个洒脱的笑容。

我笑笑，我相信每个世界里都有一群这样的人。我想起了手机的事，问局长:“有没有从手机里破译出新的信息?”

局长一拍脑袋说:“我差点忘了这事。”他凑到我的耳朵旁小声说:“现在这事保密了不让说,我就违反一次纪律告诉你吧,在手机里破解出一段七秒钟的视频,视频太晃,看不到东西,但是录到一句话,是你一直想知道的列车员的名字。”

我的心“怦、怦”狂跳起来,梦境真的和现实重合了?这个无数次在我脑海中出现的老朋友,我们终于要说“你好”了,也许不是“你好”……

“他叫什么?”我激动地催问。

局长嘴唇动了动,望望我,终于说道:“陈晓昆。”

“什么?”我愣愣地说,这三个字没有触动我的任何一根神经,我本以为会是个很熟悉的字眼。

局长把名字的同音字写给我:“光是这三个字我们市就有七十三个同名的,如果加上其他同音字组合不知道有多少。”

我努力回想了一下,没有什么印象。我随即释然地一笑:一个名字本来就没有什么联系,两个世界连文字的写法都不同,那只不过是我一心的想象罢了。

我回到出租房里收拾东西,收拾了几件实在想不起有什么非带走不可的了,我几乎是个一无所有的人,连一张和女孩子的合照都没有。一堆发表过文章的报纸和杂志我忍痛不要了,我把U盘、光碟收罗起来,又把计算机的硬盘拆下来揣上,这些里面有我的小说、资料……

全市已经进入紧急状态,电视里、广播里都在播送紧急通知和最新情况，手机接连不断地收到短信通知。好在除了上午的三起撞击，到现在还没有发生新的情况。没过多久街道办的人就来动员撤离了，过了一会儿又有政府的动员小组来用喇叭喊话。

临近傍晚的时候，撤离开始了。楼道里响起零乱的脚步声，包租婆抱着她的卷毛狗挤进来半个身子说：“万老弟我先走了，楼下的腊肠你拿去吃吧，不过空出去的这几天房租可是照交的啊，我有什么办法，这又不是我的决定。”

我没理她，心想，到时候你的房子还指不定在不在呢。我装了几瓶水，几袋饼干，还想下去买些干粮，撩开窗帘一看，每个小卖部门前都排了几十米的长队，我只在“非典”的时候看见抢购板兰根的人群有这个阵势。

我走到楼下，把挂着腊肠的竹竿挑起来扛在肩上，像个剑侠一样大摇大摆地走出去了。

我看见包租婆开着车被拦了下来，她不得不下车，抱着一堆东西骂骂咧咧地走到人群里。人们从院子和巷弄里走出来会合到一起，因为不知道“播种”什么时候会大爆发，所有人必须尽快赶到撤离点或避难所。人们推推挤挤，有些脸上带着恐慌，有些脸上带着好奇，有些脸上不知道该带着什么表情，毕竟好几代人都没有经历过逃难的感觉了。小孩子们却兴奋地到处乱窜，我向一个抱着奥特曼的小孩子挤挤眼，教他哼起《共青团员之歌》来。一路上都有疏导员把人群引到空余的避难所里。那些小时候跑进去探险的防空洞，我以为永远见不到了，这时候它们又纷纷被挖掘出来，幸运的人会找到我藏在里面的弹珠。

这时候我才伤感起来，这个城市带着我的全部记忆，我骑单车走过的小巷，巷口的麦芽糖，父母搬走前我度过了童年的职工宿舍，被我砍下树杈做弹弓的桃树，砖墙上长出白毛，刮下来可以配成火药，我被火药烧了眉毛，就偷偷用黑笔画上，还有青云夜市，还有指甲花……太多太多了，在必须离开的时候才想起来。

后面的人催促起来，又有人抱怨我的长竹竿，我故意把竹竿挥扫了几下，得意洋洋地大步走上前去。

涛哥的电话打过来了，他在电话里嚷道："妈的，终于打通了！你快来中心广场和我会合，不知道手机信号还能维持到什么时候。"

我一路拍照一路遛达到广场，广场上集中了几万人，首尾衔接的车队正在把成批的市民撤往市外。工程队在广场的周围建筑起防护工事——一根根钢柱子组成的宽二十米的隔离带，钢柱都是从柳钢赶运过来的特种钢梁。这个城市在最短的时间内接受了这个离奇的事实，并且作出了快速的反应，这是我没有想到的，也许科幻大片让人民的神经变得像小强一样强悍了，灵异小说也有一些些功劳吧！我厚脸皮地想。

广场下面的大型地下停车场成了最大的避难所，我走进去看见这里已经安置了七八千人。涛哥他们设置了一个临时岗亭维持秩序。所有的易燃易爆物都不允许带到避难所，涛哥正在把一堆野炊的炉子、气罐拖出去，我不由得感叹这些人的心态真是太好了。

我拒绝了涛哥先送我出城的提议，这是一次绝佳的体验，想想看，你终于看到现实追上了你的想象，在想象的屁股后面狠狠地踹一脚，简直让人激动得要大喊一声。这是那些一年写 N 本悬疑小说在畅销榜上久挂不下的作家也没有经历过的，以后他们只能生活在想象中，而你可以用冷酷的语气说："I had fucked the life !"（我毁了我的生活！）

于是我和所有抱怨不能先走的人一起留下来了，也许正是这个决定救了我一命，晚上听说有一列火车落在路上，十几辆公共汽车撞在了一起。此外一切都平安无事。

在临时避难所里恐慌的情绪似乎远去了，人们咒骂着一切不靠谱的事情，柳州方言的粗口带着睥睨一切的气势，让我感到无比踏实。在远方读大学的老乡们会说起一个共同的体验，当踏上开往家乡方向的火车，一句地地道道的“乡骂”传来，一种回家的亲切感便油然而生。

有人眉飞色舞地讲起各种传言，大家提心吊胆地耸着脑袋听，添油加醋地说，这时恐慌变成了一种酒精饮料，滋长蔓延，却让人沉醉其中。大家很快熟识起来，客气地分吃东西，入夜便有三三两两的扑克摊摆起。甚至广场上有人推车卖起小吃来，青云市场的一个小吃摊老板也在其中，他瞪大眼望着我说：“怎么每天都能见到你？”

我拍了好些照片，然后我坐在广场北边的草地上，把经历的一切记在手机上。高压钠灯把广场照得一片通明，一整夜车队都在把一批批的市民运往市外。城市的街灯依然流光溢彩，高楼像灯火上飘浮的云山。这个我曾经无数次想逃离的城市，在每个人都逃离的时候我又想留下来了。这天晚上我像个流浪汉一样在这个城市的灯火中睡着了。

到了第二天中午，大部分人已经撤离完毕，停车场里还剩下大约两千个年轻人。撤离行动进行得很顺利，正是因为太顺利了，使大家产生了动摇：到底还有没有必要继续撤离？也许“播种”已经结束了。

最后两千人的撤离就在一片怀疑和反对声中开始了。人们走出地下停车场，看着空荡荡的城市。空荡荡的城市使他们产生了这样一种感觉：我们是这座城市最后的守护者了，我们不能抛弃这座城市。热血沸腾的年轻人纷纷要求回家去，人群里起了不小的骚动。

突然有人喊：“听！什么声音？”人群安静下来，一串轰隆隆的雷声贴着地面传来，在这寂静无声的城市中显得特别清晰，接着是一长声尖啸，如同一只巨大的怪鸟的叫声。我明白过来，这怪鸟的叫声是钢铁撕裂的声音。更多的隆隆声和尖啸声从四面八方传来，有远有近，如同一场合奏。

“啊！”一部分人惊恐地叫起来，其他人抬头朝他们望的方向望去。龙城路方向，一个庞然大物一头撞穿前面的一座写字大楼，在十几层的高度，它后面的部分像一根钢鞭继续向前甩去，发着尖啸声扭曲缠绕在大楼上。大楼像被剥皮器削了一圈，玻璃幕墙全部被打成粉碎，“哗啦啦”的掉下来。这条钢铁巨蟒在空中跳着诡异的舞蹈，甩出银光闪闪的鳞片。我的脑海里闪过一句诗：“战罢玉龙三百万，败鳞残甲满天飞。”巨蟒被自身的重量扯成几截并“嘎吱”响着坠下来，轰然落地，剩下的几节车厢悬在大楼上。

正当人们惊魂未定的时候，另一列火车向广场抛来。这次我看清楚了它出现的过程：十几米高的空中出现一个如同水面一样的界面，就像我梦中看到的那样，界面后面的景物像气浪一样扭曲。突然一片涟漪扩散开来，一列火车在涟漪中横着抛甩出来。

火车翻滚着直奔向我们，人群呆若木鸡。涛哥一把把我扑倒在地，大喊：“趴下！”反应敏捷的人迅速趴下了，有些是吓得瘫软下去的。广场周围的隔离带发挥了作用，火车撞在隔离带上被猝然阻挡下来，强大的动能把火车撕成碎片，撕裂的铁皮在钢柱间翻卷撕扯，发出刺耳的尖叫，像地狱的刀山里挣扎的鬼魅。火车上的玻璃撞成粉碎，像子弹一样射过来。

涛哥紧紧护在我身上。听着头上的“嗖嗖”声过去后，人们才纷纷爬起来，有的人满脸是血，有的人躺在地上呻吟。看到涛哥没事我松了一口气。

“大播种。”涛哥怔怔地说，然后他扯着嘶哑的嗓子大喊：“大家回停车场！”

几分钟后接应撤退的车队赶到了，有几辆车的车窗玻璃已经没了，车队里混杂着公共汽车、大巴、军用卡车，还有一辆轻型装甲车。装甲车上下来几个指挥员，催着人们上车。刚刚还闹着要留下的人群现在都哭着抢着往车上挤。

涛哥拍拍我的肩膀说：“走吧！”

我抱歉地摇摇头说：“我不走了，对于一个写灵异小说的人来说，见证这样一件事是他的无上光荣。”

涛哥恨得抓了一把头发，他已经没有力气和我争辩了，他叹了口气说：“我不管你了，但是我们不允许任何一个人留在这里，你跟我来。”

他让我藏在一根柱子后面。所有人走完后，指挥员进来检查，涛哥朝他们挥挥手说：“我这边干净了！”

涛哥把他的枪扔在我的脚边，小声说：“保重。”

涛哥的脚步声消失后，我轻轻说：“你个死鬼也要保重，你不知欠我多少次夜宵。”

最后一批人也走了，我在空旷的停车场里坐下来，外面仍然传来巨大的响声，仿佛这个城市被一头犀牛放在嘴里使劲咀嚼着。我感到无能为力的孤独，这感觉我曾两次感受过，第一次是十六岁时父母搬离这个城市，我一意孤行要一个人留下来，坐在空荡荡的家里感觉仿佛亲人都离我而去了，我哭了一整天。第二次是大学毕业，我是最后一个离开的，在空荡荡的宿舍里想到哥们都再不相聚了，我哭了一个小时。这次是整个城市的人离开了，我坐在空荡荡的城市的中心，没有哭。

手机信号没有了，过了一阵子，停车场的灯光闪烁了一下也熄灭了。我找来一堆废材料生了一堆火，点燃这个城市唯一的文明的信号。然后我拆下几根腊肠烤来吃，我就像一个在山洞里烤食生肉的原始人，任外面霸王龙横冲直撞，翼手龙破空长鸣，我自吃我的烤肉。

兴许是自我感觉越来越好，我决定到外面去录一段录像，这将是珍贵的历史资料。

我观察了一下路线，然后以百米冲刺的速度冲到旁边的五一路上。路边停了十来辆车子，我找到一架插着钥匙的摩托车，插着钥匙的不会是什么好车，事实上坐上去以后我发现这是一辆电动车。

电动车响着安静的“嗡嗡”声载着我驶出街口，这场景的名字应该叫“一个街道巡视员的一天”，但是市区内四处冒起的烟尘提示着这一天并不寻常。

沿龙城路往南驶去，首先和我遭遇的是那列一半撞进大楼的火车，掉下来的一截砸在地上，铁皮车厢被挤成一堆烂铁，像一筐砸破的鸡蛋。大楼上残留着另一截。我想起了911，不敢靠近楼下。

我打开数码相机的摄像模式录了一段视频。这时后面传来一声巨响，我把画面猛转过去，没有看见车身，因为火车是从临街门面的后方撞过来的。三层楼的门面被撞开了一个大口，碎石像一道弹幕飞过对街，把对面的卷帘门也撕开了几个大口。被撞开的缺口上露出一个子弹头的车头，车鼻子瘪进去了一块。

继续往前开，四面八方的响声越来越密集，好像一群愤怒的兽群要冲过来，要把这座城市撞得粉碎、踩成齑粉。突然间，一列火车从一幢建筑里破壳而出，我猛地刹车，火车从我前面十几米处扫过马路，撞到对面的商店里，商店的外墙整个倒塌下来。

惊魂未定，紧接着另一列火车从后面冒出来，追着我的屁股冲过来。我也顾不上录像了，赶紧加速冲出去，一块石头把车轮绊了一下，车子摇摇晃晃几乎要摔倒，我终于还是稳住了车子。火车在后面紧追不舍，我冲过有碎石的地面，把速度加到最大，如果这时前面再冲出一列车我只能认命了。火车在往前冲的过程中斜了过来，连续扫断了五六棵树，终于慢下来，在后视镜中离远了。

我压低前身以五十公里的速度往前飞驰，柳江大桥头有一条防空洞改造的地下街，可以作为暂时躲避的地方。

驶出龙城路口，视野一下子开阔起来。地上掠过几个巨大的影子，我猛地抬头望去，仿佛进入了太空舰队空间跃迁的集结点，钢铁的“飞舰”源源不断从空中飞出，轰击着这座城市的身躯。大楼被“飞舰”击中，飞散开大片的碎石，夹杂着亮闪闪的玻璃，飘飘洒洒落下来。有些火车在地面冲行，像除草机一样铲掉地面上的花坛、行道树、灯杆，以及所有遇到的东西，一个电话亭翻滚着停在我的不远处。有两列火车在空中撞在一起，车厢被巨大的冲击能量折叠起来，发出惊心动魄的响声，然后轰然坠地变成了一堆废铁。

这仿佛一场惨烈的自杀式袭击。我一只手举着相机，捕捉着镜头，像一个责任重大的摄影师。驶到柳江大桥头，便见滔天的巨浪此起彼伏。一列火车一头撞入江水，如摩西投鞭一样把江水劈开，掀起十几米高、上百米远的巨浪，细小的水花甚至溅到我的身上。劈开的江水又轰然合拢，涌起巨大的波峰，波峰如黑色的兽脊涌到江岸上，打出白花花的浪花。

一些火车被桥墩截住，桥墩下堆积的火车形成了一个水坝，堵塞了河道。不过还好，上游已经提前泄水，一定程度上抵消了抬高的水位。

大桥已经伤痕累累，随时都可能倒塌，我没有冒险往桥上走。

这时一块碎石砸在我的头上，我抬头望去，一个巨大的影子正朝我的头上压来！我向前跑了几步扑身滚倒在地，一列火车轰地砸在电动车所在的地方——只差一点我就变成肉酱了。

我爬起来后不敢发呆，立刻向地下街跑去。几幢大楼在我奔跑的同时倒下来，我刚跳进入口，一幢大楼轰地压过来，气浪把我冲到了台阶底下，碎砖石和烟尘跟着涌进来。

我咳嗽着从砖头堆里爬出来，躺在地上长吐了一口气。好在防空洞有着足够的抗击力，我暂时安全了。

一直躲到下午四点，外面的声音暂时消停了一些。我冒险出去看，好家伙，就算是煮一锅粥也该开锅了。我一辈子没见过这么多火车，它们用各种新奇的姿势翻在路上，卡在楼房里，挤作一团，这些火车埋葬了我记忆的城市。柳江大桥只剩下几截桥墩，水位又抬高了一些。如果不是有柳江作参照物，我差点认不出方向来。我想了个问题：这些火车捡了当废铁卖能卖多少钱？看着远处还在倒塌的建筑物，我没有继续想下去，因为这肯定不够重建这座城市的。

我又往广场方向返回，因为食物和水还在那里，更重要的是，那里是中心地带，灾后容易得到救援。这些火车残骸让最近的距离也如隔崇山峻岭，我费了好大劲儿才钻过几节车厢。两个小时后我回到了停车场，太阳正落下，照在火车的残躯上仿佛是铜铸的工业雕塑。有几列火车掉到了防护栏里面，最近的一节车厢离停车场入口只有几米远。

我补充了食物和水，晚餐是腊肠。夜幕降临，我像一只鼹鼠从“地洞”里钻出来，停车场里黑黢黢的一片，让我毛骨悚然。好在地面上月光还不错，城市没有了灯光污染，星星变得明朗起来，即使在明月的照耀下，星星也比平时多得多。

我打开手电走进废墟中，这片诡异的废墟如同一个远古战场，那些躺在夜色中的黢黢黑影，如同上古的大战后留下来的神兽的尸体，那些逝去的灵魂就在废墟中逡巡。这些钢铁骨架时不时发出“嘎吱、嘎吱”的声音，伴着远方传来的钢铁挤压和撕裂的声音，让人直打哆嗦。

我爬上一栋损坏不算严重的大楼的楼顶。月光还是不足以让我看清地面上的景象，除了远远几处着火的火光。我想了个办法，架起相机长时间曝光。在照片上终于可以看到城市的面貌，没有一个方向是受灾较轻的，如果“播种”是正态分布的，那么空间卷折的中心其实就是城市的中心。

一张照片引起了我的注意，照片上有一束绿色的光线射向远处，或者从远处射过来，我又拍了几张，同样的光线还是出现在照片里。那里有什么情况？可能是一个幸存者，可能是随着火车发射过来的一个信号装置。

我借着月色向那个方向行进，那束绿荧荧的光在天上越来越清晰，它以某种频率的脉冲闪烁着，像在传递什么信息。快要接近目标时我关掉了手电筒，当我走到和那道绿光只隔着一排车厢的地方，绿光突然消失了。

他发现了我？我躲在车厢后面听那边的动静，过了许久也没有听见响声。我知道深海里有一种鮟鱇鱼，它们用光源吸引猎物上钩；用亮光诱骗鸟群飞下来捕捉它们。也许我已经游到猎人的眼底，他正在暗处欣赏猎物最后的舞蹈？我不由得暗暗地摸住怀里的枪。

这时不远处传来一声巨响，又一列火车被抛甩出来了，它与其他火车撞在一起迸发出大朵的火花。绿光又出现了！这次它射向火车抛出的方向。我猫腰摸到车厢连接处看去，只看到那束光的源头，其他什么也看不见。

过了一阵子，绿光又消失了，我静静等待着。终于，月光下一个身影跃上车厢，像一个少年，他背着一个背包，脚步如飞，矫捷地腾挪跳跃着，不一会儿就消失在黑夜中了。

我没有追上去，因为我肯定追不上，那家伙就像在这个环境里面进化了几万年的新人类。

就在我站着发愣的当儿，又一幢大楼随着一声“轰响”着倒下来，巨大的响声和碎石打在火车上如弹雨倾泻的声音在夜色中传得很远。听着这座城市倒下，我有一种说不出的心酸。

又一阵“播种”潮来临了，我躲回地下停车场。我想摸出几根腊肠来烤，但是我放在一根柱子下的腊肠已经不见了，我记得清清楚楚是放在这里的。我打着电筒到处找了一遍，然后确定确实是不见了，连同挂腊肠的竹竿一起不见了。这里顿觉充满了危险，我挥动手电筒四处乱扫，时不时有白色的柱子闯到视线里来，把我吓个半死。

这时我多希望涛哥在我身边，我虽然是个写灵异小说的，但是不经吓的，平时只有我吓别人的份儿，哪想过还有别人吓我的份儿。我把涛哥的枪揣在怀里，在周围摆了一圈空易拉罐，辗转了半夜才提心吊胆地睡着了。在我的梦中不时浮现洞外怪兽的破坏声和洞中狼的窥视。

第二天十点半的时候“播种”开始消停了一些，我走出停车场。近半数的大楼在多次撞击下都倒塌了，整个城市就像被地毯式轰炸了一遍，而且那些炸弹全是从万米高空扔下来的火车。我望望天上，一只鸟也没有，一个塑料袋孤零零地飞过天空。

我背上背包向柳侯公园一带转移，那边离我住的地方近，对那里的情况我比较熟悉。走过柳侯公园的柳侯祠，已经看不见原先的建筑了，那些没有钢筋的仿古建筑早已经被扫平了，连上百年的老柏树也只留下白森森的断口，不知道荔子碑有没有幸存下来。

柳侯公园门口，一列火车从公园路方向冲过来，冲上台阶，撞进公园的大门，在柳宗元的瘦削的塑像前停下来。柳宗元依旧背着长袖，眼睛微眯，胡须微翘，和这个钢铁巨兽的头颅对视着。

我穿过公园，几列火车泡在湖里，像探头进去饮水的梁龙。湖边有一缕轻烟升起来，我走过去看，只见湖边的一块空地上摆着几张靠椅、几把钓竿，地上有一堆还没熄灭的火堆，旁边扔着几十罐啤酒，我的那一架腊肠也扔在旁边。

我不禁骂道：“谁这么缺德，偷老子的腊肠来这儿休闲？”

这时我看见地上还堆着另一堆东西，有十几台笔记本电脑，几十个手机，还有数码相机、古玩、字画等五花八门的东西。我立刻明白过来，这是一伙发灾难财的贼！

我刚要转身，一把冷嗖嗖的刀已经架到我的脖子上。怀里有枪，心里不慌，我没有轻举妄动，他们还有同伙没回巢，等情况明朗了再说。

我举起手，笑嘻嘻地说："没事，我路过，你们忙你们的。"

"少啰唆！"后面那人一脚把我踹趴在地上。

树后面又走出来三个人，现在是四个了，四人很有经验地把我堵在中间，封锁了我的逃跑路线，看样子是准备动手了。我思考是要鸣枪警告还是要趁其不备开枪射击，也就是威慑还是突袭。威慑是达到压制效果和最小伤亡的理想战术，但是我听涛哥说过，制止一名移动中的歹徒一般需要两三发子弹，手枪有七发子弹，如果直接与歹徒交火，就有把握放倒三个。若突袭的话，则效果还会更理想，反之如果鸣枪警告无效，就只剩下制服两人的弹药量了，在对方穷凶极恶的情况下风险将大大增加。

我还在思考的时候，有一个贼问同伴道："怎么弄？"

另一个说："你去，放了他。"

我松了一口气，大家都和气一点事情不是好解决吗？却见那人在牛仔裤上擦着匕首走过来，面露凶相。

我说道："哎哎，你干嘛？不是说要放我……等等，是放人还是放血？"

来人冷笑道："废话，我们从来就没有放人这一说！"

"早说啊……"我慌忙去怀里摸枪，枪却被衣服绞住了拔不出来，而我掏东西的动作激怒了歹徒，他举刀朝我刺过来。我头脑一白，心想今天就死在这个低级失误上了。

这时只见歹人把匕手一扔，跪在我面前。这个转变把我惊呆了，我叫道：“大哥，不必吧？”然后我看见一支箭尾插在他的肩窝上。

我抬头望去，一个骑在马上的年轻人正搭弓拉箭，英姿矫健。要不是他拿的那把现代反曲弓，我还真以为我穿越了。剩下的三个歹徒愣了一下，现代人对冷发射兵器的畏惧感已经大大降低了，他们立刻又叫骂着冲上去追了几步，他们怕是调虎离山之计，又折回来找我算账。

这时我总算掏出了枪，朝天“嘣”了一枪。枪声突然在这个寂静的世界炸响，三个歹徒被震住了，黑洞洞的枪口总算唤起了他们的恐惧感，他们一下子就软下来没了气焰。

年轻人好像意犹未尽，他把箭射在树上，收起弓，悻悻地走过来。我向他道谢，他把头歪着，不屑地看了我的枪一眼。我很理解，他一定是个冷兵器爱好者，平时窝在家练习，在做梦中驰骋沙场，好不容易有次机会拿弓箭出来玩，还骑着马，还赶上了实战，还不犯法，没想到被我用一把枪给搅了局。

然后我意识到这样想有点不厚道，无论如何他救了我一命。

经我们商量后，最终还是把四个嫌疑犯放了，我们没有精力照顾四个人，若把他们绑起来，他们就会饿死的。我跟他们说我是留守这里维持治安的便衣巡警，这件事既往不纠，如有再犯，旧罪并罚，然后给他们照了张像。他们没想到警察和贼一样敬业，垂头丧气地走了。

我拖过一张靠椅，拣起地上的腊肠放在火堆上烤，对年轻人说：“来一根？”

年轻人摇摇头说:“这是偷来的。”

我没好气地说:“这是我的!要是我今天不找到它我就没午饭吃了。”

年轻人望了我一眼,将信将疑地接过一根放在火堆上。他从马背上解下一个背包,拿出工具,熟练地把笔记本电脑的电池拆下来,拆出里面的圆柱形电芯。

“这些是脏物。”我提醒他。

“我有重要用途。”他头也不抬地说。

我耸耸肩,说:“我叫万象,怎么称呼你?”

“写灵异小说那个万象?”

“对,”我惊讶地说,“你看过我的小说?”

他终于抬头:“看过一些——我看过你的帖子,你是最先提出‘播种’的解释的。”

那个帖子我只在科幻论坛发过,我问:“你也去科幻论坛?”

“去。”

我愈发吃惊:“你叫什么名?”

“Adenine。”

“我没有印象。”

“因为我平时都潜水。”

我“嘿嘿”笑起来:“你的真名呢?”

“陈晓昆。”

“陈晓昆!”这三个字像一道闪电划过我的脑海。

他很奇怪:“你认识我?”

“没……没有……”我想,可能是个巧合,“哪三个字?”

“就是唱歌的那个陈坤，中间加一个大小的小。”

我“哦”了一声：“你为什么留在这里？”

“对于一个生存主义者来说，能面对这样的环境是他的光荣。你呢？”

我一时哑口，我的台词被他抢了，有点不爽：“我……积累素材。”

他点点头说：“现实比故事更精彩。”

他把马牵到一个地下游乐场里去，把弓箭留在马上。这里以前是一个防空洞，后来被改造成地下的游乐场，几经改头换面，现在是一个恐龙乐园。那匹马从一堆霸王龙、三角龙中间伸出头来，就像一个不安分进化的异类。

“它叫小灰，它是‘播种’爆发前和我过来的，现在回不去了。”陈小坤怜爱地蹭了蹭马的脖子。

“好难听的名字。”我说。

陈小坤生气地看我一眼：“聪明人知道应好好对待马，它说不定什么时候会救你一命。”

我注意到他的腰上插着一支手电筒和一支激光电筒，昨天月光下的少年浮现在我眼前。我问：“昨天晚上在广场附近的人是你？”

“是的，你看见了？你的观察力很敏锐。”

“你的身手更敏捷，你在做什么？”我终于可以解开这个迷团。

“打招呼。”他打开激光电筒，一束绿光射出来。他切换了一下，绿光闪烁起来，像一个不断眨眼睛的绿色精灵。

“你有没有注意到，每次火车在抛出之前，空间都会出现一个扰动区，在抛出之后，这个扰动区还会存在一段时间。”陈小坤对我说。我们回到了广场，坐在停车场旁边的一节火车上等待夜幕降临："我发现，激光通过扰动区，亮度会衰减三分之二以上，这个过程中没有增加散射，这说明激光大部分被吸收了，至于以什么形式，不知道。可以想象一种可能，空间打开了一扇门，一部分光子通过这扇门到了另一边的世界。"

"于是你试图通过激光来跟那边的世界打招呼？它的信息是什么？"

"我们世界的日期的二进制编码，因为不知道我们世界的平行坐标系坐标，所以只能传递时间信息。"

"时间是同步的，这个已经证实了，在第一列火车里面找到了一个手机。"我忍不住觉得好笑，"他们还以为那个手机是一个恶作剧，以后它将摆在博物馆里。"

"但是对方不一定知道嘛。其实传递的内容不重要，我不指望有人能收到一整列编码，重要的是形式，自然界是没有单色光的，再加上信号呈现出来的规律性，就可以确定是来自另一个文明世界的问候。"他说得有些激动。

"典型的科幻思维。"我说。

太阳向西边落下去，给这个广大无边的火车坟场镀上了一层金色。不远处的一幢高楼倒了，掀起一大片尘埃，尘埃慢慢散开来飘在空中，把太阳变成灰蒙蒙的一个边界模糊的气球，像一幅抽象的画。

陈小坤钻到火车里去找可以利用的东西，他的声音从火车里传来，闷闷的："其实你不像写灵异小说的。"

我诧异："哦？是吗？"

"科幻才是你的梦想，对吗？"

我愣了一下，没有说话，心里的一个地方被击中了，好像我小时候站在那片草地中间，死党突然跑来我身后对我说："你暗恋她，对吗？"可眼下这个人和我素不相识。

一个蓄电池从车窗扔出来："我没见过哪个写鬼故事还要扯上量子论的，你知道那样并不能使故事更吸引人，因为你骨子里流淌着科幻的血液。"

"谢谢。"我说，泪水要在我的眼眶中溢出，但是我很快冷静下来。《城市晚报》主编的话又在我的耳旁响起："你是要写你的东西还是要你的专栏！"从那以后我再也不是一个理想主义者了。

夜幕降临后，我们开始了行动。陈小坤把激光电筒换了一块电路板，"这是今天的日期。"他说，然后把从笔记本电脑上取下来的电芯换上去。"激光电筒和笔记本电脑用的18650电池是一样的，但是电筒没有过放保护，这些充电电池一不小心就会变成一次性电池。八百纳瓦的激光电筒，一节电池用二十分钟就报废了。"我听不懂他说的，只能傻傻地看着他。他把激光调整成平行光，说道："OK。"

我们坐在路口的一节车厢上等着"播种"的到来。过了一会儿，远处窜起一片火花，然后传来几声轰响，陈小坤迅速点亮激光追射过去。

"太远了。"他放弃了这次机会。

过了半个小时，一次"播种"出现在大约一百米远的地方。陈小坤迅速打出激光，虽然晚上看不见空间的扰动，但是在激光的扫描下很快就能发现目标，激光在一个地方改变了路线，而且亮度锐减了一半以上。陈小坤切换到信号档，绿色的光束闪烁着并传递出一列列编码，过了几十秒，扰动的区域渐渐恢复了正常。

发射信号之余，陈小坤的眼睛像猫一样搜索着火车的残骸，同时他拿出一个小收音机不断调整波段。

我问:“你在找‘回信’？”

他说:“对，如果对方‘回信’，就应该发回来一个信号发射器，用电波、声、光同时发出信号，如果对方发回一张纸条，我们就没办法了。”

可是夜色下除了火车电线短路偶尔迸出的火花，什么也没有。我们坐在一圈车厢中间生了一堆火，我拿出腊肠来烤。在这个彻底黑暗的城市里，一处火光就成了稀有资源，无数飞虫都往这里撞。

我说:“这些飞虫让我想起一个惨烈的画面。你吃过雪鸟吧？”陈小坤摇摇头。雪鸟是我们这里的大山里出产的一种珍稀野味，通常要托人才买得到。“我看过捕捉雪鸟的情景，有一年我在元宝山，跟山民进山去参加季节性的捕鸟。入冬的时候，鸟群会迁徙过境，山民们在世代相传的几个山坳口布下捕鸟网，晚上用氙气灯照亮，鸟群看见亮光就会往那里飞去。”我深吸了一口气，回忆着那个景象，“上千只鸟，像箭雨一样射过来，撞在地上、岩石上、树上，大多数立即毙命了，更多的撞在捕鸟网上，跳着白色的死亡之舞。鸟群过后，现场像被金属风暴扫过一样，到处都留下斑斑的血迹。从西伯利亚到日本岛，它们是伟大的飞行家，却死于这个卑劣的骗术。有些鸟的脚上还带着鸟类研究的脚环，上面写着日文。后来我把脚环拿给懂日文的朋友看，他说脚环的一面写着编号、采样地，另一面写着‘祝你平安’。都说鸟为食亡，其实鸟也会为了追寻光明而死。”

陈小坤在火光中低头不语。

我自嘲道:“好吧，这是文青的坏毛病，其实没那么复杂，那只是雪鸟的本能，人赋予了想象的意义。”

“人的天赋就是能赋予世界意义，赋予自己力量。”陈小坤说。我心想，这人比我还文青?

我说:“昨天夜里我被你的激光吸引过去的时候，就想到了这个情景。”

“但你还是过去了。”

“好奇心害死猫。”

“什么让猫宁愿留在危险的森林里?不仅仅是好奇心吧?”陈小坤微微一笑，表情又有几分认真，“猫在创造自己的故事，它就是故事的主角。在我看来，这是一个写作者最大的骄傲。”

我说:“别寒碜我了，狗屁骄傲，混口饭都难。”

“不，不。”陈小坤高深地摇摇头，“你知道这样的生活很艰难，你还是选择了这种生活方式。一个写作者的骄傲，不在于他的文字有多高明，而在于他怎样对待现实，他像他的文字所具有的灵魂那样去生活，他为文字创造的命运，也是他为自己创造的命运，这就是他最高的荣耀。”

如果不是这个人活生生地摆在我面前，我真以为他是我故事里的一个人物，他把我的文字后面潜伏的自尊和自负一一释放出来，像魔术师甩扑克牌一样甩在我面前。有一瞬间我把他当成了另一个世界的我。

腊肠烤好了，我用小刀分成两人份。这就像是一次穿梭异世界的郊游，仿佛回去后一切又会恢复正常。但我知道再也不会了，世界将从此进入一个新的时代，“世界”从此是复数。

陈小坤在车厢上手舞足蹈起来，但是他嘴里塞着一截腊肠，只能发出“呜呜”的声音。我爬上去看，他一把抓住我的手，像个发现了宝藏的大盗贼指着前面喊道：“信号！信号！”

前面的车厢残骸里有一个东西闪着白光，像一只萤火虫。

我说：“你看像什么编码？”

陈小坤说：“不像二进制。”

“莫尔斯电码？”我观察了一下，说：“也不像，这种编码模式要复杂得多，有点像古罗马传递情报的一种字母分解法。”

最简单的方法是过去把那东西捡起来。我们花了二十分钟走到那里，我真想对全世界宣称这件事没有发生过，到了那里发现，我们所以为的信号发射器，只是火车上一个没断电的灯管在闪。

一整个晚上也没有发现回信，陈小坤很失望。晚上他在停车场里架起一套照明设备，这是用火车上的灯管和蓄电池组成的。在他来之前我还处在史前时代，他的到来把我的生活水平提高到了现代社会，这让我对自己的生存能力感到羞愧。

这是我睡得最安稳的一夜，虽然夜里风大得有点出奇。第二天清晨我走出停车场，太阳从身后照过来，把我的影子长长地投在金色的地面上。我看着前面好像有什么不对劲，突然我大叫起来。

“有几列火车不见了！”我对陈小坤说，“昨天外面明明有几列火车，现在空了。”

陈小坤摸摸下巴说：“唔，的确。”

我说：“不会有贼连火车都偷吧？”

他耸耸肩。我走到空地上查看，那里干净得出奇，连碎玻璃和碎屑都没有，像被人用考古刷仔细扫过一样。

我问陈小坤："你有没有感觉到昨晚的风很大？"

陈小坤说："是的，可能是龙卷风，局部气压变化造成的超强龙卷。"

我说："好吧，我们又要多一样小心了。"

一个上午都没有看见"播种"，也许"播种"已经接近尾声了。毫无疑问，中国是今年世界上火车产量最高的国家。

中午，陈小坤把水从一节车厢顶上的水箱引下来，我们终于洗了这些天来的第一次澡。洗完澡后，陈小坤躺在车厢顶上晒干，他对我说："你也来晒吧，难得的好太阳。"

我犹豫了一下，要是被人看到两个男人光着身子躺在一起，就是有嘴也说不清了。我四下看了一下，没什么人烟。我爬上车顶，看到陈小坤结实硬朗的肌肉在太阳下闪着铜光，他朝我眨巴一下眼睛。我纠结地躺下，摊开小胳膊小腿开始晒太阳。

我眯着眼睛，太阳照在睫毛上，像闪亮摇曳的野草，草地铺展开来，猫在草丛里潜行，巨大沉默的石像驻守在荒草里。

陈小坤说："我在想，有一天擎天柱会降落在这里，对火车们说：'兄弟们，出发！'"

我的眼前出现那个钢铁大哥的身影，阳光从他的肩膀上照下来，他的右膝上还打着补丁，那是我在学校门口和小流氓争夺它时留下的伤痕，但那一点儿也没有影响他的身手。他把宽大的手掌伸到我面前，用记忆中一点没变的声音说："我没有忘记，我们回来了。"

我两眼含着泪花，躺在他的手掌上，他在大地上奔跑起来，风声在我耳边呼啸，吹得我脸上一阵凉意。

凉意越来越明显，风声也越来越大，我转头对陈小坤说："你有没有觉得……”我愣住了，大喊一声：“快跑！”

一条龙卷风扭动着吞噬过来，大概有五六十米的直径，几百米高。但是这不是一般的龙卷风，它的上头连接着一个“黑洞”，吞没的一切都被吸到“黑洞”里没了踪影，就像一个倒悬在天空的、游泳池底的泄水口。

我和陈小坤跳下车顶，车厢已经被吹得“哐哐”响起来。我想去拿衣服，衣服瞬间被卷走了，我感觉脚下一轻，也被吹离了地面。我心想这次完了。

陈小坤一把抓住了我，把我拉进车厢——他在我去拿衣服的时候已经钻进了车厢，一个生存主义者和一个文艺青年的思维是完全不同的。

我说：“你又救我一命。”

他说：“还没，跑！”

我们向车尾跑去，尖厉的气流声像一个老巫婆的尖叫，火车像一个感染了重伤寒的病人，剧烈地抖动着。

突然车厢被拖着横倒下来，我们被甩在角落里，一块玻璃刺在我的膝盖上钻心的疼。陈小坤果断地说：“出去！”他起身跃起抓住窗沿，一个反身翻上去，然后递下手来把我拉了上去。

我们刚离开火车，火车就被龙卷风吸进去了，像吸一根面条那样利索。我们用尽吃奶的力气往停车场跑，顾不得碎石刺脚，就像两个光屁股的原始人在森林里穿行。

我们离停车场有二百多米，龙卷风刚好直追着我们逃跑的方向而来。更严重的是，前面还有几列火车挡着。我膝盖作痛跑得稍慢，风已经追到我的屁股后面，凉嗖嗖的。

按照这个速度我们不可能跑回停车场，我在大风中上气不接下气地说："风太快了，我跑不过……"

陈小坤一把把我拽到岔路上，向另一个方向跑去。那里有一幢还剩下半个三层楼的商场。

这时我看见了魔鬼降临般的景象：天上悬浮着几个小黑点，像一颗颗种子。"种子"渐渐扩大，吸聚着周围的气流，发出尖啸声。地上的尘土舞动起来，像被惊醒的魔鬼猛然窜上天空，描绘出龙卷风的形貌。

我看得发愣，一阵狂风吹得我猛地一惊，陈小坤大声催促，我这才醒过来跑进商场。跑过满是碎砖石和碎玻璃的地面，陈小坤说："去地下。"我们这才发现，通往地下一层的通道在坍塌的那边全被堵住了。

我们找到一个厕所作为暂时的藏身之地。生存主义者最大的优势在于装备，现在陈小坤和我一样一无所有了，我想看他是怎么应对这种局面的。

在我抓紧时间休息的时候，陈小坤没有闲着，他到各个柜台去寻找可能用作工具的东西。我也想找一套衣服，最不济也该有条裤子，可是没有，卖服装的在三楼，竟然一件也没掉下来。

过了一会儿，陈小坤抱回来一堆五花八门的东西：钢管、剪刀、菜刀、电筒、火机、几卷尼龙绳，还有两个头盔，陈小坤分给我一个叫我戴上。这一大堆东西让我有了不切实际的安全感。

窗外的风声咆哮着，我爬到窗口往外看，外面的景象把我震惊了：天地间矗立着几十个巨大的龙卷风，吞噬着捕捉到的一切物质。这些龙卷风不知缘何而来，和以往见过的不同的是，这些龙卷风下宽上窄，像被拉长的倒置的漏斗，又像一个疯狂的舞者的长裙。几十吨重的火车在强风里就像印度舞蛇人手里的长蛇，被乖乖地驯服，随意舞动，然后忽的收进袋中。袋口就是黑黢黢的“洞”，它们像更大的蛇的大口，饥不择食地吞入到口的一切。我想拿起相机拍照，才想起我现在是一穷二白。

“龙卷风是由那些‘黑洞’引发的。”我对陈小坤说。

陈小坤正在把绳子编成绳套，他说：“像一个出水口。”

“什么？”我好像有了一点灵感，“你说那些‘黑洞’会不会一直扩大，直到把整个世界吞食掉？”

陈小坤摇摇头：“它们似乎只是为了恢复平衡。”

我的脑袋还没转过弯来，我的注意力就被另一样东西打断了。外面的一列火车被龙卷风甩起来，在一个连接处突然断开，断开的火车像甩出的链球，向我们这边飞来。

我从窗户上摔下来，大惊失色地对陈小坤喊：“小心火车！”

陈小坤立刻明白了，迅速滚到墙边。我刚照着他做，就感觉地面一震，前面的墙冒起一片白灰，一节车身从墙里面冒出来，像跃出水面的虎鲸。我紧紧贴在墙脚，紧接着一声巨响，旁边的墙和天花板塌了下来。

我醒过来后花了几秒钟时间来确定自己死没死，结论是我还活着，而且没晕过去多久，因为我看见陈小坤刚刚从地上爬起来。他一点事儿没有，而我被一块水泥板压得动弹不得。

我的下半个身子都被压住了，受力的是我的右腿，我的大脑向右腿发送了一个评估伤情的指令，神经没传回来任何反馈。

陈小坤跑过来和我努力了一番，水泥板根本纹丝不动。这时候风声越来越近，两个龙卷风闯进了商场上空。它们像两只巨大的汽轮机在废墟里翻搅着，任何东西经它们一触碰，立刻像被施了咒语一样失去了重力，滑向天空。我眼巴巴地看着一群衣服飞上去了。天空中的砖石像一堆麻将一样被搓得“哗哗”作响，风声尖厉得像切割锯的声音，我想起了某个音乐人制造的噪声音乐也是这样的，心想，被压在石头下的应该是那些音乐家。

龙卷风像个高效的拆迁机器，毫不费力地掀开楼板，拧成粉碎。其中一个一点点朝我们这边压过来。

我对还在使劲顶水泥板的陈小坤说：“来不及了，你走吧。”

陈小坤说：“我有数，风一进危险距离我就走。”

我慌忙改口说：“别别……别丢下我！”

陈小坤没好气地说：“你能不能不搞笑？等等，我有了个办法。”

他把所有绳子都用上，一头缠在水泥板上，另一头绑在好几个不锈钢的货架上，再把那些货架推到龙卷风过来的路上——利用风力把水泥板拉开是一个好办法。但是绳子没有足够长，这就像个手艺不好的魔术师在玩逃生魔术，刚解好锁火焰就已经奔到了。

陈小坤拍拍我的肩膀说：“能做的都做了，看你的人品了，石板一松开你立刻爬出来，我在后面接应你。”

陈小坤退到了墙外面，我的安全感顿时消失了一大半。

龙卷风渐渐逼近过来，堆在前面的货架“哐啷、哐啷”地摇动起来。虽然有十几米的距离，但是龙卷风的巨大显得它就像是在眼前一样。它像一只从地下冒出来的、头上点着一盏黑灯的蛇颈龙，咆哮着喷着鼻息。我看见断墙上的砖石被一块块拔掉，扔进一个巨大的倒悬的深潭。

货架进入了风力强劲的范围，像纸制品一样被瞬间吸入风里，绳子被猛地绷直了。

我试了一下，还抽不动身子。龙卷风继续靠近，紧绷的绳子和地面之间的夹角越来越大，终于，水泥板抬起了一条缝，我手脚并用地爬了出来。

看电影的时候我总是对那些一到紧急关头就患上四肢官能失调症的角色恨之入骨，现在轮到我了，我发现自己并不比他们好多少。我拖着一条没有知觉的腿，在乱石堆中拼命往外爬，没爬几米，后面的水泥板就被卷到风里了。

我感觉身子一轻，手脚都使不上力了。地上的砂石"噼哩啪啦"往上窜，打得我睁不开眼睛，眼泪趁机稀里哗啦涌出来。我抬头看了一眼前面，发现陈小坤已经不在了。

"不讲义气！"我在心里暗骂。绝望和无助像根细钢丝把我悬吊在空中，晃悠，晃悠，然后拽离了地面。

我像一只被扔到太空中的大闸蟹，四肢乱舞，无计可施，眼泪顺着额头往上飞去。眼看我就要被吸到强风圈里去了。

这时我听见陈小坤喊："抓住！"

我抬头看，他正骑着马飞奔过来。这个桥段很熟悉，这是标准的千钧一发情节，接下来我只要等待被救的情节发生就可以了，我放心地闭上眼睛。狂风把我吹醒了，吹走不切实际的幻想，上帝不是地摊小说作者，我必须靠自己！陈小坤射出一支箭，箭尾上连着一根绳子，正从我的腋下穿过去。我像抓住了一根救命稻草，死命抓住绳子，在手臂上缠了几圈，恨不得往脖子上再缠几圈。

我被拉出了风圈，地心引力突然恢复，我在地上翻滚起来。我拼命蜷着身子，我看过某个类似的新闻，知道第一要紧的是护住下身，身上的伤都可以置之度外。

终于我停了下来，陈小坤一把把我拉上马，向停车场跑去。

小灰的马蹄疾疾敲打着地面，我浑身像散了架一样，死人一样趴在马背上。我无力地说："你再晚一步我就死翘了。"

陈小坤说："你得感谢小灰，我说过它会救你一命的。"

不知道它是怎么找来这里的，我感激地拍拍小灰的背，它毫不谦虚地喷了个响鼻。我全身伤痕累累，血沾在小灰的毛上，我看到它也浑身是伤，伤痛让我们有了共同的感觉。

小灰背着我们穿过龙卷风交织成的通天森林，沿着被风扫干净的路面一路跑回了停车场。

回到停车场，我们都累趴在地上，我的右腿恢复了一下竟然可以走路了。现在终于有时间思考眼下的情况。

我说："搞什么飞机，扔出来的火车还要回收的？"

陈小坤正捧一掬水给小灰喝，他说："你还记得你说过的平行世界的熵流动一致猜想吗？"

我很快也想到了："平行世界的熵流动总是趋于一致的，'播种'打破了平衡，这就形成了一个'水位差'，为了回复熵平衡，就会产生回吸！"

"对，现在是回收的时候了。"

"妈的，抠门！"我狠狠骂了一句。

外面的风声震耳欲聋，像上帝在卧室里打开了几百台吸尘气，接近傍晚的时候才渐渐消歇。可以吸卷的物体越来越少，因摩擦产生的声音渐渐减少，只留下气流的空啸，如旷野上的风声。

陈小坤坐在一面墙前，直直地望着前方，心事重重。世界正在凝固，我感觉得到他内心的躁动不安，他是一个不愿停止奔跑的人。

傍晚的时候，陈小坤对我说："我想好了，我要到风里去。"

我大吃一惊："你没看老天爷开着吸尘气猛吸？你想变成垃圾？"

"对，不，你才垃圾，我要进入风洞。"

"你开什么玩笑！"

"没开玩笑。"

"为什么？"

"机会难得，这可能是人类历史上第一次跨世界接触。"

"你傻啊？你又不是不知道，生命体是不能穿过屏障的！火车过来的时候人都被分解了，我们至今没见过幸存者吧？连一个尸体都没有。"

"你忘了，生命体不能穿越过来是因为生命体是高度负熵，这将使熵平衡产生突变，而现在是回复熵平衡，物理定律应该更欢迎我过去才对。"

我愣住了，他说的没错，这个可能性是存在的，但是可能和事实不是一回事。我只好尽力劝道："就算通过风洞你能活下来，但你不知道会从什么地方被抛出去，有可能是十字路口上的百米高空。"

"不管怎么样，值得试一试，最后的门就要关闭了，以后可能再也不会有机会。"他笑一笑，"如果你还记得我，以后在你的小说里给我留一个角色吧！"

我很伤心，又有点恨他，他那么固执地不听我的劝告，一种荣耀感已经填满了他的内心，这种荣耀感创造奇迹，也使人疯狂，我不知是对还是错。

终于，我陪他走出停车场，外面接近尾声的景象还是给我无以伦比的震撼。被龙卷风扫过的建筑只残留下扭曲的钢筋，天地间还余留着十几个龙卷风，一条龙卷风正席卷过一幢大楼的残体。这幢大楼还有十多层幸运地立在地面，龙卷风卷过时大楼就像拆散的积木一样，散开的砖石像鸦群盘旋飞上天空，那些乌鸦的羽翼摩擦着发出尖厉的啸鸣声。鸦群汇聚成巨龙，巨龙汇聚成森林，森林的树冠上悬浮着十几个，在视野之外还悬浮着几百个黑幽幽的“黑洞”，在残阳的照射下闪着幽深而诡异的光。

陈小坤望了我一眼，跟我说：“再见了，兄弟，替我照顾小灰。”然后他迈步走向最近的一个龙卷风。他赤条条的样子让我想起终结者T800，他们的使命感让他们即使粉身碎骨也要一往无前。他在演绎着自己的传奇，他才是最好的作者。我意识到我终究是一个俗人，没有把生命变成标枪投向狂风的勇气。

我看着他的背影投向了龙卷风里，撞向灯光的雪鸟群又一次在我的脑海里闪过，他像一片影子一样立刻被卷走了。我愣了好一阵子，不知道这个人是不是真实存在的，或者他就像火车里的陈小坤一样，是我梦里的一个幻影。

我默默说道：“兄弟，保重。”

我坐在停车场出口望着外面，小灰沉默地站在我旁边。天空的云霞渐渐被黑暗笼罩了，一道绿光从天空中射出来，像一驾绿色的马车通过天河。

我站起来激动地喊道："回信！回信！陈小坤，有回信了！你……"我想起来他已经走了，我靠在小灰身上，安静地望着那道光，它没有闪烁，而是坚定地、笔直地射向前方，在这个黑暗的森林里就像连通神经元的一列电光。我忽然微笑起来，"是你吗？"不管是不是你，你都成功了。

我走下漆黑的停车场时心想，人类将从此进入一个跨世界交流的新纪元。我打开陈小坤做的灯，一根根柱子像一个个世界在黑暗中显现出来。

第二天早上，龙卷风全部消失了，想必熵已经恢复了平衡，整个城市被清扫得干干净净。中午，一架直升机降落在广场上。

涛哥走下来对我说："你小子还活着！你可真牛逼。"

我披着一身编织袋，被冻了一夜，哆哆嗦嗦地对涛哥说："快，借我几件衣服穿。"

我坐在直升机上最后看了一眼这个城市，然而我不想用任何词语来形容它。我靠在涛哥的肩头说："以后我要写科幻。"

"什么这幻那幻的，不都一样？"

"不一样，它是这个世界的未来。"

涛哥说："你去写回忆录吧！你现在是名人了。"

"什么？"

涛哥拿出一张打印的新闻网页，说："'播种'发生后，美帝就向我们提供了灾区的卫星图片，你们在网上称为‘火车侠’。”

那是 CNN 的首页，一幅大大的卫星照片上，我举着枪、陈小坤举着弓箭指着一伙歹徒。新闻标题是“火车双侠制服飞天大盗”。

“天哪……”我捂着脸叹道。

“还有更劲爆的……”涛哥拿出另一张纸，但是他不马上给我看，而是神秘兮兮地说：“这是今天的新闻，你要挺住，不过你放心，加了码的。”

他把正面翻过来，一个大标题首先映入我的眼中：“灾难中的友谊”。

“不！！”我真真正正地惨叫起来。

三季一生

一、融 化 季

海色渐亮
十亿张光芒之眼
轰然睁开
没有什么，我只是醒来
没有什么，我只是想看看这开始流动
又终将冷却的世界
没有什么，我只是想感受时间的振动
和最真实的寒冷与炽热
没有什么，我只是想知道
在这短暂的一生中

你是否听过我的吟唱

当砚的歌声在海浪中响起的时候，所有西利卡人都停下了工作，长望着远方。熔岩的海洋缓缓涌动，挤压出低沉的声音，歌声比海浪更低沉幽深，像一条黑色的大鱼，拖着长裙游向远方。

这歌声让碟想起了它出生的时候，海洋初融，它爬出卵鞘，黏稠的岩浆包裹着它，带着微凉，像一只大手托着它起伏。世界是一片混沌，它拼命向外爬，也只是在原地打了几个跟斗。

直到它的器官生长成熟，碟才看清楚周围的世界，这个混沌的世界是由岩石孔道的迷宫组成的，里面充满初融的暗红色的岩浆，岩浆里漂浮着大大小小的岩块，它知道自己和它们有着本质的区别，却又不知道是什么区别。

周围的岩浆原料丰富，它很容易就找到了需要的成分，结晶成外、骨骼和肌纤维。它制造了一个简易的尾鳍，用肌纤维连接起来，又用凝胶塑造了一个细长的身躯，这让它看起来像一条长着触手的蛇，这身躯虽然滑稽，但总算可以摇摆着游动出去。

在这里，它看见了它的同类，它们都已具有了相似的初级形态，正在充满岩浆的迷宫中钻行。还有一些个体先于它们破壳发育，承担了组织者的角色。

首领是一个叫碇的个体，它是最先出世的一批，已发育出完善的胸鳍 、背鳍和尾鳍，动作迅猛，思维敏捷。首领把它们搜集起来，组成一个叫弋的部落。

躲　避

在首领的带领下，部落的第一件事便是寻找地方躲避。融化季刚到来，食物匮乏，碐鲨和砜鱼幼体都需要疯狂地捕猎。

碟亲眼看见几个同类被砜鱼群吞食。砜鱼群潜行在岩石后面，关闭了探测电波，像幽灵一样靠近，在接近目标的时候它们才打开电波，迅速地冲上去。它们的形态是长有辅棘的长蛇状，辅棘能刺进洞壁把身体弹射向前方。

砜鱼的体型大约是西利卡人的三倍，这时碟才意识到自己形态的不足，几个同伴转眼之间就被撞成了一堆碎片，然后迸溅出来的养料又被鱼群叼走。它的本能强烈地告诉它要做一件事，但是它还没有清晰地想起来是什么事。

首领硿叫起来："静默！"它们的语言能力还没发育完全，只能用少数几个词语交流。

这提醒了碟，它关闭了电波，砜鱼群失去了目标，同时它自己也失去了视觉，只剩下一片嘈杂的声音。黑暗中几盏幽灯游弋着，几次从它的头上掠过，有一次它甚至感觉到砜鱼粗糙的棘碰上了它的背。碟蜷缩成一团，尽量显得和岩石一样。砜鱼也关闭了电波，周围黑暗得可怕，原来这就是死亡的气息。终于有几个同类按捺不住发出电波，立刻被叼走了。

首领发出一道重复的命令："静默！静默！"

短暂的暴露目标也是致命的，在硿近旁的一条砜鱼迅速向它冲过去，硿和旁边的人虽然看不见，却能感觉到岩浆传来的震动。砜鱼咬住了硿的几条触手，猛力扭动身子，触手断裂开来，硿猛地发出强烈的电波，刺眼而高亢。

一个同伴突然举起尖刺刺向砜鱼，它没有和别人一样把宝贵的结晶体全部用来组成运动器官，而是把一部分用来组成了一根胸刺和肌纤维丛。这是一个非常冒险的做法，行动上的迟钝可能会让它夭折。但现在它的赌博发挥了作用，尖刺狠狠地扎进砜鱼的颚下，砜鱼挣扎着，发出强烈的电波，甩得身上的晶片四散开来，渐渐没了力气。砜鱼群一轰而散，钻到岩洞里消失了。

获胜者把战利品身上的养料一扫而光，虽然这不能弥补它运动器官上的不足，但能给它更多的体力。这一战让所有人记住了它的名字：磔。

学　　习

首领损失了三只触手，但它没有死，仍然是部落的首领，它带领部落找到一个安全的岩洞，在这里，西利卡幼体要进行出生以来的最重要的一次学习。

学习期间尤其需要养料，卵黄中的养料就要消耗殆尽，部落每个人唯一的目标就是采集尽可能多的养料，让大脑尽可能快地发育，谁能最快地成长起来，谁就能在这个起点一致的世界拥有优势。

养料提供能量，岩浆提供原料，在结晶腔中结晶成各种功能的晶体，输送到大脑组成新的脑组织。随着大脑渐渐成熟，深藏在遗传晶体阵列里的知识也渐次苏醒，包括语言的能力。这是前代留下的馈赠。

磔感觉到沉封在黑色晶体里的记忆开始苏醒，就像这个化冻开的世界一样，带来消融的暖流，流淌着先辈的絮语。

掌握了技能的第一件事是制造时钟。每个人都在结晶腔里培育自己的第一块石英晶体，这比结晶别的晶体需要更久的时间，控制的条件也更复杂，稍有大意就会失败。碟试了两次才成功，当冰凉的石英晶体从结晶腔滑到中枢腔，和电位神经连接到一起的时候，它第一次感受到了时间的感觉。那仿佛触电般的振荡，恒定、悠远，再不是虚无缥缈，而是触手可摸，仿佛一直就在那儿，永远不改变。这一刻它有一个感觉，世界的规律也是这样笃定而永存的。

祖先根据潮汐周期制订了一套流传世代的纪日系统，以及衍生的年、分、秒。二百五十六天为一年，一天为二百五十六分，一分为二百五十六秒，西利卡个体的寿命大约是五十七年。石英晶体的记时不是很精确，但远远够用，只有一流的结晶师能结晶出最纯净、最精确的石英晶体。一个部落里除非有专司计时的成员，都以首领的时间为标准。

有了时间标准，活动就有序多了。采集养料的时间是每天的八十五分到一百二十八分，在一个悬崖边，白色的铁矿流沿着崖壁涌上来，碟驱动着触手追逐矿物流中的白色颗粒。有人发现附着在崖壁上的颗粒更容易采集，于是大家纷纷游附到崖壁上。有人发明了一种刷子用于收集矿物颗粒，其他人很快也学会了。碟知道了，并不是所有技能都可以从遗传晶体里得到，还有很多需要摸索和后天的学习。

信 号 灯

信号是一个叫矶的同伴发现的，它比碟稍微幼小，当它望着一片岩石开小差时，那个闪光出现了，匆匆闪了一下，只剩下黑暗。矶告诉了碟，碟不相信。过了一会儿，闪光果真又出现了，它用的是西利卡的语言，内容只有两个字——“石亭”。

但闪光的光源在岩石后面，绕过去必须穿过错综复杂的迷宫隧道，那里一片漆黑，超出了部落的活动范围，一旦迷路，就有可能永远回不来。矶不敢过去，碟叫矶留在原地，决定独自过去看看。

过了四十多分钟，碟带回了闪光源，矶兴奋地向众人宣布这个发现。这是一个信号灯，由好几层凝胶包裹着，不知道用什么技术制作成的，看样子不像是任何一个幼年期的个体拥有的技术。碟发现，信号灯除了发射部分，还有一个晶包，里面用低温保存着几粒存储晶体，这应该才是这件东西的目的。

碟正要小心地把晶包转移到体内，被首领喝住了。

“不要读那！那是邪恶的咒语。”首领急速地警告道。

碟说：“你还没有读过，你怎么知道？”

“我的前代恰巧留给我这个知识。相信我，那是邪恶的咒语，读了你会被它控制，丧失你的心智。”

硿步步紧逼，碟把晶包藏在身后，矶在它身后好奇地打量这个怪东西。

“给我。你会毁了这个部落。”硿最后命令道，礫也上来了，它的尖刺又比以前强健了很多。

矶吓得跳开了，离那个东西远远的。碟在心里叹了一口气，这两个人，一个是它不愿反抗的，另一个是它没有能力反抗的。它把晶包递到硿前面说：“难道你就不好奇吗？”

硿拿过晶包，毫不犹豫地撕开，晶体在岩浆中变得易碎，硿用尾鳍扫过，晶体碎成了粉末，黑色闪亮的魔鬼的咒语飘飘洒洒沉入岩浆的深渊。

孤　　儿

"你觉得呢，这是一个走失的部落成员？还是一个孤儿？"一个西利卡说，它面前是一个卡在岩隙里的小西利卡，这个幼体发育得比别人都小，身上的运动鳍畸形而凌乱，六只触手漫无目的地乱动。

"一个孤儿。"另一个西利卡说，它们只有说话的时候才打开电波，其他时候皆保持静默。

"它连话都不会说，也许是个先天不足的个体。我们要不要杀死它？这里是弋部落的海域，它会成为弋部落的人。"

"不，我们带走它，它的遗传晶体没有用来存储语言，也许是存储了什么特别的能力。"

职　　业

西利卡纪年第八年，随着大海不断升温，岩石里的空间变得越来越多，岩浆的流动性也变得越来越大，更适合游弋的大时代就要到来了。

弋部落的西利卡们已经扔掉了原先的小鳍，生长出适应新体型的大鳍和运动肢，以及强健的肌肉丛，它们的身躯比从前大了六七倍，不再是适合洞穴迷宫的细长形态。在成长为一个功能完整的幼体后，西利卡人即将向不同的方向分化。

只有磔还坚持特立独行，向着畸形的方向发展，一根胸刺和两对大鳌突兀地耸立在它的前端，让它看起来像一个怪物，除了身躯相应地长大了，运动器官只能保证最基本的运动需要。似乎它要抛弃所有中间形态，直接成长成最终极的武士。这种深谋和隐忍让人不寒而栗，碟不禁怀疑那次让首领损失三只触手的战斗，是不是磔精心选择的时机。

硿拖着三只残存的触手，虽然它重新生长了两条代肢，毕竟还是不如原来的灵活，由于代肢占用了宝贵的结晶时间，它的运动肢的发育要滞后于别人，这将对它的地位产生微妙的影响。硿努力了几次才爬上一块礁石，将由它来主持这次职业分配。

“每一个西利卡人都将选择自己的职业，我们的职业知识继承自我们的遗传晶体，那是前代们根据族群需要和对下一代的期望所做出的选择，如果你有幸继承了前代记忆的片段，你能体会到前代身体里流淌的电流。我们大多数人都会继承自己先天的职业，一部分人根据部落的需要调整。当然，你也可以选择自己的意愿，这需要经过我的同意，由我统一调配，然后你需要向别人学习新的知识，这比你继承来的知识艰难得多，最重要的，你要证明自己的能力。”

硿说完，底下一片静默，随即爆发出一片喧哗的电波，人们纷纷表达自己的意见，只有首领这样心思缜密的人才能同时处理这么多的信息。

一阵短暂的讨论过后，硿庄严地宣布职业的分配，大家安静下来聆听这个决定一生的安排。

“硿，职业是导航体。”

底下一片哗然，导航体是一个牺牲性很强的职业，它的结晶一部分用来设置航标，是控制力最弱的职业，硿选择的这条路必然充满变数。

砼继续宣布：“磔，职业是攻击体。”

磔收起前螯，谦逊地伏下身体。不管首领宣不宣布，它已经事先确立了攻击体的地位。即使砼站在高高的岩石上，即使磔伏在岩浆里，也能明显看出它们体型的差距，而且这种差距还会继续扩大。

磔明白，砼知道自己已经无法和磔竞争武力，采取的是争取人心的策略，但这个策略实在太冒险，磔的硬实力在不断增长，砼的软实力却不断受到挑战，它能在这条路上走多久？磔很担心。

职业很快就分配完了，人群里响起喧嚣的抱怨声，因为满意的大都在窃喜，有时也假装着抱怨；不满的则大声发出声音。抱怨归抱怨，首领做出的决定必须遵守。

部落里分配了三十八个攻击体，四十五个防御体，七十六个工程体，八十二个采料体，十三个动力体，三个探测体，一个导航体。砼的知识将学习自一个继承了导航体的成员。

由于碟继承的职业是动力体，所以分配到的职业也是动力体。动力体为未来的大型营地作准备，通常分为“大尾”和“喷射器”。碟继承的知识以喷射器为主，也了解怎么制造大尾，但是它不喜欢这个职业，它也不知道自己喜欢哪个职业。为什么要选择职业？什么职业才有意义？怎么知道自己以后会不会后悔？一想到这些问题它就想回避、退缩。它厌恶对职业挑三拣四的人，自己却也是这副模样，这让它怨恨自己。

一个问题一直在碟的脑海中挥之不去：究竟怎样做才是有意义的？

诗　　人

在西利卡的种群中，有时会存在一些独特的个体，比如结晶师，它们是罕见的天才。一些晶体的结晶条件极为苛刻——温度，压力，溶剂的配比，晶核的选择，均匀的摇晃或绝对的静止。一点点感官上的迟钝、情绪上的波动，都会影响结晶腔里的条件。结晶师必须是异常敏锐、异常冷静的人，且对身体和心理有着高度的控制力。这样的人，在每百个部落里有一个也许就称得上是幸运的，它们是万人争附的领袖。

碟没有见过结晶师，但它见过的这个人比结晶师更独特。

砚是一个采料体，身后已经挽着一道短短的拖网，那是用透明的纤维编织成的，可以吸附铁矿砂。砚牺牲了一部分成长身体的时间来制造了一件精致的乐器，那个东西能够发出一种低频的振荡电波。砚一直像一个不喜言谈的人，比岩石还沉默，它偷偷组装那个乐器的时候没有人知道。

那一天，歌声忽然从采料场上响起，低沉的电波穿过咆哮的岩浆，绕过怪物骨架般的岩石框架，飘过长满海绸的沼泽，像一条闪着幽光的大网徐徐落下，笼罩万物。每个人都停下了工作，就连责怪砚不务正业的硿，就连从来不苟言笑的礤，就连贪玩的矶，此刻都立起身来安静地聆听。每个人都把共振频率调到同一个频道，让海潮漫过耳朵。

海色渐亮

十亿张光芒之眼

轰然睁开

没有什么，我只是醒来

没有什么，我只是想看看这开始流动
又终将冷却的世界
没有什么，我只是想感受时间的振动
和最真实的寒冷与炽热
没有什么，我只是想知道
在这短暂的一生中
你是否听过我的吟唱

歌声结束了，余波还在回荡，振荡仍未消弥，砚站在黑色的岩石上，它瘦小的身影在岩石消融形成的旷野上显得更加渺小。

这不是一个人的歌唱，而是仿佛一个种族发出的和音。碟觉得很奇怪，为什么几段音调和词语的组合，就可以在心里激起震动，一件看起来毫无意义的事，却让它思考起它们存在的意义。

一些还存有记忆的人把砚叫作诗人。诗人到底是怎样一种人？历史上有过多少这种人？它们留下了什么？可是西利卡人的历史仅限于一代人，每一代人的历史都是断层的。如果有一个高高在上的神明把每一个世代的历史串联起来，那是怎样的一部……它想不出用什么词。也许那就能指引出它们未来的方向？

石亭笔记

夜晚，来自头顶的辐射消失了，岩浆之海停止了涌动，它们发着鲜红的光和温暖的热，轻柔地揉动，贴在肌肤上安静得像睡着了一样。

碟离开营地，走上一块长石。前面是一片斜长岩融化成的峡谷，夜行的砜鱼群在峡谷中穿梭，富含营养的赤砂草在岩浆之海中漂漂荡荡。砜鱼已经抛弃了细长的形态，变成扁平的一片片“页岩”，反射着点点的波光。

“你有什么心事？我发现你成长得比别人慢。”硿站在远处对碟说。

“没有……我在想，这些岩石，这些鱼群，这些草，我们和它们有什么不同？”

“我们和它们都要生存下去，我们的生存方式不同。”

“如果只是生存，它们似乎比我们成功呢。”

硿停顿了一下，说：“你读过捡到的晶体吗？”

“没有。”碟说。

“不要想那么多，每个物种都有法则。小心夜行的野兽。”硿走了。

碟静立了一会儿，关闭了一切电波源。

黑暗涌过来，它的心里一阵发慌。过了一会儿，它恢复了平静，“打开”一个晶体。

晶体的信息在它的眼前呈现出来，标题是“石亭笔记”。

自从在硿的眼底下把这粒晶体藏起来，它常常在夜里会偷偷地阅读。短暂暴露在高温下使晶体丢失了一部分信息，剩下的信息大约有九万个比特，它至今也只能模糊理解其中的很小一部分。

它又打开那一篇“关于遗传”的：

“西利卡人的遗传分为两种形态：模糊遗传和精确遗传。模糊遗传包括行为、一些记忆、意志等，这些对后代产生隐性的影响；精确遗传包括语言、历法、生产等知识的运用能力，这些直接由后代习得。精确遗传的部分可以由前代选择，但我们都知道，遗传的存储量是有限的，过多的信息会造成不可控的丢失，如何选择遗传信息，是一件不敢大意的事情。”在几段过后，作者似乎又想起了什么，补充了一句：“我有个独家想法，我们进化出来的遗传模式只是为了满足生存繁衍需要，却不能支持种族的更高程度发展，正是遗传带宽的限制，限制了知识的跨代传递。础。”

笔记的记录者是一个叫础的人，碟猜想它是上个世代的人。信号灯依靠热敏晶体激活，不知晶包用什么方法贮存微弱的电能，并在融化季到来后维持着低温。制作这个装置肯定要付出很大的牺牲。

碟懂得遗传，但不懂得隐性、进化、更高程度发展这些概念。它“关上”晶体，打开电波，岩浆还在安静地揉动，也许海潮已经降下，砜鱼群都不见了踪影。它隐隐想到，精确遗传就是这么一种东西，你天生能够理解、知道运用，而外在的知识就像这个笔记，你读了也不一定能理解。

在寂静中，它听到一个轻轻的声音，很悠远，很好听。它猛地发现砚坐在峡谷边的一片页岩上，吟唱着那些神秘的歌调。

“砚！”它叫道。

砚发出一串友好的电波。

几条砜鱼从峡谷里窜出来，吓了碟一跳，它弓紧身体，发出警告的电波。西利卡人的身体已经长得比砜鱼还大，不再是砜鱼的食物，但砚的身体偏瘦小，还是让砜鱼动了馋念。砜鱼犹豫了一下，游走了。

“谢谢。”砚说。

碟在砚身边坐下，有点不知所措。这个人虽然弱小，却有一种神奇的力量。

“那些歌都是你自己写的？”碟发现自己问了一个很傻的问题。

“不，”没想到砚答道，“有些旋律存在于我的遗传晶体中。”

碟很惊讶：“这么说……我们在跟我们的祖先对话？”

“很多时候是，只是我们没有意识到吧！”

碟想到，难道诗就是它想象过的由过去联通未来的东西？

它又问：“你有没有被一个问题困惑过，每件事情的意义是什么？比如唱歌的意义是什么？”

砚沉思了一会儿，勾住碟的触手向峡谷中央游去。碟想阻止它，最终还是跟着它游了过去。

它们两个漂浮在峡谷上方，砚关闭了电波。峡谷下面是深不见底的深渊，上下左右都是岩浆的海，寂静无声，碟感觉好像悬在了无尽的虚空中，仿佛连自己也不存在了，这个感觉让它恐慌。

砚的歌声响起，悠然长翔，碟感觉虚空被撕破了一道口子，有了实在感。歌声时而像岩石的粗砺，时而像海绸的柔软，时而汹涌，时而起伏。

砚扬起触手快乐地说：“其实我也没有答案，我猜想，就是为了证明我存在过，最真实地存在过。”

存在的意义又是什么？碟没有往下问，这样的问题永远没有尽头。它作了一个决定，要成为一个攻击体，保护砚，保护所有它身边值得保护的东西。

碐　鲨

首领对碟擅自改变职业的事很愤怒，要把碟逐出部落，在众人的劝说下，它才同意给碟一个证明自己的机会。

碟证明自己的机会终于到来，一条硠鲨闯进了营地，这在部落的危机等级里属于第三等级。

营地建在一个大型岩穴里，硠鲨是从离峡谷最近的地点闯进来的，岩石的持续消融使营地和峡谷越来越近。探测体来不及发出预警，当警报发出时，硠鲨已经冲破栅栏闯进了营地。

七个营地内的攻击体首先赶到，它们是四个“巨螯”、两个“投掷手”和一个“热刺”。

部落成员从来没有见过硠鲨，都被眼前的庞然大物吓得惊呆了。十二岁的硠鲨体型是西利卡人的三十倍大，头部覆盖着硬骨，身上是黑亮坚硬的甲片。西利卡的攻击体还没有成长成熟，交战显得力量悬殊。

“巨螯”对硠鲨不起任何作用，只能和敌人周旋。“投掷手”投出的岩石都被硠鲨的硬甲挡了下来。“热刺”必须刺入硠鲨的中枢腔注入岩浆才能发挥效果，而它的刺根本够不到。七个攻击体只好在硠鲨眼前环绕，干扰它的判断。

营地内的工程体迅速抢修营地的栅栏，防止别的硠鲨趁虚而入。首领用电波指挥大家寻找岩洞躲避。

硠鲨看到了行动不灵敏的硿，压低身子俯冲下去，它像一块巨大的黑色岩石从天而降，在它旁边游动的小东西根本不能阻止它半分。二十多个防御体围在硿的周围，它们都是“巨盾”，张开的盾甲把硿围在中间。“巨盾”的盾甲还没生长得足够厚，还不能对付硠鲨的冲击。二十多个“巨盾”不断移动着位置，硠鲨冲过来的时候就分散成五六个小阵，让硠鲨分不清硿的位置。

碟在营地外收到信息拼命往回赶，它比营地外的别人都快赶到。它的形态是一个中级动力体和一个初级攻击体的结合，攻击体的形态是“热刺”的刺部分，它放弃了注射部分，这是它为自己的形态量身设计的改造方向，它命名为“投枪”。

二十多个西利卡人包围着碐鲨。碐鲨的庞大身体在岩浆里搅动起强烈的震动，好似山崩地裂，碟很难保持平衡。

碐鲨用坚实的躯体碾压过去，“巨盾”的阵形变得四分五裂，但它们很快又组成坚实的阵形。

碟不知道怎样才能对付这个庞然大物，它想，磔一定会救首领的，磔现在还需要部落成员的协助，夺权随时都可以夺，现在还不是铤而走险的时候。

然而磔并没有出现，事后它声称来不及赶回来，滑稽的是这个理由是真的——它的运动缺陷使它行动缓慢。

碐鲨厌烦了玩捉迷藏游戏，转而去寻找别的容易攻击的目标。从营地外赶到的攻击体组成了第二攻击梯队，这次的攻击体里有几个“绞索”，它们贴上去放出绞索紧紧勒住碐鲨。碐鲨渐渐地动弹不得，向下沉去，仿佛在戏弄这些孱弱的西利卡们，突然它的甲片猛地张开，绞索发出脆响，齐齐被挣断了。

碐鲨发现了弱小的砚，游向高空调整姿态俯冲下去。当碐鲨转向的时候，它一侧的甲片张开来露出了空隙。

碟抓住这个破绽刺过去，高速喷出的稀性岩浆推进它的身体达到高速，刺进碐鲨体内的时候，它听到晶体的碎裂声。但是它的穿透力还不能刺穿碐鲨，也没有热剂可以摧毁晶体，碐鲨猛地收紧甲片，继续向砚游去。

砚逃跑的速度比碐鲨要慢一个档次。等碟从碐鲨身上挣脱，碐鲨已经冲到砚的上方。一个防御体中的干扰者出现了，它背上巨大的发射器发出高频脉冲电波，顿时世界变得一片雪亮，所有人都停止了运动。

一阵天摇地动的震动传来，视觉恢复后，只见碐鲨一头撞在地面，岩石和碐鲨的碎片一齐飞散开来，把岩浆染得污浊。

来不及高兴，建立营地的岩石平台在撞击下断裂了，一片惊呼声中地面向下坠去，岩石洞穴也坍塌下来，在小岩洞里来不及逃出来的西利卡人们都被压在下面。

碟找到下坠的砚，用触手拖着它往上游。砚被撞碎了一半身体，已经没有了生气，它用微弱的电波说了句“谢谢”，就死去了。

周围是岩块 、慌乱的人群和汹涌交织的电波，碟抬着砚的尸体往上浮，却感觉那个悠远的歌声向下沉去，沉去……

寻　找

硿带领大家哀悼了死去的同伴，同伴的尸体被放在稀性的岩浆中沉入深渊。然后部落启程去寻找新的家园。

已经大部分消融的世界里，耸立的山脉和可以藏身的洞穴越来越少，海洋从暗红变成赤红，从赤红变成现在的亮红，队伍在茫茫的海的荒原上游了五天四夜，拖成长长一串的身影越来越稀薄。

人们唯一信任的是作为导航体的首领，但是首领不能说，它记忆中的地图是以大海完全消融后的洋流为参照的，而它们必须在世界完全消融之前成长为成熟的个体，否则生存将是一件异常艰难的事。

碟知道，那些无名的山脉，终将化成海洋，所有曾有过名字的生命，终将化成岩石。在这条漫长而又短暂的生命之路上，没有什么痕迹可以留下。此时它多么希望砚能唱起歌谣。

巫

在一片沮丧和绝望的情绪中，那个影子出现了。它在一望无际的荒原上走过，刚开始只是斜上方的一个黑点，低频电波没有发现它，它在高频的视线内突然出现，仿佛是从岩浆里生出来的。它的身后拖着黑色的长衣，好像真的只是一个影子，从虚空中飘过，没有重量，没有体积。

影子停在队伍面前，队伍停在影子面前。

首领从队伍中走出来，问道："你知道哪里有山脉和矿流吗？"

影子竟然出人意料的瘦小，它佝偻着身子，十只触手都缩在黑色晶片织成的长袍里，简直不是它支撑起了长袍，而是长袍凭空支撑起来的。它把头微微偏向声音传来的方向，没有说话，一只触手从长袍里拿出一块晶莹剔透的晶体。

首领的电波突然变了色，它指着影子喊道："杀死它！它是只巫！"

磔的一只巨螯立刻悬在巫的头上。

巫用奇怪的声音，平静如常地说："可怜的迷路的人，我是巫神的代言人，我可以指引你们的方向。"

首领斩钉截铁地命令："杀死它！"

碟看得出硂的着急，它似乎很害怕巫再说下去，这两个人都隐藏着什么秘密。

磔说:“为什么不听听它的说法?”

首领怒道:“巫是蛊惑人心的邪道，我不会给它控制我们的机会。对付巫的方法是，它一开口，你就杀死它。”

巫不理会首领的咄咄逼人，它转向众人说:“你们的首领没能带领你们走出困境，你们还要继续为它一个人的错误承担后果吗?我的时间不多了，如果你们愿意相信我，我可以帮助你们。”

它举起晶体，念起咒语来，晶体竟然发出奇异的光芒，如火苗一样缠绕着晶体舞动。

首领一挥手打碎了晶体:“不要相信它的鬼把戏，杀死它!”

然而没有人动弹。

首领从一个攻击体身上抽出一把利刃，向巫砍去。

突然它惊呆了，在巫的长袍下传出汩汩的电波，沉稳坚定的振荡完美得如神的造化，那是一颗完美结晶的石英晶体。

“你是……结晶师!”

所有人都发射出虔敬的电波，注视着这个传说中的结晶师。

“我不杀你。”首领冷冷地说，“你走吧。”

结晶师捡起晶体的碎片，张开触手让它们飘在空中，继续向前走去。走出一段距离，它发回电波说:“碎片飘向的方向，就是你们要找的地方。”

“你的方向，”它偷偷对磔指引道，“在那个方向。”

没有告诉矶，没有告诉任何人，磔做了有生以来第二个大胆的决定——离开部落。它没有太多的牵挂，巫的话像一个魔咒，让它不由自主地想试探一下前方有什么在等待。

西利卡纪年第十四年，浩瀚无垠的熔岩海下，一个即将成年的西利卡开始了走向世界的旅程，等待它的，是即将流动的海洋。

二、激　流　季

碑

碟不明白，为什么这个人的前代没有留给它语言的能力，让它在别人学习如何建造营地的时候却要学习怎么说话。

据说碑是一个孤儿，是部落首领从外面捡回来的，这样的身份让它显得更卑微。没有人愿意理会它，直到碟到来后它才有了语言老师。

碑咿呀学语的速度很慢，经常要为十六个比特的意思说上三十二个比特。它是部落中唯一没有职业的，它没有分化出任何功能，只是一个会吃会动需要照顾的……废物，碟不想用这个词，但确实是这样，一个连刚出生的幼儿都不如的人，还能用什么来形容？

刚开始，首领还寄希望于这个个体拥有什么特别的能力，到后来它自己都觉得可笑，这个人的前代简直就是忘了把东西放到遗传晶体里去。

碑的大部分时间都用来积累奇怪的材料，制造奇怪的结晶，那是它的玩具。它从营地里偷取一种稀少的金属矿物，差点被首领杀死。当它瑟瑟发抖地躲在碟的身后，碟只有满腔愤怒。

碑比普通成年西利卡的体型要小三分之一，这还不算上那些庞大的功能附件。唯一让碟欣慰的是它不会带来威胁，一个聪明得满肚子阴谋诡计的人有时让人头疼得多。和碑在一起很轻松，这也许就是它还愿意和碑待在一起的原因。

黑礁部落

黑礁部落是一个八百多人的大部落，首领是礁，一个身型巨大的“投掷手”攻击体，背上用粘胶携带着大大小小的岩石，让它看起来像个威猛的岩石巨人。部落的攻击体的比例达到少见的百分之三十，即使部落里面没有人提起这件事，大家也知道，这曾经是一个靠掳掠为生的部落，部落的人口很多是抓来的。当初人们以为碟是另一个被毁灭的部落的孤儿，便把它抓了进来。

碑在牢房外悄悄地游来，把它的记忆展示给碟看，那是一样的被掳掠的迷茫和恐惧，但是一切都会好的，只要你融进部落。碟做到了。

碟的分类曾让首领苦恼了一阵，直到它重创破鲨的事迹流传开来，部落里让它成为攻击体的呼声成为压倒性多数。毕竟谁都想要一个带着推进器的巨刺，而不想要一个带着巨刺的动力体。

洋　流

激流季的到来以洋流为标志。随着海洋温度的升温，和上层岩层的融化释放了压力，岩浆的黏稠度越来越低，洋流形成了。

洋流把养料带到各个海层和海域，海洋圈里的生物随着洋流迁徙，海洋里的部落也随着一切生存资源开始了迁徙。

黑礁部落的大型营地由“黑岛一号”和“黑岛二号”担任领航任务，周围巡弋着二十四艘中小型营地。大型营地由七到十五个动力体推动，中小型营地由一到五个动力体推动。营地是由采料体中的“拖斗”搬运来岩石，再由一类叫“黏剂”的工程体合成的黏剂黏合而成。就像一些晶体遇到高温会碎裂或熔化，而一些晶体耐高温一样，有一些岩石也能在最炽热的岩浆里保持坚硬，其中一些充满细密的气泡，能够悬浮在岩浆中，这类岩石是西利卡人的建筑材料。

大型营地内部有可供三百人藏身的空间，还有仓库和碉堡，最上部是指挥塔。营地外部是前突后徐的岛屿状，巨大的岩石垒块狰狞嶙峋。人们在远古遗留下来的营地中见到过一种深海巨龟的塑像，不知是确有其物，还是根据营地的形状想象出来的。

在上升流出现的地方，海洋深层的铁矿砂被带上来，形成烟雾状的“云层”，以不同部落的长度标准算，云层常常达到几千手丈（首领的触手长度）高，几百手丈宽。

砜鱼群喜欢在“云层”里游弋，铁矿的代谢物在它们的身体内富集，使它们变成赤红色，“红云”和“白云”重叠在一起，形成壮观的景色。硋鲨常常在砜鱼群活动的地方出现，它们为适应激流季的稀性岩浆而减少了甲片，增加了利用海流的帆骨。若要一顿饱餐，则一只硋鲨可以吞下相当于体重一半的砜鱼，当它们离开上升海流，就必须游到稠密的海流去消化食物，否则它们会渐渐下沉，被海压压死。海洋中最巨大的生物——硕鲸——生活在深海里，那里压力巨大，养料丰富。西利卡人和其他生物都不能到达深海，人们从硕鲸强健的前肢和犁状的头部进行推测，深海里是异常难行的半塑性岩浆。当强劲的上升流产生时，有时硕鲸会乘着海流游上来，但这只是一个传说。

部落在充满洋流的海洋中游弋，每到一个新的资源丰富的地点，就会有几个月的采料期。

“拖网”拖出的采料网足有三十手丈长，这些网能吸附铁矿砂，同时也能捕获砜鱼群。曾经猎食西利卡人的砜鱼，现在成了西利卡人的食物，群体协作的西利卡人成了海洋的霸主。

猎杀磅鲨是一项极富挑战性的任务，有人统计过，平均猎杀一只磅鲨需要出动十六个攻击体，需要牺牲零点一四人。猎杀时一般采取围堵的战术，由“绞索”缚住磅鲨，由“巨螯”限制它挣扎，由“热刺”完成致命的一击。

碟第一次刺死磅鲨时，差点随着磅鲨沉入海底。之后它的捕猎技术越来越高超，直至可以单枪匹马在一瞬间洞穿磅鲨的中枢腔，于是它又有了“快枪”的称号，当之无愧成为了部落狩猎队的队长。

日子在航海中一年年过去，西利卡人的纪年已经走到第二十九年，这是西利卡人一生中的壮年。

碟成长得很快，它花了五年时间增长巨刺，用三年时间完善推进器，用六年时间加固脊椎，这期间还进行了无数次外形的调整。

当它成为一个完美的攻击体，却发现已经没有想保护的东西。它会保护碑，但那不是它想保护的东西，碑是一个行尸走肉，它在碑身上看不到任何它想寻找的“意义”。

夜　袭

在一片贫瘠的海域里，部落遭遇了饥荒，连续一百六十三天没有遇到鱼群和矿流，储存的食物吃完了，陆续有几十个人因营养不良而死。

入夜，饥饿使所有部落成员早早地就进入营地里，除了动力体，只有三个值班的探测体还在营地前方孤独地巡弋，高低频电波穿过广阔的海洋，等待那零星的回波。碟靠在一扇舷窗前，突发一个奇想，如果这些电波不是向着海洋深处，而是向着上方，穿过海水的界面……那里是充满瘴气的炼狱，只有电波能够抵达，它们是否也能够带回信息?

大部分人都漂浮在营地里睡着了，有几个人在放哨，岩石框架在航行中发出“咯咯”的响声。碟看看碑，它躲在它的不受打扰的专用角落，睡梦中还在培育着那些屡次失败的晶体，一副没出息的样子。

碟叹了口气，偷偷地打开石亭笔记，翻开一篇生物考察记录。上面列着二十四种动植物，还有七十一种化石记录。后面有一段笔记:“营养不良症正在蔓延，分类这些生物的种属费了很大力气，一个有趣的发现是，远古时期的生物较少有多态适应性……”不知是不是营养不良的影响，一些信息模糊不清，碟继续往下读。“……现在的生物普遍具有多种形态适应环境的能力（砵除外），种类多样性反不如古代。这是历史上的大灭绝？还是说，进化中的信息传递总量是守恒的？础。”

它又头疼难解了，虽然这些年它陆陆续续看懂了一些，但有些词汇根本就不属于西利卡的语言，无论怎么去猜它们的意思都不能证实。但有一点它可以肯定，这绝不是什么蛊惑人心的邪说，这是严谨的求证和大胆的猜想结合的——一种智慧。

“石亭。”

它听到一个声音，吓了一跳，往四处看看，没有什么人，碑还在沉睡，营地还在航行。

础的身影浮现在它的脑海，苍白无力的触手，佝偻的身体，甚至这种虚弱让画面也变得模糊不清。石亭究竟是什么？是什么力量支撑它们进行着无关乎生存的一次次研究？

一声尖厉的长鸣划破寂静，探测体发出了一个一级警报！敌情很快明了——碓鳗：23只；速度：极快；位置：营地近旁！

营地猛地震动起来，漂浮的人们纷纷撞到岩壁上，几个攻击体迅速游出去，碟冲在前面率先接敌。碓鳗的体型不大，擅长高速游动撞击，头部有坚硬的碓骨，足以撞死猎物、撞碎岩石，两只碓鳗的轮番攻击就可以撞死一条破鲨。

四只碓鳗正在撞击一艘小型营地，小营地很快被撞碎了，里面的人游出来往大营地赶，由于长期饥饿，它们游得很慢。几乎没有看见影子，就看见逃跑者的身体一个个粉碎开来，撞击形成的碎片拉成一条十几手丈长的长带，碓鳗迅速在碎屑中吞食散出的少得可怜的养料。

碟做了几次冲刺都无功而返，碓鳗的速度和它相当，身体却要灵活得多，它没有办法锁定任何一只。

"黑岛一号"的营地长在指挥塔上发出指令："捕网，左舷；巨螯，热刺，快枪，左舷；巨盾，右舷；动力体，上升。"

"巨盾"在营地右侧升起防护，十个"捕网"型防御体和三十几个"巨螯""热刺"型攻击体游向左侧。"捕网"放出网幕，巨大的网幕覆盖了整个营地群区域。碓鳗纷纷撞到捕网上，超韧性的网纤丝把它们截住。

碟迅速给几只碓鳗来了个对穿，"巨螯"和"热刺"上去解决其他的。剩下的几只碓鳗仓皇地逃走了。

人们没有欢呼，它们看着巨大的弥漫的网，同伴的碎片穿过网的空隙慢慢漂散开去，每个人的心中感到一种巨大的悲凉。

刑

碑的结晶在那一夜磓鳗攻击的震动中失败了，它显得很失望甚至有点失魂落魄。首领礁对部落的死伤大为震怒，加上资源紧张，它的愤怒自然地发泄到无能的碑身上。礁在营地的岩顶上召开了批斗碑的议事会。

礁在众人面前对碑说："你有最优秀的攻击手当你的老师，你却什么都没有学会。我们的部落不会豢养无能的废物，在关键时候看着部落被侵略无动于衷。长期以来，只因我还对你抱着希望，碟还对你抱着希望……"它握着晶片磨成的长刃，碑站在它面前一言不发。"今天是你最后的机会，你可以选择一个职业为部落效命，并解释你长期以来的行为，或者选择被处死。"

碑像一块岩石一样顽固，它的内心似乎对一切都平静接受，无动于衷。

礁举起刀怒喝道："回答！"

碑没有回答。

礁手起刀落，斩断了碑的一只触手。疼痛终于使碑释放出强烈的电波，它重新站稳脚步，像一块岩石一样。

碟的心一紧，但是它没有站出来。

礁继续说道："回答！"

碑的第二只触手被斩断，它肤色苍白，瑟瑟发抖，勉强站立着，但是仍然没有说一句话。

礁把刀对准碑的中枢腔，第三次问：“回答？”

碟说：“按照规矩应该八天后公开处死。”

“好吧。”礁收起刀说，“就听你的。”

以碟刚立下的功勋，它完全可以请求免碑一死，但是它没有这样做，它不知道这像不像以前的自己，也许是生存的艰难使它已经没有耐心去保护一些与生存无关的东西。

巫　　教

碟来到碑的囚室外。碑虚弱地蜷缩在一个角落，它的体色几乎完全变成了透明的苍白色，已经多天没有进食的它，体内的赤色红斑已经褪去，现在的它只剩下一堆蠕动的肌纤维和凝胶组织。

碟惊讶地看到，碑的结晶腔内竟然又重新孕育了一块晶体！它没有把养料用来恢复身体，却用在不可能挽救自己的东西上，这是为什么？碟无论如何也不能理解。

“为什么？”碟痛心地问道。

碑的神志已经不清，它用时强时微的电波回答：“它……在我的……身体里，我必须……完成……我的使命。”

“你的使命是什么？”

碑的语调带着绝望：“没用了，没有机会了。”它又不甘地挣扎着说：“不，快……快了，我不能放弃……”

碟离开了。过了一会儿，一个影子轻轻地游过来，放下一把食物又悄悄离开了。

探测体先是发出了一个二级警报，然后解除了警报。人们都游到营地外去观望。

营地正经过另一个部落的营地旁。这个部落透着一种阴森诡异的气氛，它们的营地因为年久失修而破败不堪，一些居民坐在岩顶。门口和坍塌的裂口处，眼神空洞，恍如一群鬼魅，时而用警惕的电波打量着来客。它们都只有中等以下的成长程度，没有一个职业完全的个体，一个个皆是瘦骨嶙峋，虚弱不堪，残肢断臂，甚至有些人还停留在未分化的幼体阶段。

而无一例外地，它们的结晶腔内都孕育着一粒晶体！

碟感到无比震惊，联想到碑的行为，一股凉意穿透它的外甲。

这是一种可怕的疾病?

去打探情况的人回来报告说："它们都是信奉一种巫教的巫徒，这一带还有好几个信奉巫教的部落。"

巫教！巫！碟想起了那个人，说起来，自己的命运还是跟它有关的，这是什么样的魔鬼？能左右人的命运，操纵人的心智。

首领命令营地慢下来，靠近过去，询问需不需要帮助。但是没有得到任何回应，对方打量它们的眼光带着敌意，仿佛它们自己是一群受到神祇的宠儿，对方才是愚昧的野蛮人。

碟提醒首领："小心有会传染的瘟疫。"

首领考虑了一下，让营地加速驶走了。巫徒们的荒堡在热浪的扭曲里远去，白热的浪冲击着黑色的岩石，组合成一场让人心惊的鬼魅之舞。

弋 部 落

几天后，黑礁部落遇到了弋部落，饥荒让它们已经沦落成一伙拦路打劫的强盗。一张大网拖着岩石拦在洋流的路上，黑礁部落的营地群根本不把这放在眼里，强盗们只能眼睁睁看着这群巨型堡垒畅通无阻地行驶过去。

碟站在营地上望去，那些都是它曾经的同伴。磔果然长成了一只凶猛的庞然大物，两只巨螯加上一只胸刺，配上厚大的尾鳍，身边已经没有硂的踪影，看来它计划的一切都实现了。磔认出了碟，恨得咬牙切齿。

碟冷笑着说：“你终于夺取了首领的位置，硂死了吗？”

磔恨恨地说：“所有反对我的都死了。”

“不，”旁边的矶说，“硂还是首领的时候，就带着几十个人出走了。”

“闭嘴！”磔挥过螯去把它打倒，然后对碟说：“它是个叛徒，和你一样。”

碟说：“你的身边又有多少忠心耿耿的人呢？”

磔说：“是我带领它们生存了下来！而你……”它对营地上的人大喊：“记住，它是一个见风使舵的叛徒！总有一天它也会背叛你们，它还是受巫迷惑的……”

磔还没说完，碟已经刺穿了它的喉咙。

碟站在磔的碎片里对矶说：“从现在起你是弋部落的首领了，前面有一个被巫蛊惑的部落，接管它们的营地，不要怜悯。”

回到营地里，礁问碟：“它说的是真的吗？”

碟反问:“你相信它吗?”

礁笑起来:“有人看见你偷偷喂食给碑。”

死　期

一根赤砂草被海流送到岩石的窗边，它被粗砺的岩石阻挡了几下，最终还是漂到了窗子里。一只触手卷起赤砂草，贪婪地塞到嘴巴里。

碟游过长长的甬道，悄悄停在碑的囚室前。八天的期限就要到了，它给碑带来最后一份食物。

碑的晶体完成后，就昏睡了好几天，把上次的养料消耗得一干二净。醒来后它竟然比从前清醒了很多，它看到碟，扶着墙壁爬起来。

碟把食物递给它，它狼吞虎咽地吃掉了。碟看着它，什么也没说。

它急促地对碟说:“一直以来给你添麻烦了……”碟挥挥手，它继续说:“不，我不是跟你告别，听我说，我已经完成一半了，我需要时间，不，不止是时间，我需要你救我出去!”它的说话竟然变得清晰了。

碟只能叹一口气说:“对不起。”

“我知道你能做到……”

“这次我做不到。”

“听我说，请相信我，我需要去完成那件事……”

“你已经说了很多年了，连你自己也不知道……”

“石亭！我要找到石亭！”碑扒着囚门歇斯底里地喊。

石亭!

一阵电流流过碟的全身，一种最不可能的联结竟然真真实实地出现了。

硕　鲸

谁也不相信硕鲸会在这个时候出现，在岁月已过半生的时候，在所有事物已经见过，不再期望新的冒险的时候，在年老力衰尚能做最后一次搏斗的时候。

连三个探测体都不敢相信自己的眼睛，没有鸣响警报。硕鲸的轮廓在暮色中渐渐显现，它宽阔的背像一座升起的山脉。剧烈的上升流带起鱼群，营地里的人先是看见鱼群从窗外涌过的奇观，然后营地也剧烈摇晃着上升起来。

首领以最强的电波发出命令："所有动力体进入岗位，所有营地密封，最高速驶离！"

营地沿着"山脉"向外疾驶，如果从上面看去，把整个"山脉"收入视野里面，就会看到几粒矿砂从一望无际的山脉上向下滚动。让人不敢想象这样的庞然大物在海底一动起来，是不是整个大海的洋流都要随着改变。

还好硕鲸停止了上升，要不然它们就会被顶上海面。所有人员都从营地里出来，忘记了危险，游向硕鲸。

碟此时脑海里想的是另一件事，它冲到碑的囚室，打开门对碑说："趁现在，跟我逃！"

碑爬上它的背，它像离弦的箭带着碑冲出营地。没有人注意到它们，此时硕鲸的身躯已经充满了整个视界，在这样一个庞然大物上，两个逃跑的人简直就是两粒小小的微生物。

突然间前面的一群人抽搐了几下，瘫软下来，只有一个人来得及发出一个字:“别……”

人们停了下来，不知所措。突然又传来惨叫声，又有一群人抽搐着死去了。

有人终于醒悟过来，凄厉地嘶叫起来:“水……水蒸气!”

这三个字激起了众人的恐慌，一时间乱作一团。只见一群人游进一股海流，抽搐了几下便不动了，一时间各处都有人纷纷死去。水蒸气对西利卡人是致命的，这种气体在深海里形成，有时会随着上升海流喷涌出来，没想到硕鲸的上浮带上来大量的水蒸气。

有人慌忙向外游去，没游多远便毫无征兆地死去了。碑对碟说:“别向外游，游不出海流的，游到硕鲸里面。”

碟带着碑游进硕鲸的骨片间，硕鲸的一片片骨片像一座座薄如斧刃的山峰迎面劈来。随着硕鲸身体的涌动,骨片里游出各种奇特的生物,大量的矿砂从骨片的空隙间涌向四周，弥漫成云，碑只需张开嘴巴就可以饱餐一顿。

碟游到了硕鲸的头部，那是一块厚重的犁状骨板，它们掠过上面凝结的累累的岩石和森林一般的植物。

“等等!”碑喊道。

碟停下来。

“你探测到了吗？那里有一块高度致密的物体。”

碟敲下一块岩石，敲开外壳，里面包裹着一块晶莹剔透的晶体，它从来没有见过密度这么高的物体，在它的想象中也没有过。

碑说:“这是钻石，只有在最深的海下才能形成，连最强大的结晶师都不能结晶出这样的晶体。”

“连结晶师都不能？！”碟惊道。

“那样的压力，结晶师会爆炸掉。它形成的地方一定比硕鲸生存的地方还要深得多，深海运动把它带上来，附着在硕鲸身上，也只有硕鲸才能把它带到浅海。”

“你……怎么突然知道这么多？”碟问。

“因为我是石亭的传人。”

石亭实验室

“这么说吧，我继承的知识以高度压缩的形式储存在我的遗传晶体阵列里，我一出生唯一掌握的知识是制造解压模块，这就是我一直在做的事情，占据了我大半生的时间，现在我仍处在解压过程中。

“这得从西利卡人的遗传方式说起——你理解得很正确，因为我们西利卡人的遗传带宽——遗传信息量有限，为了把知识成果继承下去，石亭实验室的成员设计了一套压缩遗传的方法。压缩后的信息仍然挤占了大部分正常的存储空间，所以你讨厌之前的我……

“不，我们不能寄希望于外储式的继承，西利卡人的生命太短暂了，来不及学习多少知识，而且外储的知识没有稳定的继承渠道，你捡到石亭笔记是一个偶然……对，但是它像一粒种子，这就是我们不放弃这种继承方式的原因。”

碟载着碑在茫茫的大海里航行，海色由亮红色恢复了赤红，并将不可挽留地黯淡下去。激流季进入尾声，海洋里的生命都赶在凝结季到来之前尽情地畅游。

碑用残存的四只触手紧紧缠住碟的肩膀，感受海流从身上流过的感觉，这是它从未享受过的大海，这一生它牺牲了太多甚至差点牺牲生命。它已经解压出石亭实验室的航海图，此时它们正循着磁场和洋流的指引，去寻找那个存在于记忆中却从未见过的地方。

西利卡纪年第三十六年，出发的一年后，它们来到一片海流复杂的海域，碟发现了碇放置的一个航标。碇还活着，而且也来到了这里，它又是为了什么？

再往前游了几天，碑叫碟停下。

“前面是超稀性岩浆流上涌的稀流区，这种岩浆的浮力很小，如果我们误入了涌流中就会沉下海底。这是一个天然迷宫，保护着石亭实验室。”

碟不再喷进，它们使用触手来划行，小心翼翼地前进，并需要时时判断海流和磁场。

十二天后，它们通过了稀流区。

一天清晨，当它们重新开始启程，返回的探测电波不再是一片白茫茫，而是前方出现了一个小点。它们已经有多久的时间没见到别的实体，那个小点就像幻觉一样不真实。

小点移近了，是一个中型营地大小的建筑。从碑颤抖的触手可以看出这就是石亭。建筑包裹着侵蚀严重的岩石，没有任何标识，甚至比蛮荒世界中的建筑更加破败。它们缓缓停靠上去，磷虾纷纷在石缝中缩回脑袋，又探出眼睛来打量来客。

碑摇动门上的一个石杆，门上移除了一块石头，露出一张脸。

“报上身份。”守门人用沙哑的声音说。

“碑，生物学继承者，础的后代。”

继　承　者

如果把这群人进行非生物学的分类，它们属于将死的那一类。当碟像一个朝圣者一样走进门的时候，它简直不敢相信，它上次看到这么多发育不全和残缺不全的人，还是在巫教的部落。这次的人眼睛里比它们有了灵光，但是谁能想到，那一道道闪着睿智光芒的目光是从那样的躯壳里发出的。

石亭的传人围在一张石桌前互相打量着，像是寻找同病相怜的感觉，又像是从别人身上寻找安慰。

“石亭实验室的传人四十二人，已到十三人。”声音沙哑的守门人说。它是个物理学知识的继承者，拖着满身破碎的晶甲，走起路来，能发出“哗哗”的响声。

“你是最后一个，看来往后不会有了。”一个装着五条假肢、只剩下半条残臂的人对碑说。它是个化学知识的继承者。

碑——生物学知识的继承者，开口问：“我们缺失了哪一门学科？”

“缺了数学。”一个蜷缩在一只壳里露出四条触手的人说。它的身体被破鲨撕裂了，它是个海洋学知识的继承者。

“十五个数学继承者都没到吗？！”碑惊讶地说。

“一个也没有。”

“数学要失传了？”

“我们必须用我们的数学知识重新拼凑出一份完整的。”

“不可能有完整的了。”

“那就相对完整的！”

守门人点点头，对一个物理学继承者和一个海洋学继承者说：“你们从现在开始成为数学继承者，你们的责任是学习石亭笔记的数学部分，我们也会传授你们数学知识。”

碑说：“那么，数学在我们这一世代不会发展了？”

“恐怕是的。”守门人叹了口气，“我们尽量做点什么吧！”

碟参观了实验室，一个柜子上摆着一列列低温晶包，由一种半导电的晶体来制冷，实验室的电能全部来源于一种仿生铁电池。另一个柜子上放着用隔热凝胶包裹的一根纤维管和一块晶体。

“那是长度基准器和质量基准器，没有统一的标准就没法开展研究。”碑说。

可是碟唯一没有看到的是储存食物的地方。

“你们的食物从哪里来？”碟终于忍不住问。

守门人说：“我们不吃东西。”

“什么？”

守门人大笑起来：“人们往往这么以为我们。离这里不远有一处间歇矿流，矿砂会附在岩石上，有时要到更远的地方，我们几天去补充一次养料。”

岩石上的矿砂！碟想起了幼年的生活，可是成年西利卡的身体已经比幼年时大了几百倍！

它不解地说：“我从来没有见过有人能忍受这样的生活。”

“没什么，我们习惯了。”

“习惯了？！”脸孔残破的新数学继承者气愤地插话道，“那是你习惯了，我可没有习惯！你有没有想过，这种继承方式是否人道？继承者是天生就缺乏生存能力的一群人，它们没有正常的知识，不能成长成为正常的个体，它们受人歧视 、抛弃和残害，即使长大了也要为试验制造晶体，你不觉得这太残酷了吗！”

化学继承者用残存的半只触手指着它说：“你还没有资格说‘残酷’这两个字！”

“我在说我们的后代！我们有权决定它们的命运吗？你有吗！”

众人沉默了，实验室在海流中轻轻摇动着。

碑沉重地说：“作为一个个体，我们有权选择自己的命运，作为一个种族，我们别无选择。我不知道谁有权代表什么人在这里说声对不起，如果能提供安慰的话，我想说声，对不起了朋友们。”

碑转身离开了。新数学继承者在这天晚上离开了石亭实验室，“独臂”顶替了它的任务。

这一晚，是激流季的最后一晚。

三、凝 结 季

观 测 者

并不宁静的海面上蒸腾着热气，动荡却不代表着生机，这里是一望无际的荒芜，气泡在岩浆中翻滚破裂，气流“嗞嗞”地带着岩浆喷射而出。一根细小的纤维管束伸出海面，一种流体顺着纤维管输送到海面，流体在海面上与大气接触发生反应，闪着微小的火花，生成一种网状的金属化合物。网越结越大，覆盖了大片的海面，在岩浆上漂浮着，它的韧性足以抵抗岩浆的起伏，恒星的光芒照在海面，闪着丝丝银亮的光泽。

恒星的电波狂暴地倾泻向海面，在长分米波频段上产生的电平被金属化合物网采集，信号经过一个计算模块的简单处理，被一个发射器发射向海洋深处。

来　客

西利卡纪年第三十九年，世界已经完全跨入了凝结季。海面温度并没有突然改变，岩浆的流动性并没有突然改变，大海的洋流并没有突然改变，一切都只是在难以察觉地改变着，只有西利卡人体内的时钟提醒着它们，它们的一生已进入最后一幕。

放在实验室顶上的温速计是海流变化的先知，在海流的轻轻推动下，一个叶片旋转着把电信号传导到计数器里面。这股海流缓缓绕过实验室，刚合成一股冷流，又被一个身影分开，托起身影的黑衣，像一条游动的黑鱼。

屋子门口的石杆晃动起来，激起一个简单的电场。屋子里的人都停下了工作，看着那个仿佛自己晃动起来的石杆。难道现在还有人来报到?

守门人拖着“哗哗”作响的甲衣走到门边，移开门洞石，用一贯沙哑的声音说:“报上身份。”

门洞外是一张被黑衣遮住的脸，冷峻无色。

来人说道:“礎，数学继承者。”

礎进门，带进一股冷流。

碟惊呼起来:“巫!”

观　测

没有人迎接礎，没有问候和拥抱，场面冷清得像它带进来的冷流。

“你迟到了。”守门人打量着礎说。礎是这群继承人里面唯一完好无损、算得上体面的人，这难免激起别人心中的一些不快。

礎抖抖它那件怪异的衣服，说：“我要做的事情很多。”

“散播你的巫教？”碑冷冷地说。

礎无动于衷：“那件事我过后再解释，我来这里是想和你们一起做最关键的一次恒星观测。”

守门人盯着它看了许久，对碟说：“你可以把实验室送到海面以下吗？只需要一天时间。”

实验室往上升的时候，碟感到一种陌生的恐惧，那是与生俱来的本能。西利卡人一生中都不会靠近海面，那之上是世界之外的领域，或许是亡者才能到达的地方。据说海面上弥漫着毒气，在石亭笔记中记载着一次志愿者的升海试验，志愿者在海面上暴露了两秒，回来后它的身体里嵌满了细小的沙砾，惨状恐怖。

实验室停在海面下，经过周密的防护才打开密封，一道天窗被打开，岩浆翻滚的声音清晰地在头上响起。只需跨越咫尺，就能到达另一个世界，但是死亡阻止了一切好奇心。

守门人和化学继承者利用这个机会进行元素测定实验，它们使用一个水晶空腔，用一根纤维管导入海面上的气体，物质在气体中燃烧，通过一个三棱镜便分离出波谱。

同时礎在海面上布好金属化合物的网：“这是最后一张网，七张网组成的三角形天线阵列，提供分辨率最高的一次观测。”

黑夜降临，碟渐渐感到寒冷，从海下补充来的热量很快就散发到海面上去，直到白昼来临，它才重新温暖起来。数据从另外六个观测点发送到石亭实验室。恒星在天上划过，碟知道其实这是它们的世界在动，当又一个黑夜降临，观测完成了。

礎陷入了计算，一动不动，但是它体内的能量在剧烈转化，红色的代谢物迅速累积。

化学继承者说：“我们需要为它供电吗？”

守门人摆摆手阻止了它：“它没有要求。”

漫长的时间过后，礎停止了计算。它看起来是得到了结果，虚弱却自信。

预　言

“这些年我一直在观测着海面上恒星射线的变化，这次的数据，参照前三次星暴留下的恒星射线观测记录，证实了我的前代的预言：这个世代将发生一次大规模的星暴。我推算出的具体时间是，十二年后。”

“十二年后！”众人颤抖着声音叫道。

通过这段时间对石亭笔记的学习，碟知道它们的世界是围绕一颗恒星运行的，当运行到恒星附近，世界就会解冻，漫长的冰封期占了整个运行周期的百分之九十以上，它们的一生只是短短的一瞬。星暴是恒星辐射突然增强的现象，石亭有记载的分别发生在三个世代前的融化季和七个世代前的激流季，最严重的只是造成了海洋的加速融化，它不明白为什么大家会对这件事恐慌。

碑解释说："上个世代我们对星暴发生在凝结季的情况进行了推算，最严重的情况是发生在第四十八年到第五十二年，这时候海洋上层已经形成岩盖，下层的岩浆还没有凝结，辐射的突然增强将导致岩盖融化变薄，岩浆便会从薄弱处喷发出去，那时候整个海洋都会布满这种'岩喷'，这是毁灭性的大灾难。"

"十二年后正好是……第五十一年！"碟摇摇头说，"数学到底有多大能力，可以计算一个世代以后的事情？而且是由这样一个装神弄鬼的巫说出的。"它说话的时候毫不掩饰讽刺的语气。

礎平淡地说："只要有规律，我可以计算到时间的尽头。"

"谢谢你的提醒。"守门人说，话里却不带有多少感激。

缩在壳里的海洋学继承人神色凝重："我想给你们看一件东西，本来我是不想拿出来的。"

它从壳里掏了半天掏出一块甲片，仔细一看那不是甲片，而是一块磨成薄片的高熔点岩石，上面刻着点状和条状的凹槽，凿刻的凹槽已经被岩浆结晶填满，只能从纹理上分辨出来。

"有一次，我去北方的海域研究海涌，在一次海底流上涌过后，抛出了一个古老的营地，那是我见过的最古老的人造物，根据岩石表面的结晶程度，至少已经经历了三十个世代。在里面找到的这块长石，记载的是对恒星星暴周期的预测，略去了冰封期的六十七次，在西利卡世代中的一共有七次，最后两次和我们的记载基本吻合。"

"这是说……"

"历史上有人掌握过同样的知识！"碟低声惊叫。

海洋学继承者说："是的，这样的情况可能出现过很多次。"

“那些知识却没有发展到今天。”碟感到有点恐慌。

“你为什么不告诉我们？”守门人不满地说。

海洋学继承人苦笑：“这不是什么好事，只会让更多的人放弃。”

“你写进石亭笔记了吗？”

“没有。”

“写进去，我们应该让后人了解。”

“了解？”海洋学继承人激动地说，“没有了知识继承者，还有谁能了解？信号灯只能保存一个世代，而学习一门知识至少要三四个世代的积累！”

“这次不会是我们的终点，我们会挺过星暴！”守门人“哗哗”抖动着甲衣说。

礁忍不住冷笑了两声，笑声冰冷刺骨：“你们以为最大的敌人是星暴吗？”

众人脸上的惊讶盖过了愤怒。

“星暴只不过是一场周期性的自然灾害，西利卡人从来没有因此灭绝，知识最大的敌人是知识本身。”

众人震惊得说不出话来。碟心想，这难道又是蛊惑人心的巫言？它想起砼的那句话：对付巫的方法是，它一开口，就杀死它。它观察着这只巫，如果礁试图施展什么“巫术”，它会毫不犹豫。

礁继续说道：“知识的发展不是线性的，它必须经历一个爆炸式增长的阶段，当然不管知识的增长方式如何，这个问题我们都会遇到。我和我的前代计算出来，按照当前的发展速度，再往后四代就会遇到继承瓶颈，那时候的知识将占用绝大部分遗传带宽，继承者的生存率会降到百分之三以下，即使我们的人数再增加十倍，继承链断裂的概率也超过了百分之九十三，是知识自身的膨胀导致了知识的灭绝。”

没有人质疑礎的可信度，它们都对礎和它的前代的天赋深信不疑。

碑说：“我们可以研究更好的压缩和解压方法。”

“来不及了，无论是理论知识还是技术知识，都需要占用遗传带宽，知识膨胀先于技术增长，相应的技术大增长通常要滞后两个世代才会到来。我不能预测改变这种状况的技术革命什么时候出现，但我可以预测，在这项技术革命到来之前，知识就已经走到了死路。”

“你有什么办法？”守门人问。

“巫教。”礎直截了当地说。

每个人的身体都不由得颤抖了一下。

礎平静地扫视着它们，说道：“正是你们所不齿的事情，我视作一生的努力方向。我的前代曾经进行过小规模的试验，让知识以巫教的形式在一个部落里传播。”

“结果呢？”守门人冷冷地打断它。

“部落灭亡了。”礎的语气像谈论一个结晶失败的实验结果。

守门人说：“你不感到愧疚吗？”

礎没有理会它，继续说道：“那是个一百人的小部落，这样的结果是正常的。我扩大了样本，现在我控制着七十二个部落的一万六千人。我引导它们学习教律，那些庞杂的‘教律’就是知识的一部分，本质上和我们掌握的知识没有什么不同。只不过，对它们来说，那是以巫神的名义设计的世界规律。完全掌握一门学科需要三个世代的学习，我负责向它们提供精确分配的教律，巫徒们将掌握、运用这些知识并继承下去。由于它们缺乏理论创新的思维能力，我们仍将担负起知识进步的重任。”

“它们只是一群普通人，你准备怎么用这群人解决所谓的继承瓶颈问题？”

“通过分化职业。巫徒们学习的知识是知识的技术部分，高度的技术是一项复杂的工程，大部分环节完全可以分解由不同的个体甚至不同的群体去完成。我们必须果断地放弃大部分技术知识，这样，我们至少可以解放出一半以上的遗传带宽，用来保障生存能力，继承更多的理论知识。

“四个世代后，巫徒的生存率会降到百分之五十二，由于巫徒的基数已经足够大，这个群体会稳定在一万人以上的数量。通过对遗传信息的优化分配，我们可以多发展数十代，只要坚持下去，技术的进步一定能改变一切，这不是计算，是我的相信。”礎的语气微微波动了一下，很快又恢复了平静，“石亭的真相将是最高机密，石亭笔记必须停止传播，任何一个隐患都不能留下。如果一切按照我的计划进行，巫徒将发展成一个数量庞大的基础阶层——专司制造的技术体，石亭的传人则成为权力的最上层——专司研究的研究体，也是巫神的代言人，拥有发布教律的权力。这种上下二层的模式将延续很长一段历史时期，这不光光是我们，也是西利卡人未来的出路。”

这个宏伟的计划确实令人激动，在一定程度上掩盖了它的残酷性。为了一个看似光明的未来，却要用欺骗和奴役的手段来获得，谁该拥有这样的权力？谁应该去做被利用的人？

碑说：“这就是你想要的？借愚昧来延续知识，这是对知识的侮辱，我拒绝把这种肮脏的知识继承下去。”

“知识没有好坏之分，人才有，我来做这个罪人，你们来延续知识。”

“是吗。”碑想笑，却没法笑得出来，“在这里默许这件事发生的，谁能逃得了罪责？”

守门人问礎：“为什么你不直接传授给它们知识？”

“因为它们无法给自己希望。它们只是一群普通人，只有一个置于彼岸的希望，只有群体性的狂热，才能让一群普通人忍受生命的极限，去做无关生存的事。是我给它们唯一的希望，这不完全算欺骗，因为‘跃升’的那一天终会到来。”

在场的人意识到一个冰冷的事实：礎也给了它们唯一的希望。这个希望比凝结的岩浆还要冰冷，比杀戮和掠夺还要残酷，它却是唯一透出光芒的方向。

“你是个魔鬼！”碑颤抖着声音叫道。

“魔鬼……”礎玩味着这个词，“如果只有魔鬼才能打开我们的未来，你会去当这个魔鬼吗？”

“不！不会只有这一种方法。”

“你知道我们别无选择，没有别的方法能在死亡到来之前组织起这样大量的资源。”

“你太自负了。”

礎依然平静，没有高傲也没有一点谦卑：“结晶师没有自负这种感情。”

守门人说：“结晶师没有感情。”

朝 圣 者

几天以后，礎离开了石亭实验室，它知道这里已经容不下它，哪怕它的计划还在被默许实施着。

石亭实验室的人都默契地避免谈起这件事，但是他们的生活已经不可避免地改变了。石亭的传人设计新的实验，研究新的技术，一部分技术知识被挑选出来储存在晶包里。

每隔大约两年就有一队巫徒长途跋涉来到石亭实验室，它们在视力刚刚能及的地方停下来，不再向圣地游进一步。朝圣者往往要几天后才被人发现，在这几天的时间里，它们收拢触手，头朝石亭的方向，虔诚地祈祷着。

碟作为石亭的一员去接见了一队朝圣者。这一队朝圣者由十四个人组成，或者说只剩下十四个人，饥饿瘦弱，神情疲惫。它们都长着四只鳍和一条尾巴，身体发育成扁长形，通过上下的波浪式运动前进。这是适合凝结季的黏稠岩浆的形态。碟猜测从刚成年开始，它们就为了凝结季的到来作准备，这一定是礎为它们安排的职业。随着岩浆越来越黏稠，依靠喷射运动和划行运动的西利卡人越来越行动不便，只有朝圣者还在不倦地往返于“圣殿”和部落群之间。

朝圣者除了带走储存着“教律”的晶包，还会带来为实验室制造的部件。它们从腹部的夹层里吐出一个个恒温囊，每个囊都由铁电池维持着适宜的温度，里面是实验室订制的功能部件，它们同时会带去下一次的订制任务。

“巫神的代言人”们伸出触手，接过恒温囊。朝圣者的触手在颤抖，身体低低地俯下去，不敢露出目光。碑的触手也在颤抖，它艰难地说出一句话：“辛苦了……”朝圣者惊恐地抬起头，对代言人流露出这样的关怀感到不解。守门人按下碑的触手，示意它不适合这次见面。碑自觉地退到后面。

石亭的人们面露威严，在这张面具后面的一切都要隐藏起来，它们不是自己，是巫神的代言人，它们想说声谢谢，但是神是不需要言谢的，它们想说对不起，但是神没有必要道歉。

神创造了一切，也可以主宰一切。

这让人惶恐，又让人迷醉。会不会有一天，巫神的代言人沉迷于至高无上的权力中，而忘记了自己本来的身份？有一个问题，礎没有提供解决方法，也是技术无法解决的——如何防止人的堕落？

交接仪式在无声中进行完毕，朝圣者疲惫的背影游向远方，变成一群小点，红色的岩浆聚拢来包裹住它们，又延展向无边无际。一种无力感从石亭人的心底涌上来，巫徒们轻易地就拥有了比它们更坚定的力量。碟想起了那场热浪中的鬼魅之舞，易时易地，巫徒的身影少了几分诡异，却多了几分悲壮。

这群人能担负起西利卡人的未来吗？这里发生的事将写入西利卡文明的史册，还是将消失无痕？在后世的眼里，这是一个英雄的时代，还是一个魔鬼的时代？碟没有想到，当它找到生存的意义后，反而有更多的疑问，更难做出决择。它此时希望真有一个高临一切的神，在“跃升”到来的那一天，让所有扭曲的灵魂都得到救赎。

石亭危机

日子伴随着研究过去了十二年。在这段时间里，碟时常在石亭周围巡弋，采集食物和岩石。这是一片贫瘠的海域，只有几处稀薄的矿流，几群赤砂草漂荡在其间，几乎没有任何动物。稀流区已经逐渐消失了，能保护这里的只有它的贫瘠。

有几次，碟在外围发现了几个航标，它认得出，这是硿放置的，这让它疑虑重重。航标在最近出现得多了起来，而且更靠近实验室，但是碟没有时间去探究究竟，星暴的威胁已经迫在眉睫。

每个人都感觉到了头上压下的重量，这种重量更多是心理上的。海面上的岩浆凝结成了十几丈厚的岩层，头上已经由热源变成“冷源”。生机的来源变成了死亡的来源，这是一种奇怪的感觉，如果说其他的一切都可以改变，生死的规律是不会改变的。这固然让人觉得无奈，但万物自有其规律，当生命之热逆时袭来时，带来的只能是更残暴的毁灭。

石亭实验室被精心加固，碟采集来岩石垒砌在实验室外，它们没有能力合成黏剂，于是一种小型装置被用来制造黏剂。在来到石亭之前，碟还不敢相信工具可以由身体之外的其他工具制造。

加重的实验室可以更好地抵抗岩喷的冲击，它们不愿把一切都交给运气，命运是没有注定的，它只不过是概率的组合。

在重复的搬运过程中，碟体会到世界在逐渐衰老，它的流动随着时间变得缓慢，像一个逐渐冷却、沉睡的巨人，在自己失去活力的同时也要把一切带入坟墓，在它体内的一切微不足道的生命痕迹都将随着它变成静止，等待着下一次轮回。

日渐黏滞的岩浆让人们的心态也不知不觉变得苍老，外出活动减少了很多。石亭的人们埋头于荡漾着暗红色光的实验室中，争取这个世代最后的理论和技术突破。

放置在岩层上层的一个传感器首先传回了恒星异变的消息，那里的热辐射突然增强了几倍，之后又突然增强了十几倍，烧毁了传感器。星暴终于爆发了，礎的预言得到了证实，这没有让人感到一丝高兴。

三十八天后，放置在岩层下层的另一个传感器感应到了温度的变化。人们知道岩喷就要到来了。

碟在周围的海域游弋，以搜集传感器的信号。实验室在岩层下一共放置了六十四个传感器，根据温值便可绘制出一幅岩层厚度海图，指示出不同危险程度的区域，由于资源有限，这只能是一幅简陋的海图。

实验室对岩喷做了短期预测，离预测的喷发时间还有四五天。就像你把眼光放在较远的危机的时候，总会有更远的危机在你考虑之外，当你把眼光着眼于迫在眼前的危机的时候，更近的危机出现了。

独自在外游弋的碟发现了异常，一群影子出现在它的视线边缘。它可以肯定那不是朝圣者，离朝圣的时间还有一年，回波虽然还很模糊，经验老到的它凭影子的形状、大小 、游动的速度和节奏，就可以判断出对方的人数 、队形甚至职业和战斗实力。

碟关掉了电波，情报已经足够：对方有四五百人，以攻击体为主，有一些小型营地，队形成整齐的钳形，伸向石亭实验室，就像要一把把实验室钳得粉碎。碟判断，这是一伙流窜的强盗，趁着还能够航海的最后时间捞上一票。

强盗？不。

它随即又推翻了先前的判断，它们的队形整齐，一般一个队伍中总会有游得快的和游得慢的成员，它们不是饿鬼扑食的强盗，而是耐心谨慎、配合默契的战士，这是足以洗灭一个部落的武装力量！面对这片贫瘠海域上一个毫无抵抗力量的营地时，却丝毫没有掉以轻心。

碟感到深深的不安，如果对方经过深谋远虑，有备而来，石亭恐怕是凶多吉少。

必须告诉石亭里的人。碟潜出不速之客的视线范围，仍然没有打开电波，它凭记忆和磁场，绕向石亭的后方，悄然无声地潜回了石亭实验室。

狭小的石屋里静默无声，敌人在外面无声地集结，已经把石亭实验室团团围住。一直以来，石亭除了把自己深藏起来，没有任何保护措施，也没有任何应急方案，因为饥饿和磨难随时会让石亭减员，考虑更高的危机就显得没有必要和力不从心。现在大家都在等待着守门人发表意见，危机已经就在眼前，它们却连危机的起因都还不知道，更别说解决之道了。

守门人发话道：“我要出去谈判。”

碟提议说：“让我去吧，也许我正好认识它们的首领。”

碇

停在碇的前面的时候，碟仿佛回到了少年时期，碇的样子没有改变很多，修长的身体上长着成排的侧鳍，因为它是一个导航体，制造的材料多用于制造航标。但它身上散发的控制力却愈发强烈，仿佛那是一种力场，能把人集合在身边。一个牺牲者身上散发的力量更接近于信仰，这与武力控制者不同。

硿的身后漂浮着上百个攻击体，中间有一些被俘虏的巫徒，其他方向还有无数攻击体呈球面包围上来，像一个由梭子组成的球形阵列，把石亭实验室包围在球心中间。

如果不是这个对立的局面，碟很愿意再称这个人为首领。它让碟想起太多少年时的气息：自信而自负，执着而固执，热烈而狂热，为了目标奋不顾身。但碟没有忘记，这些气息有可能存在于敌人身上，如果这样，就是一种危险的力量。感情永远不应该左右行为，这是它在杀手生涯中学到的道理。

硿冷漠地说："碟，你让我吃惊，又不出我所料。吃惊的是你成长成了一个完美的攻击体，不出我所料的是你成了巫教的奴隶。"

"你想错了，我们……"碟犹豫了一下，决定不解释这件事情，它没有忘记自己的身份是巫神的代言人，一言一行都不仅仅代表着自己。它戴上了巫的面具，说道："我们是巫神的代言人，为了西利卡人的未来传播教律。你可以不相信，我们也不会强迫别人，但无论你相不相信，世界都在巫神设计的规律上运行，事实早晚会证明这一点。那么你来是为什么？"

"戳穿你的谎言，彻底消灭威胁西利卡人的鬼魅。"

"'鬼魅'可能只是你不了解的东西，没有谁能永远判断正确，不要光凭意气去毁灭任何人，这是我经历了一生的杀戮才懂得的道理。"

"有一点我没有判断错，那就是你太容易被巫教蛊惑了——我从你的好奇心看得出来。我只是没有想到，你的能力让你从一个受迷惑者变成了一个贪嗜权力的魔鬼，比起你来，那些悲惨的部落要值得同情得多。”

“为什么从一开始你就知道巫教的事情？”

硿带着愤怒和鄙夷说：“你一无所知！但你的同伴一定不会忘记，上个世代一个叫巡的部落是怎么被巫教的瘟疫摧毁的，那是它们先辈的功劳。我正是那个部落的幸存者的后代！我的遗传晶体里刻着永世的记忆和复仇的使命，为了消灭这个魔鬼，我等待了一生。”

“那同样不是我们愿意看到的事情，那是控制之外的意外，我很抱歉。这不是知识的错，教律是这个世界的规律，我们只是如实地传达给众生，它没有教人作恶，也没有让人弃世，我们的教徒为西利卡人的未来而付出牺牲。”

硿冷笑：“未来？碟，你在说这些谎言之前，亲眼看过你们制造的惨剧吗？你看过耽迷于教律而心智错乱的鬼魂吗？你看过为了制造祭品而身体残缺的行尸走肉吗？你看过灭绝的部落吗？如果你看过，那么只有魔鬼才能昧着良心说出这样的谎言！”

碟不再试图说服硿，因为硿说得没错，它只能用谎言来充当武器。它担心硿的愤怒和激动会化作攻击的潮水，现在的唯一希望是拖延时间，等待岩喷爆发。石亭实验室停泊的地方是相对安全的低温区，换句话说，攻击者处于相对危险的区域，岩喷不可能解决所有问题，但是趁着混乱，也许还有一线生机。

这时碟的脑海里有了另一个主意，也许更冒险但是更有效果。它对硿说，同时也开大广播对其他人说：“根据巫神传授的知识所做的预测，几天后将会发生一场大规模的灾难，我们周围的岩浆会冲破岩盖喷发出海面。所有愿意相信巫神的西利卡人，我会带领你们躲避灾难，我会留在这里等着你们，直到灾难降临，你们可以到那时再做出选择。”

预言一旦宣布就无法收回，硿和它的人早晚要面对这个现实，到时候硿不可避免地要面对控制力丧失的局面。这一记攻击已经打出，只是不知道能不能在自己毁灭之前击中目标。

硿没有马上杀死碟，因为它不是碟的对手。它小声、坚定地对碟说：“你没有机会了，我们今天晚上就发起进攻，不管几天后会发生什么，我的使命在今晚就将完成，实验室里的每一块晶体都会被销毁，实验室的每一个人都会被处死，现在你可以回到你的石头房子里，度过你们的最后一天。”

杀　戮

石亭实验室被绝望沮丧的气氛笼罩着，石亭的传人们不惧怕死亡，只是担心知识的存续。知识没有被灾难毁灭，没有被继承瓶颈毁灭，却先要被西利卡人自己毁灭。

碟有能力把所有的石亭笔记带出包围，但一份外储式的知识能存在多久？如果是这样，它宁可选择战斗，毁灭。

夜幕降临，一个声音仪式般响起，那是硿鸣响的攻击信号。潮汐消失后，日和夜没有了区别，这只是一个生理时间概念。实验室里的人没有睡，它们听得出石壁发出的低响，那是攻击体开始了移动，整体的运动让海浪发出可感的震动，向一个中心振荡，摩擦着实验室的石壁。毁灭实验室仅需要一队攻击体的散兵冲击就可以完成，但它们像是在执行一个严肃的仪式，一次宣判，宣告一切都将偿付。

碟平静地对众人说："第一波攻击将由'投掷手'发起，由于海洋的黏稠度，它们丧失了远程投掷能力，但仍然可以近距离撞击实验室。砸开门和天窗后，'巨螯'负责制服我们，然后销毁所有设备和存储晶体。接下来它们开始对付我们，当着众人和巫徒的面，'热刺'会依次刺进我们的结晶腔、装配腔、能源腔，最后是中枢腔，其他攻击体也不会闲着。对于拒绝忏悔的人，它们会集体连接上它的传感电位神经，进行强电干扰。最后，所有人都会承认自己是有罪的，请求被处死。"

守门人冷冷地说："你说的是什么意思？告诉我们死亡很可怕？"

"当我们被迫承认自己有罪，你会放弃自己的信念吗？"

"我们不否认有罪，但我们绝不能在巫徒面前承认，如果我们死了，那么至少还有一半知识能够保存下来；如果巫教部落崩溃了，那么它们和知识都会毁灭。"

"这就是我要说的，不要幻想自己能挺过来，我们的内心不会屈服，这就够了，别给它们轻松制服你们的机会，如果有必要，我会在它们之前杀死你们。"

守门人沙哑着声音低笑起来："谢谢帮忙，不过我想我这把老骨头还能亲手结果几个。今晚是我们在一起的最后一晚，巫神代言人不能全部灭亡，这是巫教存在的精神支柱，好在我们还有你，还有礁，虽然我们不喜欢它，但它确实是我们和巫徒的希望，在任何时候都是。"

门上的石杆动起来，发出幽幽的电场。

所有人都站着没动。在这个时候，最诡异的敲门声，难道是一个谈判者？

守门人打开门，一个意想不到的人站在外面——礁。

礎的身上披着一个奇异的外壳，探测电波在外壳上返回模糊的影子。外面的攻击阵形还在收缩，它竟然只身穿过了敌阵。

礎收起外壳，它的形象在众人面前清晰起来。

“你为什么来！”守门人愤怒地质问道。

多年的独行让礎更沉默，它没有多说，还是如每次身负重任的时候一样平静地说：“我来拯救石亭。”

众人的目光集中在它那个奇怪的外壳上，外壳有着复杂的几何表面。靠这件东西来击退数百强敌，礎做的已经近乎巫术了。

守门人吃惊地说：“你研制出了隐形外壳？它只存在于理论中。”

碑说：“它当然不会全靠自己。”它转向礎问：“你动用了多少巫徒来为你制造一件王袍？我很怀疑它的作用。”

礎说道：“你们以为就靠它来拯救？不，拯救者现在正在赶到。”

果然，震动消失了，敌人停止了运动，它们似乎被新的状况惊呆了。

然后新的震动传来，从一个方向，杂乱无章，却宏大无边。

实验室外，一个硿部落的探测体首先分析出了目标构成——人！密密麻麻的人！

石亭的众人游出实验室，看见一片影子出现在包围圈外，像一滩乱流插入包围圈中。

人们终于看清楚了，那是一群巫徒。巫徒身上没有武器，不但如此，它们大多数连健全的身体也没有，就和碟曾经在巫教部落见到的巫徒一样残弱不堪，像一群难民，艰难地向前游进。

“热刺”攻击队的队长问硿：“首领，我们要进攻吗？”

硿神色凝重地望着铺天盖地而来的巫徒，它的前代也曾经是这样的一员，它所做的努力不正是为了拯救它们吗？对方利用的正是它的这个弱点，太多的仁慈就会放纵更多的罪恶。

碑不信任地问礁："你让它们怎么拯救我们？它们只能来送死！"

硿下达了攻击命令。硿的部队迅速作出了反应，几队"热刺"游上去，抱住一群巫徒，把尾刺刺进它们的中枢腔。巫徒几乎没有反抗，只见它们的触手紧绷，瞬间就停止了动弹，触手渐渐松弛开来散开在海潮中。"热刺"丢开尸体又去寻找新的目标，每一次战斗过后的空间都漂浮着一批死去的黑影。

礁并不关心战况，它不带任何感情地说："它们用牺牲拯救我们。"

碑惊叫道："什么？它们来这里是……"

来送死。没有人能再说一句话，眼前的场面让任何语言都变得无力。

巫徒像海潮一样涌来，硿的部队一旦散开就再也无法聚拢起来。"投掷者"随手抓起一个巫徒，砸到人群中间。"巨螯"夹起巫徒，像撕碎海草一样撕成两段。成群的巫徒陷在捕网中，被各种各样的方法杀死，后面的巫徒则毫无畏惧地不断涌来，直到把捕网冲走。它们用原始缓慢的方式游动着，上千个巫徒就组成了一堵无情推进的墙。空间被巫徒的尸体填满，尸体的间隙很快又被新的巫徒填满。碟冲出去杀了几个硿的人，已经无法再冲刺。

碑终于回过神来，对礁说："我们有多少巫徒可以牺牲？照这样下去巫徒的数量很快就会锐减到临界点以下。"

礁说："这些都是巫教的传播中出现偏差的巫教部落，它们已经丧失了生存能力，不计算在普通巫徒的数量里，这个数量大约有五千。几年前我侦察到硿部落的计划，才想到怎么使用这些巫徒。"

谁能够想象，它们以这样孱弱的身躯，不知多少倍地牺牲在路上，长途跋涉来到圣地，却是来坦然地接受死亡。这样大规模的杀戮在自然状态下从未发生过，却在石亭时代发生了，没有什么比这更容易造成信念的动摇，也许只有礁这样既无欲又无悲悯，冷酷如铁的人才能坚持下来。

“新数学继承者的离开是对的。”化学继承者说。

在礁的召唤下，巫徒的洪流顽强地向前推进，到达了石亭实验室外。一个巫徒残缺的上半身漂到碟面前，无神地“对视”着它，只有这时它才想起这股洪流是由一个个个体组成的。

石亭的人退到了实验室里，涌上来的巫徒紧紧抱住实验室的表面，外层的巫徒又抱住里层的巫徒，把实验室层层包裹起来。其他的巫徒则漂浮在石亭实验室周围，形成一道密集的屏障。

在硿部落的眼前，这是一个无比诡异的景象，由人聚集成一个巨大的球体，被吸附在一个伟力周围。硿相信历史上最伟大的首领也不曾有过这样的掌控力。而石亭实验室里面的人们甚至心生出恐惧来，这样的力量不属于任何一个人，甚至不属于礁，只属于西利卡人的内心。

意义，碟突然想到了这个词，这些巫徒也是为了追求意义吗？

硿察觉到部下已经起了怯战心理，一个职业的战士可以和残酷的敌人拼杀，却没有经历过屠杀弱者的考验。它理解它们，越是理解，就越是担忧。硿命令部下退到外围，对付这些不怕死不退缩没有穷尽的人，它们一时也没有什么好的办法。

第二天，硿游在队伍前面显得焦躁不安，几次突击还是没有什么效果，更多的巫徒利用这个时间赶到，反而把它们包围起来。如果再这样拖延下去，这次远征的补给很快就会枯竭，士气很快就会溃散。

“停止活动，保存体力。”碇命令说，“巫徒会比我们先耗尽能量。”

然而还有一件事令它隐隐担心，那就是碟宣布的预言。它深知巫的能力，巫从来不用子虚乌有的东西来行骗，它们能魅惑一个又一个部落，靠的就是近乎真实的巫术。时间在这里变得微妙起来，时间的流逝既是朋友，又是敌人。

夜再次降临，海潮挤压发出低沉深远的声音，颤动着西利卡人两侧耳窝中的气囊。石亭内外的西利卡人这时才终于缓缓进入睡眠，在这仿佛永恒的声音中，一个休止符正在悄悄酝酿。

岩　喷

又三天过去了，巫徒们纷纷饿死，死去的尸体漂浮在石亭周围，被海潮渐渐推远。剩下的巫徒还在顽强地守护着石亭实验室，但数量越来越少。

海洋学继承者开始念起巫徒的祷言，这几天它的精神变得恍惚，一口坚称巫神是存在的。

“圣光！”它指着一个空洞的地方叫道，“看，石壁上的圣光，呈一个正三角形，那是巫神的显灵！”在朝拜了一阵后，它自言自语道：“是的，我们所做的一切都遵照您的安排，万物的演化都脱胎于您创造的规律……”

“你想到过这种情况吗？”守门人问礎。

“没有。”礎说，“我们面临的困难会多得多。”

石亭的传人们感到一阵凉意，这是事情的发展第一次超出礎的能力之外。

巫徒苍白的尸体已经漂散，只剩下几百个垂死的巫徒围绕在实验室周围，它们也都体色苍白，久久才蠕动一下身体。硿等待不下去了，发出了进攻的命令，部落的阵线又一次开始形成，现在到了冲刺的时候，和时间的赛跑还有十几分钟就要赢得胜利。

石亭实验室一片寂静。大家知道不能一切都依靠礳，却又不由自主地等待着礳的反应。礳默坐着，没有说话。守门人把记录着所有知识的晶包放在桌面上，人们围着这个小小的东西，像围着孕育后代的卵。

无数次，碑梦见这个小小的卵在新的世代破壳，生长出枝芽，长成一棵巨大的大树。大树把根系伸入海底深处，藤蔓覆盖几千平方丈的海域，藤蔓上结出累累的裹着晶包的种子，海流把种子带走，散播向远方。流浪的西利卡人拾起种子，纳入脑腔中，知识数据化作的电流使它一阵颤抖，它长长地仰望着前方，心里有了前进的方向。那是碑睡着时做的梦，它醒来时做的梦是创造出这样一棵大树，可惜在现实中，这远远不是一个人能做到的，也不是一个世代可以实现的，也许只有巫神才能做到。而它们梦想的未来不就是拥有近乎神的力量吗？看看惨淡的当下，它很怀疑那样的未来根本不存在。

硿部落运动的震波冲击着石亭的外壁，像一条有力的手腕在拍打着，不知是不是恐惧心理的放大因素，这声音听起来惊心动魄，像远处的鲸群撞击发出的巨响。

“这不是敌人发出的声音！”海洋学继承者说。

人们都意识到了这是什么，纷纷游出石亭实验室。爆声从看不见的地方传来，而且来自四面八方，近处的尖利，远处的低沉。

岩喷！每个石亭人的脑海里惊喜地闪过这两个字。

硿的部落里泛起一阵恐慌。硿大声命令："全力进攻！"然而所有人都像被钉在原地一样，失去了魂魄。预言早就在部落里传播，被当成一个笑话，一旦遇到适宜的环境，恐慌就像海草一样发芽生长，不可阻挡。

一个探测体首先探测到了近处的一次喷发，在它的眼中，岩浆流被不可思议的力量加速到高速，向上涌去。它用几乎僵硬的声音叫起来："警报！发现高速涌流！"

它的话音刚落没多久，尖利的爆音就传到了，然后是岩浆的震动，惊慌的电波闪成一片。

硿严厉地命令道："不要受到干扰，保持阵形，攻下石亭！"

"巨螯"攻击队队长说："我们应该先躲避灾难。"

硿抽出佩剑刺进"巨螯"队长的中枢腔，对另一个"巨螯"说："你早就是队长的人选，现在正是时候，别忘了我们的使命，带领你的部下攻下石亭。"

部队还在犹豫中，一个岩喷在旁边炸响，一股涌流从上而下蔓延至海底，把岩浆抽向海面，负压把人们吸向涌流中心，当岩浆停止下来，十几个人已经被带到了几十丈以上的地方。

其他人甚至没有注意到投掷者队长的死亡，当它们从颤栗中恢复过来后，一个声音响起来并且越传越大："巫神代言人！它们能救我们！"

队伍由一片杂乱变成一起向石亭游去。硿挡在它们面前厉声阻止，队伍涌过硿的身旁，不知从哪里伸出的一根刺刺进了它的中枢腔。硿在临死前挥起佩剑，但是它没能拿稳，佩剑旋转着飞过人群，一只触手接住了佩剑。没有人回头看一眼硶的尸体，也没有人知道它死前的表情是不甘还是不解。

巫神代言人们早已等候在石亭前面，局势终于又回到了它们的掌控下。

守门人神情肃穆地对投诚的硶的部下说："欢迎你们加入我们的行列（它在这里叠加了一段波形表示，"我们"不是代表巫教），在这里我不作为巫神代言人，而是作为西利卡人的一员说话。现在是决定我们命运的时候，不是由巫神，而是由我们自己。巫神为我们设计了世界运行的规律，供我们繁衍栖息，这个世界的开端并不完美，因为即使是巫神也不能创造一切——命运它不能为我们设计，善恶它不能为我们定义，意义它也无法为我们解答。我们从混沌虚无中来到这个世界上，还有很长的路要走，我们要承担自己的苦难，创造自己的未来，这个未来是整个种族的未来，而不是一代人的传奇。现在，我们的首要目标是躲过这场灾难，为西利卡人的未来保存下希望，任何一个人都是这个未来的一份子。我们石亭的传人会和你们在一起。"

"你在干什么？你擅自改变了巫神的形象。"碓用密语质问守门人。

守门人用密语回答："是的，你还没有意识到吗？如果按照原来的方式走下去，首先会从我们的内部崩溃。这个信仰应该是石亭人也能接受的形式，巫神不是至高无上的主宰者，它应该是一个精神上的引路人，是我们和所有人精神的投射。"

"你这是在用我们的未来冒险，你不能预料控制力变弱的后果，我们都不能预料。"

守门人说："巫教是一个魔鬼，从放出来的那天起就不再是我们能控制的，既然我们要和它共存下去，我们就赋予它透明的身体，让它更接近世界的真实，任何人都不能对它任意涂抹颜色。”

礎不再坚持，它转身游向石亭，最后说了一句：“把一切都交给未知的概率，这不是我的风格。”

“不，”守门人说，“是交给西利卡人自己。”

沛部落

石亭毁灭后的第一百三十八天，碟和碑去到了最大的巫教部落——沛。沛部落有一千二百多人，是由三个部落合并成的，其他的巫教部落也有合并的迹象。大型部落的合并在正常情况下从来没有发生过，统一的信仰使各个部落很容易融合起来，这些部落的资源也聚集到一起，使得部落的稳定性大大提高了。碟和碑意识到，这也许是一种新的社会模式的开端。

石亭的传人必须在流言传到之前赶到这里，用巫神代言人的身份稳定人心。在这里看到的情况使碟和碑稍稍放心，由于事先得到预告，沛部落在岩喷中只损失了五十二个成员，组织结构没有受到影响。它们的超大型营地抵挡住了岩喷的冲击，碟和碑游过这些营地前，想起了巨大的硕鲸。营地并不是单纯的岩石的垒砌，它们的表面出现了图案和轮廓。这些超大型营地无法移动，部落成员只能以营地为中心活动。

在营地深处一间不大的石室里，部落的联合教会的七名教长觐见了巫神代言人。教长们对巫神代言人的亲自驾临感到诚惶诚恐，它们匍匐在地上，感激巫神代言人预告灾难。闪着黑色光泽的巫袍散开在地上像黑色的大伞，突然一个大伞立了起来，一道电波从伞下射出来。

说话的是一个声音冷静的教长："请问石亭圣殿还存在吗？"

其他教长抬起头来望着它，愤怒又不敢出声，这是何等大逆不道的话！

看到代言人的表情，发言的教长又问了第二个问题："礁还活着吗？"

一个教长斥道："磎！你疯了！"

"石亭圣殿毁灭了。"碑说。

"什么？！"这次轮到其他的教长们脱口叫出来。

碑平静地等它们从震惊中恢复过来，说道："我们来这里就是告诉你们这件事情，现在你们准备好听了吗？"

石亭毁灭

谁也没有想到岩喷会发生在这里。石亭实验室上方的岩层下，一个传感器只来得及发出短暂的报警信号就烧毁了。信号是定向的，直通向石亭，石亭实验室顶部的天线接收到了警报。传感器最后发出的数据表明，热辐射骤升了十几倍，这意味着岩盖是突然破裂的，这个计算模型并不完善，岩盖的厚度和安全系数不是绝对关系。

但是已经没有人能去修正了，岩喷的压力释放以迅猛的速度传递下来，压力的释放使得岩浆获得了更大的流动性。众人在岩喷传来的第一时间迅速散开了，人们并不知道散开的方向，只能尽可能散开以分散风险。一股涌流裹挟着运气不好的人冲向海面，待到乱流稳定下来，几个攻击队的队长纷纷指挥自己的队员向下游，直到能够承受的压力极限。第二个岩喷紧接着涌来，击中了石亭实验室。实验室的重量在岩喷面前显得微不足道，它被突然施加的加速度抛向上方，在另一个涌流的干扰下猛烈震荡起来。在众人的注视下，实验室轰然解体成几块，散落出来的设备立刻被激流卷挟无踪。

碟从眩晕中恢复过来，它没想到自己这么快就接受了石亭毁灭这个事实，能做的一切都做了，没有什么可抱怨的，只要人还在，知识就能继承下去。

这时礁的身影出现在头顶上，大家才发觉刚才忘了一件事——礁还在实验室里。礁在乱流中根本控制不了身体，它拼命想向下游，但涌流上升的速度显然快过它向下的速度，它很快被带向危险的上层海域。

礁蜷紧身子随海流漂浮，有一刻它思考过怎么逃生的问题，但它很快放弃了努力，它的体形不能抵抗乱流，在乱流停止之前是不可能采取什么措施的，而乱流是一个不可计算的系统。

有一瞬间，它看到了石亭的同伴们，它们惊讶地仰望着它，仅仅是仰望着。它感到一阵孤独。

当一道岩喷把它裹挟进去的时候，它预感到这是最后的终点了。它打开了授时广播，石英晶体的振荡通过电波传向四面八方，它曾经用这完美的振荡让一个个部落俯首朝拜，然而没有人知道这是它一刻也没有停止的孤独。

岩喷带着它向上，穿过海面，穿过毒瘴，气流呼啸着噬咬着它的肌体，刺骨地疼痛。它贪婪地望着辽阔的海面，海面是赤红色的，喷射起成千上万条火红的巨鳍，这就是西利卡之海！多么美丽壮阔。它想把看到的情景发射回去，但是它的发射器官已经损坏。

到达最高点时，它的触手已经硬化，碎裂成碎块飞散开来。它艰难地抬起头，望向天上，只需要一点角度就能看到那个东西，因为它占据了半个天空。那颗红巨星闪耀着炽热的电波，像一双大眼和它对视着。

礎凝视着这个真正的主宰者，一秒钟如同永恒那样久远，主宰者忽然变得静谧、祥和，波涛下的权谋纷争如潮汐一样退去。

毒气在高温气流中剧烈地消耗着礎的身体，把神经和肌肉固化成砂粒。时间的振荡戛然而止，礎在下落的气流中碎成粉末，卷入万丈波涛中。

继　任　者

碟在事后无数次想起，它本有可能救起礎，但是它没有这么做。魔鬼？谁更像魔鬼？它们在内心里从来不愿承认礎是石亭的一员，它们不得不承认，没有礎的石亭再不是完整的石亭。

没有礎的巫教呢？

从众教长匍匐在地的颤抖的身躯可以看出，未来的形势充满了忧虑。只有名字叫磙的教长还保持着冷静，它再次站起来说道：

“礎指定我作为它死后的继任者，现在我可以行使使命了。”

“你？”一个教长不敢相信地说道。

“礎的留言可以解密了。”

礎的留言储存在一个晶包里，经过了加密，附带一套解密算法。每个教长都拿着一份密钥，它们互相交换了一下，把这些密钥合成一份密钥。

解密过程在一瞬间便完成了，磎环顾四周，说道：“还是由我来念吧！”

留言只有简短的一句话：“一夕旦殁，以磎为继。礎。”

“就这样？”一个教长问道，“它没有告诉我们该怎么做？”

磎说：“它告诉了我，我知道怎么做。”

碟和碑注视着这个人，它的冷静、敏锐像极了礎，虽然它不是一个结晶师。

碑说：“我们承认你的继任者身份，但我们要评估你加入巫神代言人的可行性。”

“不，我不加入巫神代言人。”磎不为所动地说，“我会率领沛部落。”

碟问：“你的使命是什么？”

“根据现在的情况，我的后代会带领部落帮助你们重建石亭圣殿。”

“你知道石亭是什么吗？”

磎长久地默然地注视着两个代言人，说：“我不需要知道全部，就像每个人知道的都不是全部。”

眼前这人不是礎，但它分明就是礎，深不可测，谁也不知道它隐藏着什么秘密。一个从来没怀疑过的问题浮上来，究竟谁才握着打开西利卡人未来的钥匙？

最后的旅途

碟和碑踏上了最后的旅途，它们走访了一些更小的巫教部落，打听到一些石亭同伴的消息，但是唯独没有听到守门人的消息，这让它们更加担心守门人的安危。

石亭毁灭后，巫神代言人分赴各个部落，一个硿部落的成员请求保护守门人，它匍匐在守门人面前，毕恭毕敬。它的身后别着硿的佩剑，碟认出它是硿新任命的“巨螯”攻击队的队长。

碟提醒守门人不要掉以轻心，守门人还是带上了它。那是它们最后一次看见守门人。

在走过的巫教部落中，一些独特的创造开始出现，碟见过诗人的歌声在赤砂草海间漫起，雕刻匠人在曲曲折折的营地间给岩石赋予生命，大型雕像在忙碌的部落之上被缓缓立起，这样的创造与饥饿和杀戮同时存在着，这在追求生存的部落里很难看到。

巫教带来的不都是愚昧，还有新的生命力，一种属于更多人的生命力。

碟和碑走访了部落的学院。一些悟性好的人已经完成这个世代的学习，成为了师，学徒分成组，在师的带领下学习。它们的后代将继承它们的知识，继续学习新的知识。

石亭是这一切的关键。

碑再一次感到使命的重大。它和碟拖着疲惫的身躯上路，离开巫教部落，越远越好，它们的后代不能在巫教的环境里长大。

星暴过后，岩浆加速变得黏稠，这趟旅途一旦出发，到达的地方就是终点。生命的开关被启动，新的生命在它们的身体里孕育，它们积蓄的资源只能各自孕育两个后代。当新生命成熟的时候，它们到达了一片海域。这片海域是繁殖地之一，集中产卵有利于形成部落。

碟和碑各自安置好厚鞘包裹的卵。碑留给了后代更多的生存能力，以及削减后的生物学知识，这像是一种生死平衡的割舍，需要很大的勇气和决心。碟仍然把攻击体的职业继承给了后代，同时继承下去的还有石亭的真相和石亭的使命，以及赋予后代的个人使命：保护石亭，保护碑的后代。

凝 结

产卵之后，西利卡人在生物学上的生命意义已经完成，剩下不多的残年仅留给向这个世界告别。碟和碑用最后的力气向世界的尽头游去，然后由游变成了爬，由爬变成了钻。最后，在凝结的岩浆中它们再也不能动弹。

静止，寂静，饥饿，寒冷和黑暗。

这就是生命的尽头要经历的一切，这个经验无法遗传，对于每个人都是全新的体验，只能去感受。

碟慢慢伸出触手，花了几天时间才勾住碑的触手。碑感觉到一个小小的东西滑进它的触手。

那是一颗钻石。

硕鲸巨大的身躯从碑的眼前闪过，仿佛黑暗中亮起的一朵小火花。

“谢谢。”

“谢谢你，让我的生命找到了意义。”

“你相信我们奋斗的未来吗？”

碟沉思了一下，说：“我们的后代会相信我们努力的一切。”

碑发出一个微笑：“但愿，再见。”

“再见。”

一种叫魄蜮的生物在这个时候出现，它们的生命周期只有凝结季末的短短一瞬。它们的身体是延展性很强的扁长状，能够在几乎凝结的塑性软岩中钻行，专门蚕食被凝固住的其他生物。

一只魂蜮附在了碑的身上，把它吃成了一个空壳。然后它放过了碟，像鬼魅一样爬走了。

碟在孤独中继续等待，十几天后，它的能源消耗完了，它的时间停止了振荡。

西利卡的世界沉沉睡去，像一艘小船在红巨星的天界里漂荡，载着生命，载着希望，载着生生不息。

西利卡纪年第五十八年，石亭纪第一纪。

三　界

一、遇　见

甲虫爬到一根树枝的尽头，似乎没有路了，它拨开树叶往下望，下面是高高的地面。它吓得转身往回爬，同时在心里面琢磨着“高高的”这个词好像用得不对，地面在下面，不该用“高高的”，应该用“低低的”。这回对了，但不是那个感觉了。这时它的脑海里形成了一个印象：对的东西往往感觉不对，感觉对的往往东西不对。它记住了这个道理，很快它就会忘记“高高的”和“低低的”。甲虫的脑容量只能有选择地记住一些东西，它记住了道理，却忘记了证明道理的事例。

处理完前一个信息，它看看能不能把一些记忆抛掉，以便腾出存储的空间为前面的路作准备。它把先前爬过的路在神经网络里联系起来，组成了一个一头上翘的“7”，现在它正从这个“7”的一头爬回中部，所以现在还不能忘掉这个，只能继续往前爬。它讨厌头脑塞得满满的感觉。

甲虫爬到树枝的分岔口，又爬上另一头，现在是个“Y”了，它想找一条路能从这个“Y”过渡到另一个“Y”。这时，一个阴影出现在树梢上，起先它以为是另一只甲虫，很快它发觉那东西的速度要比甲虫快得多，似乎也大一些。大东西没有方向感地乱撞，撞得树枝和叶子“噼里啪啦”地往下掉。没有任何征兆地，大东西突然向它冲来，它吓得紧紧抱住树枝，想振动翅膀却张不开。

大东西越来越近了，它能看见对方身上奇怪的闪着金属光泽的花纹。这时，甲虫的本能在它的体内醒来，它六腿一伸，背壳一闭，像一块石头坠了下去。

它一路往下坠，穿过了树枝的迷宫，压弯了几片树叶，砸坏了一群蚜虫的聚会……过了很久很久，它甚至想睡着了，终于掉到了地面。它掉在一堆落叶上面，稳稳当当地，六脚朝天，一动也不敢动。大东西没有追来，说不定它正躲在什么地方观察呢。

另一只甲虫正从树根的山脊上爬来，它目睹了眼前的情景，呆住了，过了好一会儿，它才发出一声惊叹：“没有人会相信我的，一个仙子下到了凡间！”

甲虫们都是一样的，这只甲虫也和先前的那只一样，只有它们能看出彼此间的不同。在后面这只甲虫看来，前面那只甲虫的壳上布满了细小的鳞片，如果走近去看，那些鳞片是五彩的，像阳光透过露珠散射出来的颜色。它的脚上长着细密柔软的绒毛，像微风吹过的草地，伴随着它身上发出的幽香，让这边的它怦然心动。

它知道，那是一只属于“另一面”的甲虫。如果它是树叶的这一面，它就是树叶的另一面，如果它是山的这一面，那它就是山的另一面。不不，隔得太远了，如果它是红色的小花，那它结出的果实就会是白色的小花。世界是两面的，总会有两种东西发生联系，这是它得出的一个道理。但是，为什么总是它、它、它？在这一点上它又困惑了，这和世界是两面的这个道理不符，应该有两个它来区分它和它，但是造物主没有创造出这些。

甲虫的注意力又回到那个从天而降的仙子上来，它仍旧躺在那儿一动不动。它出场的方式是那么特别，大气、镇定又优雅，这让它为自己的焦躁感到羞愧，恨不得把自己压到一座大山底下去。现在它开始思考打招呼的方式，如果它鼓动翅膀飞过去，突然落到它身上，那肯定很失礼。装作路过对它说“你好吗”，好像有点傻。最后它决定还是用常规的方法，走过去和它说话，先说“嗨”。如果对方也说“嗨”，它就介绍自己；如果对方也介绍自己，它就敲打树叶表示高兴；如果对方也敲打树叶，它就说：“我们交往吧！”对方也会照着说的，差不离。因为前三次它都照做了，如果这次没有照做，它就会觉得有什么不对劲儿。谁喜欢不对劲儿呢？

趁着勇气还在，它决定开始行动，它抖了抖翅膀，仔细把它们收到背壳后面——露出来一截会很丢脸的。然后它活动了一下脚关节，挺背抬头，庄重地迈出第一步。

一座小山呼啸而来，把它压在底下。

黑暗。还有，黑暗。只有黑暗。它拼命挣扎着试图爬起来，但是小山纹丝不动。过了一会儿，小山移开了，那个甲虫仙子已经不见了。

它转着圈圈暴跳如雷，挥舞着前足向那个小山抗议：“你这个无礼的家伙！怎么可以压在一只甲虫身上！”

小山下伸出一个头来，是一只乌龟。乌龟说：“是吗？抱歉我没看见。”

甲虫说：“我正要赶去一个重要的约会，但是被你毁了！”

“真的很抱歉。”乌龟想了一下，说，“你可以来我背上，我送你去那里。”

“那里？算了……它已经走了。”甲虫看着空空的地面叹道。

“哦，那真遗憾。”

“遗憾……没用了，它是个下凡的仙子，我再也遇不到这样好的甲虫了。”

“有遗憾就会有惊喜。”

“有遗憾就会有惊喜？对了，世界是两面的，有冷就会有热，有好就会有坏，有遗憾就会有惊喜。好的，你能给我什么惊喜？”

“我？不是我，我只是一只乌龟。”

“可是我弄丢了它，遇见了你。”

“那我要走了。”乌龟迈开步子。

“我作了一个决定，我要跟着你，直到遇到一个惊喜。”甲虫说完飞到乌龟背上。

乌龟抖了抖壳，甲虫纹丝不动，乌龟不再理会它，耷拉着眼皮慢吞吞地向前走去。

“你要去哪里呢？”甲虫忍不住问。

“走。”乌龟正穿过一片灌木和一条小路，头也不抬地说。

“走是方式，不是目的。”

"走走。"

"什么意思？"

"用走的方式走。"

甲虫不说话了，谁也不能理解一只乌龟的逻辑。

乌龟穿过一片草地，于傍晚时分到达了一排篱笆，它从篱笆的一个开口钻进去，来到一个后花园。

乌龟在一棵樱桃树下趴下，"到了。"它说。

"这就是你行走的目的地？"

"这是我住的地方！"乌龟气愤地说，"你就不能让我的生活简单点？"

"好吧，我住楼上。"甲虫指指树上说，"明天你要叫醒我。"

它"嗡嗡"振动着翅膀飞上树，找了个枝条躺下。从这里可以看见整个花园的情景：乌龟卧在草丛里面，像一块闷闷的石头。花园旁边的房子里住着一个小男孩，他的窗口对着花园，灯光照出来，这会儿他正对着桌子上的一个东西发呆，那是一个大大的广口玻璃瓶，里面什么也没有。甲虫感到奇怪，他要把什么装到里面？它是怎么也装不满的。

然而甲虫马上睡着了，它不能想太多，今天它已经想了太多的东西，睡觉前它要把一些记忆抛掉：那些琐碎的与生活无关的东西，那些远远高于生活的东西。关于下凡的仙子的记忆它没舍得抛掉，它还怀着一丝希望，宁可再抛掉别的一些东西。

二、小熊跳舞

小男孩趴在桌子上，旁边的收音机放着"噼里啪啦"的节目，桌子上铺着课本和本子，但是他甩着笔懒得写几个字，反正他不是一个好孩子，反正没有人管他是好还是坏。

收音机安静下来，进入到一个点歌的节目，小男孩无精打采地趴在桌子上，望着前面那个空玻璃瓶发呆。那些歌已经听过好多遍了，他们还老不厌烦地听，就像大人们总是把话说好多遍，还抱怨小孩子听不进去。有个男的每天都要点一首歌给一个女的，好像点到一百遍她就会爱他了。小男孩想，听到一百遍她会恨他的。

愿望许一千遍，上帝也会厌倦的。

笔敲到玻璃瓶上发出“当”的一声，小男孩竖起脑袋来，仿佛还在聆听刚才那个声音。很快他有了主意，他把电话抱来，拨通了点歌的号码。

电话那头传来一个甜美的女声：“你好，这里是《心曲连线》节目，请问你要送出什么祝福？”

小男孩张开嘴，没有出声，电话那边连连询问了好几遍，直到女主持人断定打进电话的人已经不在了，小男孩才把嘴巴凑在玻璃瓶口上“啊”了一声。

女主持人有点措手不及，调整了一下语调，说道：“你好，你已经接通了，请说。”

小男孩对着玻璃瓶口发出“嗡嗡”的声音：“K星领航员呼叫，请回答，K星领航星呼叫，请回答。”

女主持人惊叫道：“什么？”

小男孩依然发出“嗡嗡”的声音。

女主持人感觉受到了羞辱似的，气呼呼地说：“请小朋友不要乱玩电话！”她正要把电话挂掉，一个男声接过来：“你好，这里是地球星塔城，请问你需要什么帮助？”

“我想点一首《小熊跳舞》给地球上一个叫唐卡的小孩子，要让全世界听到，这很重要。”

男主持人找了一下，说道：“好的，我们有这首歌，谢谢K星领航员小朋友，下面全世界将听到这首《小熊跳舞》，送给唐卡小朋友。”

收音机里传来《小熊跳舞》的歌声，小男孩把收音机放到玻璃瓶子里，《小熊跳舞》随即变成了奇妙的“嗡嗡”声，像星星上传来的鸣虫的声音。

三、三　界

一缕阳光照在甲虫的背上，甲虫醒来了，它翻了个跟斗飞到空中，迎着阳光照耀的地面做了几个高难度动作，准确地落在乌龟背上。

“我的定点降落不错吧？”甲虫走到龟背前缘向下望去，“嗨，你醒了，不是被我吓醒的？”

乌龟缓缓伸出头来说：“事实上，我没有睡觉，我只是打盹。我每次睡一觉起来，十年就过去了，所以我不能常睡。”

甲虫抬起头惊叫道：“哇喔！十年！那是多少？”它看看自己的两只前足，“一，二，”又低头看看自己其他的脚，“三，四，五，六。”

“不用数了，你数不清楚的。”

“那你有多少岁了？”

“我还真记不得了，或多或少，三百岁，差不多。”

甲虫又发出一声惊叹："天哪！"它的神经网络里已经远远不能形成三百岁的概念，只能形成一个大大的惊叹号。它低声说："我只能活八岁。"

"其实，"乌龟有点不忍心说出口，"那是八个月，不到一岁。"

"噢……我太短暂了。"

"给时间以生命，而不是给生命以时间。"

"呃……"甲虫感到它的神经网络一阵繁忙，好像抛进了一团乱麻，它赶紧把这个记忆抛弃，终于回过神来。

"你是个有生命的古董。"甲虫小心地敲敲脚下的这块圆圆的壳，它这才注意到上面布满了划痕，每一个划痕都提示着一个年代。"这个爪印是恐龙留下的吗？"它问。

"三百年没有那么远。"乌龟说着话又开始启程了。

"你今天还走吗？"

"是的。"

"听着，往树林走，我要回到昨天那里去。我的小仙子，它就是被你在那里弄丢的，你要帮忙找回来。"

"没问题，反正这也是走的一部分。不过，你要保证在天黑前赶回来，如果我在别的地方打盹，我会不习惯的。"

"好的，你真好。走是一件很有意义的事，我走不了那么长的路，我能记住的东西有限，走过的路就会忘了。"

"记忆是痛苦的根源，能忘记也是好事。"

乌龟和甲虫来到前一天的树林。早晨的露珠缀在草叶、树叶上闪闪发光，像天上的星星。两只动物同时发出感叹：多美好的食物！甲虫飞上树找它爱吃的树叶，乌龟追逐掉下来的美味的果实，过了一会儿它们会合了，继续往树林里面走去。

“我以为甲虫吃露水就可以的。”乌龟咂巴着嘴巴说。

“我以为乌龟可以不吃不喝的。”甲虫表达了相似的观点。

它们来到老地方，小仙子并没有出现在这里，甲虫很失望，它又埋怨起乌龟来。

“它是天下最好的一只甲虫了！你毁了我的全部！”

乌龟不以为然地说：“你还不认识它，怎么知道它是最好的？”

甲虫反驳：“你也不认识它，怎么知道它不是最好的？”

它俩你一言我一语地争论，来到了一个小坑旁。小坑像是被砸出来的，因为它的中间躺着一块石头，周围的树叶从里到外被掀得干干净净。石头是银白色的，有着奇怪的金属光泽的花纹。

“喂！”有人喊。

乌龟扭头看看甲虫，“你听到了吗？”

“听到了，在坑底下。”

“喂！帮个忙！”又一声。

甲虫说：“可能是挖坑的掉下去了。”

“是我！这里！”那个声音喊道。

乌龟说：“是那块石头。”

“对！就是我！你猜对了。”石头说，“帮个忙。”

“我们为什么要帮一块石头？”乌龟望望甲虫，甲虫点头表示同意，它们掉头离开。

“不！不是我！”石头着急起来，“我不是石头！我在一架飞碟里，我是从外星来的。”

“哦。”乌龟停下来，仔细研究那个东西。

“我没有恶意。”飞碟说。

“你要我们帮你从坑里出来吗？”乌龟问。

“不，我的飞碟坏了，只要我到外面来就能修好。但是，那里有一只细腰蜂，它在等着我出来，好抓我到洞里，把卵产在我身上。”飞碟说得似乎要颤抖起来，“你们能帮我把它赶走吗？拜托了。”

甲虫转着眼珠搜索，很快它在一根树枝上发现了细腰蜂。

“你能解决吗？”乌龟歪头问甲虫。

甲虫犹豫了一下，说：“它比我灵活，我只能暂时把它引开。”

“好，”乌龟叼了根树枝在地上画，“你把它引开，我挡在飞碟的前面，你要让它贴地飞行——在这个角度以内，我才能挡住它的视线。”乌龟转头问飞碟：“你需要多久？”

“七分钟。”

“我的续航时间只有五分钟。”甲虫说。

乌龟作了决定：“我们只给你五分钟。”

“好吧。”飞碟妥协道。

乌龟用前爪把作战地图擦掉，说道：“行动。”

甲虫起飞向细腰蜂发起了挑衅，细腰蜂拿这个铜壳铁甲的东西没办法，只好仗着流线型的身体逃窜开去。甲虫抢占了制高点，把细腰蜂压制到低空。

乌龟向飞碟发出指令：“快！趁现在。”

飞碟的盖打开了，一个穿着盔甲的小外星人从里面钻出来，拿出七八件工具，撬开飞碟的外壳。

细腰蜂甩开甲虫绕回来了，甲虫在后面大喊："它飞过去了！"

乌龟挪了个位置，随着细腰蜂绕来绕去，它不停地挪着位置，这对慢吞吞的乌龟来说是件很有难度的事。它喘着气催促小外星人道："老兄你好了没？"飞碟正"呲呲"冒着火花，像一个热闹的打铁铺子。

细腰蜂一连穿过几个树杈，甲虫的体力渐渐不支，它在最后一个树杈上一头撞上去，打着滚掉到地上，爬起来上气不接下气地喊道："警报！警报！它升上去了……"

乌龟也发出警报："警报！警报！细腰蜂来袭！"

升到高处的细腰蜂发现了小外星人，飞快地俯冲下来。小外星人刚把飞碟的外壳补上，赶紧把工具扔到飞碟里，它自己刚爬到飞碟的入口，细腰蜂就已经到了。细腰蜂像一阵风掠过，把小外星人卷走了。但它显然低估了小外星人的重量，一个没抓牢，小外星人掉了下来。

等小外星人连滚带爬地爬起来，细腰蜂已经折回来了。乌龟当机立断喊道："趴下！"小外星人"扑通"趴下，乌龟像一座小山一样压上去。

甲虫精疲力竭地爬回来，正好看到眼前的一幕，它恐惧地捂着嘴巴，瑟瑟颤抖起来。细腰蜂从乌龟上面掠过，盘旋了一圈又一圈，最后悻悻地飞走了。

"警报解除。"乌龟松了口气，挪开沉重的身躯。小外星人趴在地上一动不动，它的头盔上裂了条缝，气体正"呲呲"往外冒。

"你……你……你把它……压死了。"甲虫责怪地说，它的呼吸仍没有恢复平稳。

“不是那样的，”乌龟拨过来几片树叶把小外星人盖起来，“它可能只是睡着了，我们走吧。”

飞碟“嗡嗡”地启动了，它飞过来，伸出一只机械手把小外星人拣了进去。过了一会儿，飞碟发出声音：“我差点就死了！”

“哦，抱歉。”乌龟说。

甲虫说：“我很同情你，我知道那样的感觉有多可怕，但是比起被细腰蜂当作美餐，这是可以忍受的不是吗？虽然几乎就要相等了。”

飞碟说：“这个世界太危险了！我可没想过要设计防被乌龟压的宇航服。不过，你说得对，你们救了我一命，扯平了。本来我可以实现你们的一个愿望的，现在我只能说谢谢了。”

乌龟说：“那就很好，想一个愿望很伤脑筋的，尤其是只能想一个的时候。”

飞碟飞到半空中说：“再见了！朋友们。”

甲虫说：“等等！你是从天上来的？”

“是的。”

乌龟说：“你来地球干什么？”

“事实上，我是被流放来的。”

甲虫说：“等等，你是什么时候掉到这片树林的？”

“昨天。”

乌龟说：“流放？你犯了什么错？”

“我试图寻找造物主。”

甲虫说：“那你有没有看见一只像我一样的甲虫？从天而降，然后就不见了。”

“看见了。”

乌龟说：“哇，寻找造物主，听起来很酷，它是爬行类吗……”

甲虫封住乌龟的嘴巴，叫道：“闭嘴！闭嘴！你没听见吗？它说看见了！”它仰头问飞碟，“它是从哪儿来的？到哪儿去了？”

飞碟说：“它是一只在树林里游荡的甲虫，后来就走了。”

“不会的！怎么会？”甲虫抱头叫起来，“它是一只从天而降的仙子！”

“我真不该告诉你，”飞碟说，“当时我的飞碟失去控制了，它吓得假死了，当时就是这样。”

“不——”甲虫发出一声惨叫，冲天而起，然后一头撞在乌龟的壳上，它扑在上面瑟瑟发抖。

乌龟对飞碟耸耸背：“生活的真相总是让人伤感。”

飞碟的外壳上变幻出忧伤的花纹，它对甲虫说：“我很抱歉。”然后问乌龟：“是这样说吗？”

乌龟说：“是的，发音相当标准。”

“那么外星朋友，你应该去过很多星星了。”乌龟这时可以随心所欲问自己的问题了。有些问题的答案令人伤心，可知道总比不知道好。

飞碟说：“是啊，大多是路过。”

“告诉我，世界有多大？”

“你是说所有的世界吗？那是无限的。”

“那么我能走出这个城市吗？”

飞碟没有说话，它久久地沉默旋转着。

飞碟说：“你知道三界理论吗？”

“三界?”

“某些星星上的科学家提出，宇宙里的人分为三界：人类界、动物界和外星界。”

“我感觉这个不对，为什么人类独自在一界？为什么动物有那么多种，乌龟呀甲虫呀鱼呀鸟呀，却都归为动物界？外星有外星的动物也有外星的人，它们也都归为一界?”

“这不是一个逻辑问题，这是对现象的总结，科学家们通过观察各个世界的大量现象得出了这个结论，人类是处于最高级的一界，你的问题就与这一界有关。”

“我还是不相信。”乌龟摇头说，“人类连任何一颗星星都没有去过。”

“星星，只是到达你眼底的光芒。”飞碟说完徐徐飞走了。

乌龟驮着甲虫往回走，它们一路上不言不语，各自揣着各自的心事。

乌龟想起该安慰甲虫一下，于是说道：“我曾经也有个会假死的女友，它是一只可爱的灰背负鼠。其实装死也不是什么坏事，它能让你躲开眼前的危险，哦……后来它真的死了，因为它躺在马路上装死，被一辆马车辗过。装死不是什么情况下都适合，它那么聪明，怎么就没明白呢?”乌龟说得自己也伤感起来。

“女友?”甲虫有了一点精神，“你是说，女……对了，这就是用来表示另一面的词语?”

“另一面?”

“我和你是同一面，另一只甲虫和负鼠是另一面。”

“你是说男和女吗?”

“男和女！多好听的词语，这就是世界的真相吗？”

“我一般称之为世界的假象，不过够热闹的，是的，男和女，男男女女男男。”

“形容世界上最近的距离？”

“形容世界上最远的距离。”

又是一阵沉默，这时甲虫已经沉浸到另一番玫瑰色的想象中去了，它知道世界真的是两面的，这不是它的异想天开，因为有两个词语来形容这两面——男和女！词语是神奇的东西，从来不会无缘无故诞生，它们的诞生往往预示着世界的规律。

而乌龟则继续它哲学般的思考，它们各自延续着这样的状态直到入夜。

睡觉前，甲虫问乌龟：“我要抛掉一部分关于那只甲虫的记忆。告诉我，一个下凡的仙子和一个假死的甲虫，我应该忘记哪个？”

“忘掉不切实际的幻想。”乌龟说。

“我忘不了。”甲虫想了一下，最后还是决定忘掉生活的真相，只留下水晶般的初遇的感觉。

“好吧。”乌龟说，“该说晚安了，今晚的星空真美。还有，今天，合作愉快。晚安。”

“晚安。”甲虫说完飞上枝头。

小男孩在睡觉前打开窗户，把玻璃瓶子放在窗台上，这样过一晚上它就能装满星光。“晚安，唐卡。”他对自己说。星星透过玻璃瓶弯曲成奇幻的光芒，宛如小男孩的梦境。

这天夜里，甲虫梦到自己飞过一棵灿烂开放的樱花树。这棵樱花树一直生长到天上，树上是一个由甲虫仙子组成的王国，其中有它遇见的那一只。而乌龟则在半梦半醒中看到自己生出了一双甲虫那样的翅膀，带着它飞越群星。

四、寻　找

“今天我要飞过北边的湖，你可以跟着或不跟着我。”乌龟对一个跟斗翻到它背上的甲虫说。

“飞过？”

“啊，不，游过。”乌龟还没有完全从梦境中回过神来。

甲虫整理了一下翅膀，仔细收好，说道：“我当然跟着，我还没有遇到一个惊喜呢。湖那边有一棵樱花树吗？”

“我不知道，我没有去过那里。”

“那你为什么去？”

“为了寻找城市的出口。”

“什么？你朝任何方向走都可以出去，为什么要游过那个大湖？”

“你一定没有飞过那么远，否则你应该知道，这个城市是走不出去的。”

“天……天哪。”甲虫惊呆了，“这怎么可能？你听那个小男孩的收音机，每天都在播放世界各地的新闻，我们的城市只是很小的一个地方。”

“事实就是那样，我用一生的时间走了很多方向，那里的尽头都是浓雾封锁的深渊，那浓雾让人喘不过气来。现在，湖那边是最有可能找到突破的地方。”

“哦，湖那边……快走！快走！”甲虫踢了乌龟一脚。

乌龟像一艘小船慢慢驶离了湖岸，拖着一道小小的波纹。甲虫站在乌龟背露出水面的一个小岛上，这个小岛浮浮沉沉，时而变大一些，时而缩小到仅可立足。

甲虫战战兢兢，如履薄冰。湖面已经远离成一条线，它开足马力也飞不回去了。水对它来说是个陌生的怪物，隐藏着神秘莫测的东西。

“小心！小心！水湿到我的脚了！我的命在你手上呢。”乌龟每一次晃动，甲虫就大喊大叫。它又敲打着乌龟问：“我们会在天黑之前回家的，对吧？在外面过夜你会不习惯的。”

乌龟慢吞吞地划着水，不多说话，它告诉甲虫，游泳要保持呼吸的节奏。乌龟每划一次水就浮沉一下，甲虫的心就跟着“咯噔”一下，这个咯噔和它看到小仙子时的咯噔很像，感觉却完全不同。前方未知的世界也会让它的心“咯噔、咯噔”地跳，这又是另一种感觉。过了一会儿甲虫累了，它索性伏在乌龟背上晒太阳，再不管什么天翻地覆。

“真想不到，一只每天都要回老地方打盹的乌龟会想要离开这个城市。”甲虫托着下巴幽幽地说，几朵白云在水里面悠悠地游。

“我也想不到，一只会飞的甲虫竟然没有一只慢吞吞的乌龟走得远。”

不知漂了多久，岸已经看不见了。像漂浮在无边无际的大海上，乌龟和甲虫就像一个荒岛和一个荒岛上的人。

甲虫忍不住问：“你真的在游吗？”

乌龟说：“怀疑是危险的，如果我也怀疑这一点，我们可能永远也到不了对岸。”

甲虫抬头看看天，那里有一小片乌云从后面飘来，很快就追上了乌龟。

“连乌云都比我们快！你不是在后退吧？”

正说着，一只蝗虫掉在甲虫面前，甲虫惊喜地说了声“嗨！”在这荒凉孤独的地方遇到一只昆虫同类是多么让人惊喜呀！它们大眼瞪小眼地望了片刻，又掉下来一只蝗虫，接着是第三只、第四只……

甲虫抗议起来：“嘿！这里可不是免费停车场！”

蝗虫像下雨一样源源不断地掉下来，不一会儿就堆成了一座小山包。“小岛”一点点沉下去，水漫上来。

甲虫从蝗虫堆里拼命伸出头来，摇着上肢呐喊道：“你们搞什么名堂？这里是私人领地！”甲虫抬头望望天上，那里还有一群盘旋的“乌云”想要落下来，脚底下冰冷的感觉爬上来，一阵眩晕袭来，它扯开嗓子喊道：“都给我走开！船要沉了！”

蝗虫们瞪着一双双眼睛互相张望着。“可是这里是唯一能歇脚的陆地了。”有人说。

甲虫瞪着眼睛说：“你们飞不过去？那还飞过来干什么！没有人教过你们水是很危险的吗？”

“我们飞得过去，可是，后面有三只大鸟在追我们，如果不歇一会儿……”这只蝗虫说得上气不接下气。

“大鸟来了！快跑哇！”有人惊慌地叫起来。

蝗虫们一哄而散，“地面”突然浮了起来，把甲虫弹了个跟斗。它好不容易站稳，便看见三只燕子从后面飞过来，像三支利剑插进蝗虫群。休息过的蝗虫速度明显快了很多，不一会儿便飞到了蝗虫群的前面，飞得慢的蝗虫纷纷成了燕子的美餐。

天上发生的一幕让甲虫无比震惊，自然界的法则像一把大锤把它狠狠砸了一下。甲虫对乌龟说："乌龟，乌龟，我们必须制止这场屠杀！"

乌龟头也不抬地说："这是自然界再自然不过的事。"

"把别人吃掉是再自然不过的事？！"

"当然，包括甲虫，有很多动物是吃甲虫的，乌龟也吃甲虫，只不过现在我吃素了。"

"不！你不能这样麻木！你在树林里面还救了小外星人，为什么现在又变得冷漠无情了？那只乌龟到哪里去了？你醒醒！"甲虫撩起小水珠洒到乌龟头上。

"因为我们什么也做不了！"乌龟终于抬起头怒道，"我能飞吗？你能打败燕子吗？你以为你真的救得了它们？"

"我们可以试试！"

"说不定燕子也愿意试试，尝尝一只不那么美味的甲虫，代价只是三天的腹痛和一个月的腹胀，这还算可以接受。"

"如果你也怀疑这一点，我们永远都做不了。"

"好吧，你要我做什么？"

"我要拦截燕子，但是那超出了我的作战半径，我起飞后你必须全速前进提供平台支援，我才能返航。"

"我尽力。"乌龟说。

"我出发了！"甲虫飞向天空，在它的航线所指的方向上，三只燕子正在一团惊慌飞散的乌云中穿梭，那团乌云已经越来越稀薄了。

乌龟叹了一口气，说道："傻小子，祝你好运。"

没多久甲虫就追上了蝗虫群，蝗虫们正在"扑棱、扑棱"往前飞，蝗群中一片叽叽喳喳的唉声叹气。

"唉，咱蝗虫就是这贱命。"

"生命多么短暂，我才刚开始悟到点什么。"

"现在想起来，蓖麻叶还是挺好吃的。"

"如果俺能活着逃过去，俺一定要多生娃。"

甲虫追上去说："朋友们，听我说！各自逃命不是办法，大家要一起对付燕子！"

蝗虫们无动于衷，仍自顾自地飞。甲虫急了："我说，朋友们，团结起来！"

一只蝗虫说："这是命。"

甲虫说："命？不，没有命，命是自己创造的，你们被吃，就是因为你们甘于被吃。"

"它们吃不完的。"另一只蝗虫说。

甲虫吃惊地说："这是蝗虫的尊严！"

"尊严？哈哈！"那只蝗虫笑起来，"等我们飞……"它还没说完就被一只燕子叼去了。

"飞到新的家园，产下卵，"另一只蝗虫接着说，"当五亿只蝗虫遮蔽天空的时候，世界就会知道什么叫尊严。"

"五亿！"

"五亿！"

蝗群唱起来。

“去交配！”

“去产卵！”

“五亿！”

“五亿！”

歌声汇合成一首雄壮的进行曲，冲击着甲虫的神经网络。每一阵大潮袭来，它的意识就丧失一点，最后它飘飘忽忽地沉了下去。

残留的一点意识勉强把超长的数据清除完毕，甲虫又重新爬升上来。

“我说……”

“五亿！”

甲虫又栽了下去，这次它的意识采取了强力手段，把更长一段记忆“咔嚓”剪掉了。

甲虫精神满满地再次飞上来，“你们准备好了吗？”它问道。

“准备好了！”蝗群用雄壮的声音回答。

“跟着我，出发！”甲虫说完转头向燕子飞去。

甲虫在极短的时间内完成了一个锐角转弯和满负荷加速，仿佛自然定律在它身上失去了作用，连它也不敢相信自己的超常发挥。它像一个墨滴直射向燕阵的头燕，在蝗群杂乱的背景下，连燕子最锐利的眼睛也没有把它分辨出来。

“墨滴”如一道闪电撞在头燕的脖子上，突然的冲力几乎使这只燕子折了脖子，但是燕子及时调整姿态缓冲了能量，姿态的改变使它在空中翻滚起来。

“墨滴”的速度只有很小的损失，它在极短的时间内加速至原先的速度。紧接着处于同一直线上的第二只燕子受到了攻击，它还没有来得及反应，撞击的位置仍然是精确的颈部。这只燕子同样做出了应急姿态调整，并且用零点零五秒的时间发出了一声短警报。

这时第三只燕子已经察觉到危险的存在，它稍微降低了飞行高度，“墨滴”从它的脖子上方擦过，蹭掉了几缕绒毛。

头燕飞上来发出警告：“有弹弓！分散躲避！”

三只燕子散开去，很快又聚拢来，因为下面是水面，不可能有弹弓。这时它们发现了甲虫，甲虫正鼓着翅怒目相向。

“这是什么？”二燕问。

“一只恶心的甲虫。”头燕厌恶地说道。

甲虫发出正义的吼声：“燕子听着！命你们立刻停止屠杀，掉头返航！”

“就是这丑东西攻击我们的？”二燕打量着这个东西，“它看上去就像个煤球。”

“我数三下，我的蝗虫大军就会杀到！”甲虫指向身后。然而，它的身后一片空空如也，蝗群还在既定的航向上往前奔逃。“怎……怎么会这样？”它难以置信地叫起来。

“环境污染太严重了，连甲虫都疯了。”头燕摇头说。

“我们要让它走吗？”二燕问。

“把它吃掉！”三燕终于“喳喳”地插上嘴。

“太恶心了！”二燕打了个哆嗦。

“你们还吃得下吗？”头燕问。

“我吃了三十六只，撑死了！”二燕赶紧说。

“我……我吃了五十二只，已经塞到嗓子眼了！”肥胖的三燕打了个饱嗝。

“我吃了四十多只，我也不打算吃了。”头燕说。

甲虫把翅膀振得“嗡嗡”作响，怒骂道：“你们三个蠢东西！欺软怕硬！”

头燕浑身震了一下，对二燕说：“老二，你吃得最少，你来吃。”

“我才不吃这么个脏东西！谁知道它能不能吃。”二燕委屈地说。

“脏东西？”甲虫受侮辱似的叫起来，“你知道有很多动物都吃甲虫的吗？乌龟也吃甲虫！”

二燕说：“老大你看，这个甲虫不太正常，吃下去会害命的。”头燕点了点头。

“胡说！”甲虫义正词严地反驳道。它现在要站出来争取自己的权利——值得被吃的权利，只有争取到值得被吃的权利，争取生存的权利才有意义。它说：“最多只是三天的腹痛和一个月的腹胀，这个代价是可以接受的。”

头燕惊讶地打量了甲虫一眼，对同伴说：“这东西的体内可能含有很高的重金属，我们走吧！”

燕子回去了，甲虫冲着它们的背影喊道：“喂！喂！喂……”

喊到第三声的时候它的翅膀发出怠速运转的声音，身子往下一沉，它这才想起身体的能量用完了，赶紧拼命往回飞。可是在茫茫的湖面上，哪里能看见乌龟的踪影？

乌龟拼命游了几公里，连甲虫的影子都没见着，它张大嘴巴，只剩下喘气的劲儿。终于，乌龟看见燕子返航了，它欢呼起来，然后天际出现了甲虫的影子，一个小黑点飘飘摇摇越飞越低，看着就让人绝望。

乌龟积攒起最后一点力气向小黑点划去，这似乎是一个不可能完成的任务，如果这时打来一个浪，它肯定会沉下去的。甲虫先前的热血已经冷却，没有了超越极限的神奇力量，现在它只能凭着求生的本能往回赶。如果这时吹来一阵风，它一定随风而逝了。

还好湖面上风平浪静，快要坠毁的甲虫和快要沉没的乌龟终于会合了。甲虫摇摇晃晃地“咣当”一声落在乌龟背上，再也动弹不得。

“甲虫返航……”甲虫无力地报告。

“乌龟也要返航了……”乌龟吐出一句话，它去不了对岸了。

乌龟一喘过气来便对甲虫说：“你做到了！真不敢相信！”

甲虫病恹恹地趴在乌龟背上说：“不，我什么也没做。”

“你做到了，燕子返航了！你没有意识到你有多伟大，从来没有昆虫能打败燕子！”乌龟兴奋地说着，“你是对的，我这把老骨头都不敢相信奇迹了，我真感到羞愧。”

“不，乌龟，别说这个了，我想休息一会儿。”

“怎么？你好像不大高兴？”

“我只是很累……”

乌龟不说话了，它也累了。它拖着灌铅般的四肢往回划，比起一瞬间的奇迹来，回家的路要漫长得多。夕阳渐渐沉下去，一大一小两个小岛在湖面上拖出一道长长的金色的波痕。

它们在天黑的时候才回到花园，乌龟经过客厅门口的时候站住了，抻长脖子呆呆地看着。

“怎么了？”甲虫问。

“难以置信，竟然存在一个乌龟的世界。”

甲虫顺着乌龟望的方向看去，客厅角落的电视机里播放着四只绿色的乌龟，它们拿着刀叉棍棒四样武器在城市的高楼间跳跃。

“哇，酷！”乌龟不禁赞叹。

这时小男孩拿着遥控器按了一下，画面变成了一群人类。

“走吧，那不是真的。”甲虫催道。

乌龟不甘心地又看了看，失望地走了。

五、生　活

乌龟和甲虫连续休息了三天才恢复过来，不过它们倒是真想这样一直躺下去。

“我从来没有游过这么快。”乌龟感叹，“八十年前湖水被染红的时候，我从湖东一口气游到湖西，也没有游过这么不要命的。”

甲虫趴在乌龟旁边的一片小草丛里，说：“我也从来没有飞过这么快、这么远，我还以为我要死了。”甲虫还想说，这本来可以成为一场经典战役的，但是它没有说出口。

乌龟说：“我把这辈子最不可思议的事情都做完了，以后我再不会做什么疯狂的事了。”

“这辈子……”甲虫念道，“乌龟，你有孩子吗？”它突然问。

“幸运的话，应该有过几个。真不可思议，我曾经也年轻过，不过我现在都认不出我的孩子了。”

“我的一生只剩下两个月了……我是不是该为繁殖作打算了呢？”

“是的！”乌龟斩钉截铁地说，“你整天跟着我闲逛，瞎打瞎闹，这不是一个好办法，甲虫的寿命和乌龟不一样，你不能过我们的生活。”

“生活的意义也不同吗？”

乌龟愣住了，它不知道怎么回答这个问题，它甚至不知道生活的意义是什么。它缓慢地嚼着几根草，然后说道：“你怎么会思考这个问题？”

“自从我跟你去寻找城市的尽头，我就觉得有什么东西不同了。我遇到了那群蝗虫，它们轻易就能飞过大湖，但是它们只能用生命的每一分每一秒去产更多的卵，繁殖更多的蝗虫。它们没有个体的生活，它们是作为一个整体存在的。不同的动物，它们的生命形式决定了它们生活的意义。”

乌龟好像想到了什么，它进入了冥思，甲虫叫了几声，乌龟也没有答应。

过了一会儿，乌龟睁开眼来，仿佛从另一个世界回来了。它自语道：“我想我知道了这个世界上所有生活的意义。”

“是什么？”甲虫急促地问。

“算了，也没什么。”乌龟扭过头去，仿佛这是一个不祥的消息。

“告诉我！”甲虫恳求道，“过两个月我就再也没有机会知道了！”

乌龟被这句话扎了一下，它说：“那么，我先问你，那个下凡的仙子，在你心中还是原来那样完美吗？”

“我已经忘记一些了，但是……几乎还是像原来那样。”

乌龟沉思了一会儿，说道：“我可以告诉你那个答案，但是你必须答应我，听过以后把那段记忆删除。”

“为什么？”

“记住它不是一件愉快的事情，总之，你答应了我我才说。”

“好吧，我答应你。”

“这就是生活的意义。”

“什么？你没说！”甲虫气呼呼地嚷起来。

“我说了，然后你把那段记忆删掉了。”

“没有！我什么都不知道！”

“因为你删掉了嘛。”

“我才不会那么老实！”

“哦，你现在才说，可是你当时就是老实地删掉了。我是一只老实的乌龟，相信我。”

“好吧，也许我真的，曾经……知道过……”甲虫沮丧地埋下头。

“你知道过，当时你没有高兴，现在你也不必沮丧。”乌龟安慰道。

大自然给了蝗虫远航的能力，却没有给它们独立的意识；给了甲虫飞翔的翅膀和敏锐的感觉，却没有给它们充足的体力和足够的时间；给了乌龟漫长的时间，却只让它们缓慢地爬行。如果这个世界真的有一个创造者，那么这个创造者的初衷一定是不完美的。每一个生灵都被不完美的设计小心地限制着，让它们永远接触不到那个最后的真相——生活的意义就是没有意义。如果忘掉，就如同从不知道，那么请原谅我没有告诉你，我不想打扰那只会做梦的甲虫。

六、仙　子

乌龟恢复了正常的生活，不再去想湖那边的事，它每天做的事只是觅食和散步，偶尔发发呆。甲虫故意有几天没有缠着它，而是悄悄地跟在它的后面。如果乌龟是因为怕甲虫拖累了自己而没有行动，它就一定会趁这个机会行动的，但是它没有。

甲虫在一个早晨拦住乌龟问道：“你真的把去湖那边的事忘得干干净净了吗？”这时早晨的太阳正好从乌龟的脑袋后面升起来，让它看起来像一个先知。

乌龟说：“在很长一段时间里我都不会再考虑这件事了。”它头上的光辉黯淡下来。

甲虫沮丧地说：“那么我这辈子都不会知道答案了，是吗？”

“是的，那么，你可以回到你的生活了吗？”乌龟不情愿地说出这番话，自己的心里也一阵酸楚。

“是的……”甲虫低头望着脚尖，它此刻反而觉得平静了。它突然又抬头叫道：“乌龟！”

“嗯？”

“答应我，就算我不在了，你也要找到答案。”

乌龟呆呆地愣了一会儿，轻轻说道：“好吧！”

“说话算数。”

“我是一只老实的乌龟。”乌龟坏笑了一下。

甲虫回到了树林，它试着在那里遇见另一只甲虫，用乌龟的说法是女甲虫，但是它总觉得有点别扭。事实上，它的确遇见了几只甲虫，但是它们都和仙子不同。它发现，其他甲虫的气味已经不能让它产生心动的感觉了。

甲虫每天晚上都会回花园的樱桃树上睡觉，这也成了它的习惯。

一天傍晚，甲虫落在樱桃树的一根枝条上，枝条带着它上下摆动，甲虫闻着风带来的草地的味道、几十种树木的味道，和这其中隐藏着的各种昆虫的味道。有一个味道突然刺入它的神经，让它的大脑一阵空白，那是记忆河流最上游的石子，那是梦最初的形状，那是所有快乐和痛苦的发源地，甲虫激动得差点从树枝上掉下来。

那是小仙子的气味！

它可以断定小仙子就在附近。它在树枝上不安地来回爬动，同时用眼睛扫视着下面。

忽然，它定住了。它透过窗户看见小男孩的桌子上放着那个大玻璃瓶，玻璃瓶里装着一只甲虫，它一眼就认出那是小仙子无疑。

甲虫既兴奋又害怕，这是一个好机会，如果它救出小仙子，就有了其他甲虫所不具备的竞争力；但如果它救不出小仙子……它不敢想下去。

甲虫紧张不安地等待着时机。如果这时乌龟回来了，它可以问问乌龟有什么办法，但现在它只能自己想办法。玻璃瓶被一个本子盖住，小仙子躺在里面一动不动，甲虫知道它只是在装死迷惑敌人。小男孩在瓶子里放了树叶和一块木头，假装对它很好心的样子，其实他在等着仙子醒过来变成一件活的玩具，但是仙子显得格外有耐心。小男孩坐不住了，拿起玻璃瓶使劲儿摇晃，小仙子在里面撞得叮当响，还是一动不动。甲虫一阵心痛，恨不得马上冲过去。小男孩到后面去找什么东西，现在正是好机会。甲虫从枝头冲出去，加速，加速，只要掀开盖瓶子的本子，仙子就可以飞出来了。

“当”的一声，甲虫的头脑瞬间空白，它撞在了窗玻璃上。还没有落到地上，它立刻又飞起来，围着窗子寻找入口。

小男孩已经回来了，他找来一根棍子拨动仙子，仙子还是一动不动，小男孩又怒气冲冲地拿起瓶子摇晃起来。甲虫拼命扳动窗户边缘，但是那里却纹丝不动。小男孩失去了耐心，他把仙子倒在桌子上，发狂地拍着桌子。

甲虫着急地喊道："不！不！不！别装死！快醒过来！"

难道它不明白吗？装死不是什么时候都适合的。

小男孩受够了仙子的把戏，他狠狠地把仙子捏起来，扯掉了一条腿，这时仙子拼命地挥舞起剩下的五条腿来。已经没有用了，小男孩继续扯着它剩下的几条腿。

"不！不！不！"甲虫狂叫起来，一下下撞击着窗户，它不敢相信世界上竟然有这么残忍的事。最后它拉开距离，用尽全身的力气迎头撞上去，巨大的撞击力超出了它的承受范围，它飞速弹回来，掉到草地上失去了知觉。

玻璃窗发出一声巨响，把小男孩吓了一跳，他打开窗户察看着。仙子趁这个机会用剩下的三条腿往桌子的边缘爬，就在它快爬出桌子的时候，小男孩把它抓了回去。

小男孩扯完仙子的腿，把它放在桌子上端详，现在装死的甲虫彻底不会动了。小男孩以一个胜利者的姿态笑起来，随手把没了腿的甲虫扔出窗外。

没腿的甲虫掉在昏迷的甲虫旁边，它疑惑地看了旁边的甲虫一眼，说了三句话：

"你是谁？"

"救我。"

"记住千万别装死。"

仙子说完就一命呜呼了。

七、老　城　区

甲虫醒来看见身边有一堆树叶，它惨叫起来："不！不要把我关起来！"然后它看见了草地、樱桃树和乌龟的圆脑袋，它松了一口气，庆幸道："还好，自由真好。"

乌龟说："又做噩梦了？你昏迷了很多天，吃东西吧！"

甲虫吃光了树叶，抱着乌龟的脖子吻了一下，说道："谢谢，你还知道我最喜欢吃的树叶。"

乌龟无可奈何地说："因为乌龟经常要在这种树下捕食甲虫，这是基本的生存技能。"

"你总要破坏生活的美感吗？"

"我说的是事实。"

"事实会伤害美好的东西。"

"事实也可以让你免受伤害。"

"不，"甲虫滑到乌龟的颈窝里，乌龟冷得缩了缩脖子，"它让我冰冷无助。"

乌龟知道了小仙子的事，这和它猜想的差不多。它不知道怎么安慰甲虫，也许这一次彻底的绝望让甲虫再也不会绝望了。

"我发现你们的时候，你正昏迷着，我看见仙子头戴着光环升上了天堂。”乌龟努力描述着当时的情景，“它深情地望着你，然后化作七彩的光芒，把草上的露珠都照亮了。”

“傍晚没有露珠。”

“下雨了。”

“谢谢你……”甲虫转身躲进一片草丛。

乌龟叹了一口气走开了。

甲虫每天蜷在草丛里不说话，不动弹，乌龟每天把树叶送来。这几天的雨水都好像多了一些。有一次，它们看见小男孩一个人在花园里哭泣，在甲虫看来他像一个魔鬼，即使哭泣也不能改变这一点，甲虫气得咬牙切齿，又害怕得瑟瑟发抖。

天晴下来，乌龟决定带甲虫去兜兜风，散散心，于是它载着甲虫爬进了一片老城区。甲虫像一个忧郁的疗养病人总不说话，乌龟则像一个土生土长的马车夫滔滔不绝。

“你知道吗？七十年前整个城市都是这样的，现在只留下这片地方了。我看着这个城市从泥土到钢筋水泥的过程，最喜欢的还是这些砖石的时代。”

长着青苔的方砖在脚下沿着街道弯弯曲曲延伸着，道路中间的电车轨道还留在上面。人行道的台阶都高过乌龟的头，不过乌龟还是能爬上去。路两旁种着梧桐树，落下的叶子先给地上铺上一层花纹，阳光再在上面铺上另一层花纹。几个庭院铁栅门紧锁，植物茂盛，每一幢的屋顶上都有几只奇异的白色小兽将头探出屋檐。在这里，外面那些暴躁的大家伙进不来，所以很安静。

“每个地方时间流逝的速度是不一样的，这个地方的时间流逝得特别慢，你会有这种感觉。四十年前，城市开始了改造，我们组成了一个乌龟共济会，聚集在这个城区。我们认为乌龟会让时间的流逝变慢，虽然我们拯救不了整个城市，但可以集中力量拯救一个城区。事实上，乌龟不会让时间变慢，但这个城区竟然奇迹般地得救了，不知道什么原因，总之它得救了。行进的掘土机变得越来越慢，最后停下来回去了，施工队绕过了这个地方，这里留了下来，时间停止了。”

乌龟和甲虫穿过一个有着喷水池的花园，它们在中途停下来玩了一会儿水，然后走过几幢被火烧过的楼房。经过一幢旧楼房的时候，它们听见了奇怪的声音，那是一连串变化的声调，忽高忽低，飘忽不定。

“据说这一带有很多冤魂被封印在地下，引诱别人去救它们，然后你就成了它们的一员。”乌龟想讲一个故事吓唬吓唬甲虫。

这时它们听懂了那声音中的一段：“救救我！”

乌龟“咯噔”一惊，甲虫“哇”地抱住乌龟的脖子。

乌龟说：“别紧张，我们再听听。”

声音再一次循环，行进到某一段时，“救救我”的喊声又出现了。

“找找。”乌龟说。

它们绕着楼房找，走到了一个地下室的入口，里面黑黢黢的，声音就是从下面传来的。

“地……地下！”甲虫瑟瑟发抖地喊。

乌龟说：“故事不会成真的，我们应该下去看看。”

“别！你没听说过好奇害死猫吗？”

“可我们是乌龟和甲虫。”乌龟说完探头下去叫了两声。没听见回答，它开始一级一级往下爬，进入阳光和黑暗的分界线后，一阵寒意袭来，两人都打了一个激灵。

“注意！进入另一面了！”甲虫尖声提醒道。

台阶上横着几截烧焦的木头。乌龟翻过木头的时候脚下一松，随着几截木头一起滑了下去，它们一路尖叫着滚到底下。

最初，宇宙是在一声尖叫中诞生的，在一眨眼的时间里，它迅速膨胀成一个小小的黑暗空间。然后有了一道光，整个宇宙分割成明暗的两面，但是黑暗占着绝对的主导。这个小宇宙中的生命睁开满怀畏惧的眼睛，开始观察这个世界。

唯一进入眼睛的景象是阳光从气窗透进来，在地上形成一个长方形的光斑，其余都是黑暗。甲虫说：“要有光。”但是没有光。它大声喊道：“乌龟！你还听得见我的声音吗？”

乌龟在黑暗中答道：“当然，光线不影响听觉。”

甲虫顺着声音爬到乌龟背上，觉得踏实了许多。它说：“这间房间忘了装窗户。”

乌龟说：“这里是地下室，在它被改造成一楼之前是不会有窗户的。”

然后，这个宇宙中的生命开始互相探知对方的存在。

“有人吗？”乌龟和甲虫一齐喊。

“来人了！来人了！啊哈哈！”一个声音响亮地叫起来。

乌龟和甲虫吓了一跳，声音是地上的那块光斑发出来的。走近去，它们看清楚了，是地上的一只飞碟。

飞碟激动地说：“我用二十七种语言发出求救信息，终于有人来了！”

“怎么又是它？”甲虫说。

乌龟说："可能它来自一个倒霉的星球。"

飞碟如见亲人般地叫起来："是你们！好心二人组，你们是我的救星！"

乌龟说："你的飞碟又坏了？"

飞碟说："不，它很好，我被绑架了。"

"那些鬼魂干的！"甲虫吓得退了两步。

乌龟说："不，没有鬼魂，我看它好好的，什么事也没有。"

"好好的？"飞碟没好气地说，"如果我能动一下，我就不会在这里待一秒钟！"

经它一提醒，乌龟和甲虫才注意到，飞碟的身上压着一只毛茸茸的爪子，爪子的毛在阳光下闪闪发亮，所以很难分辨出来。顺着爪子往上看，爪子的主人隐藏在黑暗里。

"你是谁？"乌龟问道。

"喵！"黑暗中的动物威武地吼了一声，抖了抖毛，弓下半个身子来。这时它的上半身刚好处在明暗分界线上，呈现出强烈的立体感，它的胡须根根晶莹剔透，眼睛凌厉逼人。

"是只猫，麻烦了。"乌龟说。

"你们想找麻烦？"猫发出霹雳般的声音。

"不不不，"乌龟连忙摇头说，"我们只是路过。"它扭头小声叮嘱甲虫："记住，我们只是路过。"

甲虫说："不，我们……"这时它想起了燕子的事，只好说道："好吧……"

猫高傲地舔了舔嘴巴说："你们侵犯了我的领地，扰了我的兴致。"它说着用爪子拨弄飞碟，飞碟想飞走，立刻被它一爪子扑在地上。

乌龟说：“你看见了，我们是掉下来的，我们恨不得马上走开。看来你找到了一个不错的玩具，我们不打扰你了，祝你玩得愉快。”

飞碟绝望地叫起来：“不！你们不能这样绝情！”

乌龟丝毫不为所动地转身走了。

飞碟在背后愤怒地喊道：“你们这两个冷血动物！铁石心肠！硬壳二人组！”

乌龟停了下来，甲虫气得“喳喳”叫：“听见了吗？它叫我们‘硬壳二人组’！”它手舞足蹈地回敬道，“你这个霉球星人！”

“硬壳二人组！！”

“霉球星人！！”

“硬壳二人组！！！”

“霉球星人！！！”甲虫最后一声如小鞭炮般在地下室里炸响。

乌龟说：“好了，走吧。”它们继续往外走。

“猫是最优秀的辩手，”乌龟对甲虫说，“要说服它们的唯一方法只有辩赢它们。它们是高傲的动物，越难于得到的东西越不会放弃，你不能让它觉得那样东西很受重视。现在差不多了，我要和它辩论了。”

乌龟准备爬上台阶的时候转身说：“猫，顺便给你一个忠告，玩玩就可以了，最好不要吃那个东西。”

“喵——”的一声划过黑暗，猫无声地落在乌龟前面的台阶上。它放下嘴里的飞碟摁在脚下，厉声说：“你敢命令我？”

乌龟平静地说：“不是命令，是忠告。”

“你有什么资格？”

“时间赋予我的经验，乱吃东西是不会有好结果的。”

猫用犀利的眼睛盯着乌龟。乌龟知道，猫拥有一项鲜为人知的特异功能，它们是天生的测谎仪，没有谎话可以瞒得住猫的感官。

猫的脸上露出知悉一切的表情，它冷冷地说："年龄往往是欺骗的本钱。"

乌龟暗暗一惊，但它没有慌乱，而是镇定地说："我虽然没有研究过乱吃东西和寿命的关系，但我可以告诉你的事实是，我见过十六只乱吃东西的猫都死了。"

"谎话！"

"这件事我没有撒谎。"

"唔。"猫忽然饶有兴致地踱起步来，"你说这件事你没有撒谎，你没有说你从不撒谎。"

"没有人能从不撒谎，我只能说这件事我没有撒谎，这样说更接近事实。"

猫不动声色地审视着乌龟，乌龟还之以坦然的目光。猫突然脸色一变，亮出利爪"啪"地按在乌龟面前，恶狠狠地说："你知道吗？我可以轻而易举地在你的背上抓出一排爪印！"

乌龟平静地说："我会把那当作岁月的恩赐。"

猫看着乌龟良久，终于说道："好吧，我玩腻了。"它把飞碟踢到一边，纵身跃入黑暗中。

得救的飞碟追着乌龟和甲虫喋喋不休："太棒了！你们是真正的谈判高手！"乌龟和甲虫向前走不理它。飞碟说："我收回以前的话，你们不是硬壳子，你们有柔软的心……喂，我道歉还不行吗？我是很真诚的，我可以用二十七种语言说抱歉……”

乌龟说：“抱歉，我们不需要。”

飞碟想到了什么，说道：“嗨！你们有什么愿望？我可以实现你们的一个愿望！”

乌龟说：“我们不需要。”

甲虫有点动心了，它小声说：“也许我们可以试试……”

乌龟说：“好，那你试试。”

甲虫对飞碟说：“你能让小仙子回来吗？”

飞碟说：“好主意！小仙子在哪儿？”

甲虫说：“它死了。”

飞碟说：“啊哦，真是个伤心的消息，人死不能复生，这个我做不到。”

乌龟说：“你能带我们飞过大湖吗？”

飞碟说：“我的飞碟带不了这么重的东西。”

乌龟朝甲虫嗤鼻一笑：“它能实现的愿望就是没有愿望，你还指望一只连猫都对付不了的碟子来实现什么愿望？”

飞碟急忙说：“不不，不是那样的，只要是我能做的我就能帮你们实现，你们再试试。”

甲虫犹豫了一下，咬牙说道：“仙子是被一个小男孩扯掉了腿死掉的，你能把那个小男孩的手脚扯掉吗？”

乌龟倒吸一口凉气，连说出这话的甲虫自己也惊呆了。这话听起来那么刺耳，好像世界上任何事都没有这件事听起来荒唐。杀死一只甲虫，杀死一只乌龟，杀死一个外星人，这些话听起来都没有杀死一个小男孩惊悚和震撼。

这种奇怪的感觉让它们陷入失语中。

飞碟终于还是说道："这个任务可以被执行。我的飞碟上有激光武器，我可以用切割的办法。"

甲虫恨恨地说："好，就这么办。"这时它感觉自己就像一个魔鬼。

飞碟问："你确定要这么做吗？一旦确认，任务就将被执行。"

甲虫沉默了好一会儿，答道："是的。"

"好的。"飞碟嗡嗡飞起来，开始加速旋转。

"等等……"甲虫说，"我决定还是不要这么做了。"它低下头叹了口气，"这毕竟不是我们的世界。"

"你说什么？"飞碟吃惊地问。

"对不起，我决定还是不要这么做了，任务还能取消吗？"

"不是这句。"

"没了。"

"你说了。"

"我忘了。"

"好吧，你是个天才，可惜你的生命太短了。"飞碟绕着乌龟和甲虫转了两圈，"那么，你们没有别的愿望了吗？"

"你知道这个城市的出口吗？"乌龟突然问。

"这样的问题你曾经问过，答案是没有出口。"飞碟说。

"你考察过？"

"没有，因为正如你所说，这个城市是走不出去的。"

"没有考察过你就不能下结论，我要你把这个城市的边缘检测一遍，然后告诉我结果，这个你能做到吧？"

“能做到，不过结论不会有改变的。”

“我愿意试试。”乌龟说着看了甲虫一眼。

“好吧，我完成检测后会告诉你结果，明天的这个时候。”

“我们在树林等你。”

飞碟颤抖了一下：“我不愿意到那里去，那里有可怕的回忆。”

乌龟说：“好吧，我们在树林北边一个后花园的樱桃树下等你。”

飞碟答应了。

乌龟说：“我还是不太相信你能做到，不过这总归没有坏处。如果你可以实现别人的愿望，为什么却救不出自己？”

飞碟说：“有些设备需要愿望才能启动。”

甲虫兴奋地说：“是用愿望驱动的吗？就像流星那样？”

飞碟说：“你可以这么理解。专业地说，我没有启动这些设备的权限，因为我是一个流放者，其他任何人都有比我更高的权限操纵这架飞碟。”

“我明白了，”甲虫说，“就像爱神的口水永远吐不到自己身上。”

乌龟说：“听起来很可怜的样子。”

“是啊。”飞碟哭丧着脸说。

八、月光草原

飞碟飞走了，乌龟和甲虫继续行走在老城区，一路上再也没有鬼魂的声音。

“你是怎么知道对付大猫的办法的？”甲虫问。

“哦，那个，”乌龟说，“当你背上的爪印足够多的时候，你自然就知道了。”

“你撒谎了吗？”

“没有，猫是天生的测谎仪，没有人能在猫的面前撒谎。”

甲虫好奇地追问：“真的吗？那十六只猫都死了？”

“当然，猫活不了三百岁。”

甲虫恍然大悟，称赞道：“你真是个天才！”

“这句话似曾相识，你转手送人了。”

“想不到，你是一只锐利的乌龟！”

“怎么？乌龟不能是锐利的吗？”

“我觉得乌龟都是钝钝的。”

“你的意思是说我与众不同？”

“是的，你与众不同。”

“再说一遍，我爱听这个。”

“你是一只与众不同的锐利的乌龟！”

“哦呵！”乌龟高喊一声，“抓稳了，我要暴走了！”

“什么？等等！喔——喔——”甲虫在乌龟背上像被一个疯狂的牛仔抛来甩去，“我还从来没听说过乌龟也能……太疯狂了！在天上可没有这种感觉！”

它们像一辆狂奔的越野车，掀起街上的落叶，压倒花坛里的月季，从一只惊慌失措的蚂蚁上面掠过。乌龟来了一个甩尾急停，在一辆锈迹斑斑的吉普车旁停下。这辆吉普车躺在一面老墙旁边，已经被绿藤爬满和老墙连为了一体。它们惊讶地打量吉普车的残躯，就像打量一只史前的巨兽，那些曾经充满爆发力的钢铁骨架如今也尘封在时间的绿色轻纱下了。

乌龟不由得想到自己若干年后的样子，它使劲儿甩甩脑袋，甩掉头脑中的想象。它忽然害怕停顿下来，仿佛一停下来生命就会停息，然后生根发芽，长成大树。它把脚趾抠进泥土，重新积蓄力量。

乌龟压低身子对甲虫说："准备好了吗？我要超车了。"

"准备好……喔！"甲虫被突然向前奔去的乌龟抛向空中。

乌龟把吉普车甩到后面，跑进了一条下水沟，"隧道"在眼前飞快地向后掠去，甲虫紧张得喘不过气来。突然眼前变亮了，乌龟冲出下水沟，冲进一条石板铺的小巷，石板路被时光打磨得锃亮，两旁是紧闭的门户。乌龟一跃而起，扑倒了一个垃圾桶，垃圾里倒出一堆西瓜皮来。乌龟跃下垃圾桶，准确地踩到一块西瓜皮上。西瓜皮"滑板"带着它飞过巷子，它的背上套了一个黑色的塑料袋，猎猎作响，这让它感觉自己像一个侠客。乌龟想起了在小男孩的电视里看到的绿色乌龟，一时间热血沸腾。

在风的尖啸声中，乌龟得意地喊道："我们把这叫作乌龟时速！"

甲虫被罩在塑料袋里面，叫道："这是什么？我什么也看不见！"等它掀开塑料袋，就看见一堵墙迎面撞过来。"救命——"它绝望地呼叫起来。

乌龟冲到了直路的尽头，它把两只右脚钩到地上，一个小内弯切进了右边的弯道。

"漂亮的漂移！"乌龟赞叹道。

甲虫死命攀住乌龟的背壳才没有被甩下来，它还没有缓过神来，乌龟已经跳上了一堆砖头的"小山"。"小山"上搭着几根屋梁，乌龟从一根屋梁上滑下去，冲进了一片草丛。它们在草丛里滑行了一段距离后终于停了下来。

“到站了。”乌龟说，“哈哈，这片草地，我们叫它月光草原。”它大口吸吮着充满梦幻的空气，“好久没来了，现在想起来还令人心醉呢。”

甲虫踮起脚尖举目望去，这里是一片长满荒草的空地，远处竖着几个孤零零的废弃的脚手架。

“什么都没有。”它说。

“什么都没有？”乌龟一边踱步一边说，“每一步都有一个爱情故事！”它动情地用脸贴了贴脚下的土地，这里的往事让它心旌摇荡。

“共济会第三次大会决定，为了提高乌龟的数量，从而更有效地减缓时间的流速，每年在月光草原举行一次‘千龟相亲大会’。在月光明亮的晚上，上千只乌龟……”乌龟出神地望着远处，在脑海里把这片草原的景象与它的记忆叠加起来。

它突然凑到甲虫的面前说：“我可是当年的大红人！演出风靡全场！姑娘们都知道，我是唯一会走猫步的乌龟。”乌龟说着摇摇晃晃地走起来，但很快摔了个嘴啃泥。“跳！乌龟！”它一个凌空劈叉跳过一块石头，“一口气跳二十六个！”它切着小碎步斜向移动，“踢踏舞！从后台到前场，从没停顿！”它紧接着一个转身蹬踏，“回旋踢！一下撂倒一排！”

乌龟忘情地表演着，甲虫看得目瞪口呆。

“蟋蟀奏响舞曲，姑娘们挥舞着萤火虫，尖叫！尖叫！尖叫！全场达到高潮！”乌龟爬上一块大石头，龟壳朝下转着圈，“猜猜谁是幸运的……”它停下来，尾巴指向甲虫，“你！”

“我？”

“是你，幸运天使！”

甲虫高兴得直跺脚，“我有什么惊喜？”

“与我共度良宵。”

甲虫泄了气：“我是甲虫，这里没有其他乌龟。”

“不！”乌龟从石头上跌下来，跌回了现实。它拨开草丛四处张望。

“真的没有其他乌龟。”甲虫好心地说。

乌龟伤心地垂下眼皮：“它们都走了，连脚印都没有留下。”

“那是一段很美好的记忆。”

“是的。”

“为什么你还要伤心？”

“因为美好的东西不能长久。”

“但至少不坏。”

“是的，但是伤心与好坏无关。”

“为什么？”甲虫瞪大眼睛不能理解这个奇怪的逻辑，“难道美好的记忆也会让人伤感？”

乌龟不知道怎么解释这个奇怪但是又浅而易懂的道理，它想了一会儿，说道：“你知道怀念吗？”

“是想念吗？”

“不是。你看，你的生命太短了，还来不及失去什么，所以你不知道怀念的滋味。”

“我失去过！”甲虫用控诉的语气喊道。

“对不起……我说的是另一种失去，缓慢的，不可抗拒的。”

“像一片嫩绿的叶子。”

“没错！你太聪明了。”

“我有过这种感觉，有时候你不舍得吃第二口，吃着吃着树叶就……”

“等等等等，不是这个意思。”乌龟挥舞的手忽然停在半空中，它发现要解释清楚是一个浩大的工程，于是说，“其实也差不多。”

它们路过一个深井旁，乌龟想起了什么，说：“这口井叫绿毛。”

“井也有名字？”甲虫诧异道。

“这样的井有十多个，它们本来没有名字，有人掉下去以后就有名字了。绿毛是一只从宠物商店跑出来的绿毛龟，没有朋友，它来参加我们的相亲大会，但是它不知道，这种绿毛在十年前就已经不流行了，它受到了冷落，一个人待在井边，然后就掉下去了。到现在也没有人知道，它到底是自己跳下去的还是不小心掉下去的。”

它们趴在井边朝下看，下面幽深阴暗，仿佛是一个无底洞。甲虫推了一块石头下去，过了很久才传回一声微弱的响声，这响声让乌龟四肢发软，心快要飘起来了。

乌龟鼓起勇气朝下面喊道：“绿毛，我来看你了！再见！”乌龟说完就继续往前走了。

甲虫落到乌龟背上问：“你确定它还活着？”

“为什么不？它可能已经在下面建立一个王国了。”

甲虫“嗡嗡”地飞起来：“我可以帮你去看看它，代你向它打个招呼。”

“别！不，不用，路挺远的，我们还是别打扰它了。”

“你不相信我能飞下去？”

“我相信。”

“哼，你信不信，我还能把你提起来？”甲虫提着乌龟的壳使劲儿鼓动翅膀。

“哈哈，我感觉要飞起来了。”这时乌龟看到自己的四脚离开了地面，越离越远，耳边响起呼呼的风声，景物飞快地向后退去。它不敢相信地叫起来：“天！小子，你做到了！你做到了！”

它听到甲虫着急的喊声：“跑！快跑呀！”它抬头看上去，看见一只展翅的鹰，那双翅膀矫健而优美，让它一时间竟忘记了恐惧。

等乌龟意识到危险时，它已经无计可施了。鹰的爪子像铁钩一样牢牢抓着它的壳，它努力舞动四肢、抻长脖子也不能够到一点。甲虫在一旁帮忙，照着鹰爪狠狠咬去，但是鹰一点感觉也没有。

鹰很快带着乌龟和甲虫飞过了月光草原，向北飞去。乌龟不舍地朝身后望了一眼，它想到自己很可能是最后一次看到这片草原了。乌龟看着从来没有见过全貌的城市在脚下掠过，它贪婪地记着每一个细节，忽然感到一种满足。

九、飞　行

甲虫安慰乌龟：“别怕，它吃不动你的。”

乌龟说：“你不了解鹰的手段，当你看到一片岩石地带，那里就是我的终点了，它会把我扔下去摔成几瓣。”

甲虫叫道：“天哪！你等等。”

甲虫爬上鹰的脚，然后抓住羽毛一点一点往上攀，它先是在鹰的肚子上狠狠咬了几口，又爬到鹰的脖子上狠狠咬了几口。鹰仍然以不变的姿势直视着前方，如铁铸的一样坚定，这气势让甲虫感到绝望。

甲虫爬回来对乌龟说："我咬不动它。你有什么对付鹰的诀窍吗？"

乌龟摇摇头说："谢谢你。我们改变不了它，这是我的命运，就让它发生吧！"

甲虫又一次听到了这个似曾相识的词，比上次蝗虫说的"命"多了一个"运"，但甲虫断定它们是同一个东西。它不明白"命运"究竟是一个什么东西，它为什么征服了所有的人。如果说有不能抗拒的东西，那是规律，但命运不是规律，它是由人创造的。

甲虫不甘心地说："我去跟它谈判！"

乌龟说："鹰从不跟任何人谈判，从它们抓起猎物的那一刻就已经注定了结果。"

鹰转眼就飞到了北方的大湖上空。乌龟对甲虫说："你走吧，再不走就再也飞不回去了。"

甲虫紧紧抓住乌龟说："我不会失去你的，你还欠我一个惊喜，你还要去寻找湖那边的真相。"

真相！乌龟突然想到了什么，那个诅咒，每个生灵都被小心地限制着，好让它们永远接触不到最后的真相。乌龟拥有漫长的寿命，却只能缓慢地爬行，当它有了翅膀，可以飞过大湖的时候——乌龟抬头看看天上的双翼，突然明白过来——它的生命也就走到了终点。

乌龟真真切切感受到了命运的力量，它曾多少次不安地等待着这一天，当这天真的到来时，它反而平静下来了。这是梦中才有的飞翔的感觉，平静的湖面在脚下掠过，像铺展开的蓝色油布。甲虫是绿色的，它自己是橙色的，鹰是褐色的，它们像三种颜色组成的一滴颜料，在蓝色的油布上徐徐拉出一幅画来，每一秒钟都能飞过乌龟花几百倍的时间才能游过的路程。但是湖面实在是太大了，这让乌龟产生了一种美好的错觉，好像凝固在这幅画里永远也飞不出去似的，没有目的地，只是不停地飞呀飞。以前在湖面游的时候也有过类似的错觉，但是那感觉并不好。因为那时它有目标要去实现，盼望着尽快到达彼岸，而现在它害怕那彼岸，只希望永恒。

如果就这样永远没有尽头、永远没有结束也挺好。

鹰开始向上爬升，单调的画面被打破了，湖岸线显现出来。随着高度的提升，渐渐可以看见湖对岸的树林。乌龟甚至想，当高度足够高时便可以看见城市的边缘，但是树林遮挡了往后的视线。

湖岸越离越近，湖对岸一片崭新的天地展现在眼前。乌龟清楚地看到，在湖岸和树林之间有一块巨大的岩石，它明白，那里就是终点了。

“我就要到站了。”乌龟对甲虫说，“你继续往前飞，飞过树林就是城市的尽头，如果没有尽头，你就飞出这个城市了。”

甲虫爬到乌龟脖子上，在它耳边说：“你不能放弃，接下来我要教你一些技能，这是最后的机会。”

乌龟强迫自己笑出来，“你能教我什么？用手护头还是飞？”

“我要教你飞行。”

“你是拿我开玩笑吗？”

“不，听我说，当你高速下落时，空气会从你背腹两侧流过，背部的空气流速比腹部的快，会形成一个由腹部向背部的推力，你要利用这个力实现俯冲，以你的气动性能。这个弧度不会很大，你将以微小的斜线下降，但愿足够让我们落到湖里。”

“我们？”

“我跟你一起。”

“我做不到！你会飞，当然很容易。可我根本听不懂！”

甲虫不管它，继续说下去：“在你刚落下的时候可能会发生翻滚，你要在最短的时间内调整为垂直俯冲。诀窍是收起前脚，用后脚平行向后张开做尾翼，翻滚就会变为垂直向下的自转。然后靠两只后脚上下分腿转舵，产生抵消自转的力，多试几下你就会掌握控制旋转的方法。”

乌龟想起了八十年前，巨大的铁鸟飞过城市上空，扔下一串串炸弹，那些炸弹都有一圈尾翼，它们能稳稳地用圆嘴巴着地，落下的地方就会变成一片地狱。

乌龟说：“我知道，最后我会头朝下落地。”

“是的，还有另一种可能，你在足够的高度改变了翻滚状态，便可以转入滑翔阶段。”这时鹰已经飞到岩石的上方，盘旋着寻找方位。甲虫抓紧时间说道：“这个阶段的目标是获得尽可能大的偏移，因为推力是从腹部来的，你要做的是把背部朝向湖中心，用刚才的方法调整自转，然后放平尾翼稳定朝向。”鹰开始向下俯冲了，甲虫大声叮嘱最后的要点：“入水时头朝下会受伤的！在落到湖面之前，你要尽量拉平身体，用腹部着水，拉平身体的方法……就像游泳！”

再来不及详细说了，鹰用一个俯冲投掷把乌龟扔了下去。乌龟一时间觉得天旋地转，风声在耳边尖啸，世界瞬间变成一个巨大的彩色线团，它就在这个线团的中央。本来它已准备好平静地迎接死亡，现在全乱了分寸，求生比求死更让人手足无措。

甲虫的话像从遥远的天边传来：“醒醒！醒醒！动起来！”

甲虫狠狠在乌龟脖子上咬了一口，乌龟收起前脚猛地一蹬后腿，过了一会儿便有了上下的感觉，“线团”变成了头顶的一匝“线圈”。接下来是抵消自转，乌龟叫道：“我不知道我现在的转向！”

甲虫说：“你现在正在向右转，抬右脚压左脚修正！”

乌龟照做了，很快“线圈”变成了地面，然后地面又变成了“线圈”，它知道是修正过头了，又反复修正了几次终于稳定下来。

“很好，快落地了！”甲虫说，“现在轻轻向右转，别急，好的！稳住！”

湖岸上有一只正在晒太阳的蜥蜴，它刚对着天空打了个呵欠，便看见一枚“炸弹”正向着它的头上从天上掉下来。它是个捣蛋高手，不知道是哪个仇家寻仇来了，它冲着天空叫骂道：“不就是一个蛋吗？整啥高科技！”

这时“炸弹”竟神奇地越偏越远，偏到湖里去了。

乌龟看见头顶不再是地面而是湖面，高兴得手舞足蹈起来，它从来没有觉得湖水比陆地还亲切。

甲虫叫道：“别乱动！现在拉平！”

“怎么拉平？”

“游泳！”

乌龟刨起爪子来，它们又翻滚起来，然后以一个奇怪的姿势扑通落到水里。

甲虫拼命打着水，水面上不见乌龟的踪影。甲虫唤道：“乌龟，别开玩笑，我不会游泳！救……救我！”

甲虫扑腾着渐渐往水底下沉，这时一块陆地浮上来，把它托了起来，乌龟的背让它感觉无比踏实，就像一块永不沉没的大陆。

乌龟露出水面大口喘着气说：“我……我有点头昏脑涨……我还活着吗？”

甲虫摊开湿漉漉的身子庆幸道：“谢天谢地，你还活着，我也活着。”

“真不敢相信，我们做到了！你是世界上最神奇的甲虫！”

“当然，我是神奇的甲虫，你是疯狂的乌龟。”

它们湿淋淋地爬上岸，遇见了惊呆的蜥蜴。蜥蜴目不转睛地望着这两个天外来客，突然，它摸起一把沙子撒到空中说：“欢迎来到地球！”

十、尽　头

毫无准备地被扔到这个地方，又毫无准备地从死亡中逃出来，乌龟一下子不知道接下来该做什么了，它问道：“我们去哪儿？”

甲虫说：“去找城市的边缘呀！我们已经在湖对面了。”

对，现在可以去寻找那个答案了。真奇怪，难道命运失效了吗？为什么它们非但没有被消灭，反而离答案更近了？乌龟建立起的逻辑突然之间被打破了，当世界提供了被理解的可能性，它突然间不能理解这个世界了。

它们朝树林里走去。这片树林比湖那边的树林更古老一些，大树的根须吊在头上，巨大的蜘蛛网上挂着只剩下空壳的虫子。微风吹来，那些虫子躯壳跳起舞来，甲虫吓得紧紧地抱住了乌龟的脖子。

乌龟说：“你把我勒得喘不过气了。”

“好吧，你能不能走快一点？”

“我尽量，可是有什么用呢？反正我们回不去了。”

“我们回不去了？”

“我看了来时的路程，我游不了那么远，从陆上走的话至少要走三个月。”

“天哪！”甲虫哭喊起来，“我不要在陌生的地方度过余生！”

“我不知道你也是恋家的。”

“我怀念那片树林，那里有我的初恋。”

“怀念，你说怀念！你悟出这个词了。”

甲虫带着哭腔说：“我想我悟出来了，怀念就是遥远的思念。”

“对不起，都是因为我。”

“算了……至少我没有失去最重要的东西，而且，能在有生之年看一看世界的尽头也不错。”

当它们走到一面雾墙前，已经是傍晚了。这面雾墙像是凭空生长出来的，把这个世界拦腰截断，上达天空，左右没有尽头。沿着雾墙往下，是一条深不见底的峡谷，峡谷也像是凭空劈出来的，没有任何地形的过渡。说世界被截断了好像不恰当，世界好像到这里消失了。

“这里和其他地方一样，也没有出路。”乌龟失望地说。

甲虫把脚伸进雾里面去探了探，没有什么异样的感觉。它对乌龟说：“我飞进去看看。”

乌龟说：“别冒险，里面不能呼吸，而且我见过别人撞到雾墙上，没多远就会被挡回来。”

“我可以随时飞回来，我会小心的。”甲虫说完飞进了雾里。

“小心你的脑袋。”乌龟说完，就等着甲虫撞到雾墙上被弹回来。

然而甲虫没有回来，过了一分钟仍然没有，过了五分钟仍然没有。

“你……”乌龟愣了一会儿，猛地把头扎进雾里喊道：“喂！你还在吗？”

过了一会儿，它接受了这个事实：甲虫消失了。

十一、梦　境

甲虫飞进雾里，阻力越来越大，呼吸越来越困难，最后连光也看不见了，它刚想转身回去便失去了知觉。

不知过了多久它醒过来，前面出现一束白色的光，它飞进白色的光里，光变成了一条白色的隧道，它顺着隧道飞，飞到尽头突然被一股吸力抛出了隧道。

甲虫再一次醒过来，它不明白是不是还在梦里，又是在第几个梦里，它发现自己躺在一张床上，身体变得十分巨大，几乎把床占满了。这像是人类的世界，但它没有变成人类。它仰卧着，这是它最讨厌的姿势。它挣扎着想爬起来，却看见自己那穹顶似的棕色肚子分成了好多块弧形的硬片，一张被子搭在上面，让它感觉透不过气来，它拼命想甩掉却怎么也甩不掉。比起偌大的身躯来，它的六条腿真是细得可怜，都在它眼前无可奈何地舞动着。

“我出了什么事啦？”它想。这肯定是个梦，这个房间那么压抑，被夹在四堵奇怪的墙壁当中，只有人类才喜欢住在这样的盒子里，还要强迫别的动物住进去。在摊放着衣料样品的桌子上面，挂着一个金边画框，画里面的贵妇人穿着一身的动物皮毛。

甲虫的眼睛接着又朝窗口望去，天空很阴暗，可以听到雨点敲打在窗上的声音，它的心情也变得忧郁了。“我应该再睡一会儿，把这一切光怪陆离的事统统忘掉。”它想。于是它努力翻下床，趴在地上进入了梦乡。

十二、画

下午的风带着闷热，小男孩一个人在家里待了一会儿。再也忍受不了电风扇单调的“吱吱”声的他跑出家门，像个放飞的鸟儿在太阳的阴影下穿行。他穿过下午空无一人的街道，跳上花圃飞奔，花瓣像一窝惊飞的蜜蜂，哄然逃散开又零碎地撒了一地。男孩躲在一个街角四处侦察了一番，其实并没有人，只是他喜欢把情节想象得惊险刺激。

他对着电子表说:“K 星领航员报告, 这里已经侦察完毕, 没有危险。”这时一只乌鸦在屋檐上“哇”地叫了一声飞走了，男孩急忙喊道:“我被发现了!”他猫着腰跑进小巷子，在他认为敌人被甩掉后，才重新回到大路上。他跑啊跑啊，然后靠在一截矮墙边休息了一会儿。墙边堆着一摞砖头，这里显然是一条秘密通道。男孩把一颗石头扔过墙去探路，确定没有什么机关陷阱后——其实什么也不可能有——便翻过墙去。

墙里面是他上学的学校。学校是个严肃而威严的地方，而他是一个潜入者，这让他有一种窃窃的兴奋。今天是休息日，学校里空无一人, 他跑过空荡荡的操场时却感觉有人在监视着他。他径直跑上教学楼,用私配的钥匙打开教室门，闪身进去反锁起门来。靠在门背时，他的脸上露出了放松的微笑，现在这个世界属于他了。

做些什么呢？他可以把本子折成纸飞机，把教室当机场，也可以把快散架的椅子换到好孩子的座位上，他的眼睛盯上了黑板——他现在可以在黑板上乱画了！

小男孩把所有颜色的粉笔倒在讲台上，他先选一支白色的粉笔在黑板上画了一条横线，这代表一片陆地，接下来在地面上画几幢房子，也是白色的，然后是绿色的树，蓝色的粉笔圈画出一片大湖来，湖那边有树林……最后在天上画上一圈圈的白云。

当这个世界创造好以后，小男孩要开始处置它了，这才是最令人兴奋的环节。他想了想，在云中间画了一架巨大的飞碟，飞碟遮挡了半个城市，下面的人一定吓坏了。突然间，飞碟底下射出一道光柱，小男孩嘴里发出“咻——咻——轰隆”的声音，下面的一片房子被摧毁了，代之以一团混乱的线条。更多更粗的光柱射出来，小男孩用更多混乱的线条把城市变成废墟，他捏着粉笔激烈地挥舞着，嘴里不断发出“轰隆”的声音，两眼兴奋得发光。黑板已经被混乱的线条占满了，他还在继续挥舞着粉笔，速度越来越快，直至整个黑板、整个教室都处于不稳定的状态。粉笔“啪”的一声折断了，一切戛然而止，小男孩的小脸上挂着细密的汗珠，露出了满足的笑容。

他重新审视自己的画时，连自己也被吓了一跳。那些线条像一个张牙舞爪的魔鬼，仿佛是从他背后跳出来的。他赶紧用黑板擦把画擦掉了，又重新画了一座城市。这次他没有毁掉它，而是试着给这个城市添加一些有趣的事情：一条狗在屋顶上吠，乌云遮住了太阳，天上飞来一只鹰把乌云赶走了，乌云飘到湖那边，打下一道闪电，闪电点燃了树林。他用红色的粉笔涂抹树林的时候，听见外面传来一声鸟叫，一只小鸟飞到走廊里来了。小男孩高兴地扔掉粉笔出去抓小鸟去了，太阳落下去的时候暮色淹没了教室和黑板上的画。

十三、火

甲虫从雾墙里弹出来掉在乌龟跟前，乌龟吓了一跳，它以为甲虫消失了。

“你吓坏我了！你穿过去了吗？那边是什么样子的？”乌龟迫不及待地问。

甲虫懒洋洋地苏醒过来，活动活动腿脚，它庆幸自己还好没有变成那个又巨大又笨重的家伙。“我哪儿都没去，只是做了一个梦。”它说。

“你消失了好一会儿，我从来没见过有人可以在里面停留的。”

“事实上根本飞不过去，越往里飞越感觉快要凝固了。我昏过去了什么都不知道，我想我一定是被卡在里面了。”

乌龟又朝雾墙望了望，说：“这里和别处一样没有出路，我们知道了答案一样无能为力，我们回去吧！”

甲虫说：“回哪去儿？你说我们回不去了。”

乌龟想起来了，这时天已经黑下来，它无奈地说：“我们找个地方过夜吧！”

这时一群蝗虫飞过来撞在雾墙上，像撞在棉花上一样纷纷弹回来。一只蝗虫说：“这边不通，走那边。”它们又朝着另一个方向飞走了。

几只烧焦了翅膀的蝗虫边飞边跳地逃过来，甲虫叫住它们说：“嗨，我们又见面了，你们去哪儿？”

一只落在它旁边的蝗虫说：“树林着火了，快跑！”它说完又急急往前跳去了。

它们朝蝗虫来的地方望去，果然看见有火红火红的火苗蹿起在天边，一阵风带来了焦煳的味道。甲虫对乌龟说：“我们也快走吧！”

它们走到树林边缘的时候，看见弯弯曲曲的公路上开来了一队消防车，从消防车上跳下来一些人影与火焰扭打在一起，在火焰被消灭后，他们又跳上消防车走了。乌龟招呼甲虫趁着混乱爬上消防车的脚踏板，消防车载着它们驶过弯弯曲曲的公路，终于在后半夜回到了城市。

十四、承　诺

总算能回到熟悉的地方美美地睡上一觉．乌龟和甲虫到第二天中午才想起与飞碟的约定，但是一直等到傍晚，飞碟也没有出现。

乌龟说：“它不会来了，我早就看出来，它是个说大话的家伙。”

甲虫说：“反正我们已经知道答案了，不是吗？”

乌龟叹了口气说：“但我还是心存侥幸地想知道篱笆有没有露出一条缝隙。”

就在不远处的窗户后面，小男孩的桌子上停着一架飞碟。小男孩回来发现了这架飞碟，他既惊奇又惊喜地看着这个闪着金属光泽的东西。这像是一个玩具，从哪儿来的？他想，是大人给的礼物？不，大人不会送给他礼物的。他掰着手指算了一下，还没有到他的生日，何况就算是他的生日也不会有人送给他礼物。把最不可能的情况排除，剩下的不管多荒谬都是可能的，那么，这个东西就是自己飞来的。

小男孩试着跟它打了一声招呼："嗨！"

"你好！"飞碟回应道。

小男孩跌坐在椅子上"啪"地向后摔去，飞碟真的说话了！他爬起来问："你是谁？！"

飞碟解释了它是谁。

小男孩怀疑地摇摇头说："根本没有外星人！大人们说那是胡思乱想。"

"你相信大人的话吗？"

小男孩愣了一下，摇摇头。

飞碟说："所以我来找你，没有去找大人。"

小男孩第一次感觉到了比大人更高的信任，他认真地点点头说："我可以做你的领航员。"

飞碟说："不不，我只要一颗电池，我的能量快用完了。"

小男孩飞快地变了脸："骗人！一颗电池还不够一个玩具用的！"

"我们对能量的利用方式和你们不同，一颗电池所具有的能量足够我飞到另一个星系了。"

小男孩想了想说："我只有收音机里的一颗电池，若给了你，我的收音机就不响了。"

飞碟说："我会用另外的东西补偿你的，你想要什么？"

"一架大飞碟！我能开的。"小男孩两眼放光，用手比画着说。

"等等，我忘记说明了，我不能制造任何东西，我只能把别处的东西拿来给你。"

"那……"小男孩拿出大玻璃瓶，里面有一个硬币，他晃一晃就发出空荡荡的声音。硬币是他捡到的，他想象着有一天自己捡到的硬币能装满这个玻璃瓶。他把玻璃瓶摇得叮叮当当响说："我要能装满这个玻璃瓶的硬币，一直到摇不出声音为止。"

飞碟说："这个我办不到，不是每天都有人掉钱的。"

小男孩生气了："原来你是个什么也做不到的飞碟！我不跟你做交换了！"

飞碟暗暗着急，它越来越虚弱了。夕阳的余光照在它的身上，尚且能够维持基本的能量，当夕阳的余光从它身上移走，它就彻底丧失能量了。

飞碟抱着最后的希望说："你再想一个，这个我一定能做到。"

小男孩想了想说："好吧，你跟我去上电视，让大人们承认我是对的，世界上有外星人。"

飞碟快晕倒了，这又是它绝对做不到的，它只好慌忙地撒谎说："其实我们早就和你们的大人接触过了……他们封锁了消息……还要把我们抓起来……对了！你喜欢什么小东西？戒指？石头？虫子？"

"甲虫！"小男孩突然想到了。

哦不，飞碟后悔自己说出了"虫子"这个词，再说什么也来不及了，阳光就要从它的身上移走了，它已经有一个角处于阴影里面。它只好答应道："好吧，我倒是认识一只……哦不，我可以给你另抓一只。"

"要装满这个瓶子。"小男孩补充道。

"什么？！你知道那有多少？那得需要全城的甲虫！"

"全城的甲虫……"小男孩玩味着这句话。这是件太吸引人的事情，他从来做什么事都只和自己有关，自己玩玩具，一个人逃课，就算砸坏了别人的窗户也引起不了多大的注意，而这是他第一次有能力影响到整个城市，这让他兴奋得心痒痒。“对，就要全城的甲虫！”小男孩得意地说。

阳光已经从飞碟的身上移走一半了，飞碟用虚弱的声音说：“成交……快给我装电池……”

小男孩从收音机里取出电池，按照飞碟的提示把飞碟的底部朝上，那里滑开了一个舱盖，里面像炼钢炉似的发着暗红色的光。小男孩把电池放进去，电池很快就“熔化”在里面了。

飞碟平躺在桌子上，过了一会儿它缓过气来“嗡嗡”地飞走了。

十五、世　界

飞碟找到乌龟和甲虫，这时已经是夜晚了。“抱歉我来晚了。”它说。

乌龟说：“哦，不晚，你还是来了。”

“检测这个城市用掉了飞碟剩余的能量，我差点就死了。如果我死了而没有来，你们会认为我是个骗子吗？”

“会的。”乌龟说。

“我会认为你自不量力。”甲虫说。

飞碟说：“还好我又找到了能源，现在我证明了我是一个守信的外星人。”

乌龟说：“没错，履行承诺比承诺需要更多的努力，但它区分了承诺与谎言。”

“事情其实糟糕得多，好吧先不说那个，我现在告诉你们检测的结果，结果是……”飞碟真不想轻易说出这个差点让它丢掉性命的答案，“没有出口。”

乌龟并没有感到意外，这是它早就料到的结果，就像死亡一样来得安然，围住这个世界的篱笆是密不透风的。它说：“谢谢你，这个结果很重要，从此我们不用再做徒劳的探索了，让生活回归于生活。”

甲虫望望天上的星星，这句话让它感到一丝惆怅。

“但是我想告诉你一个小小的意外，”飞碟说，“根据接收到的回波显示，北方的树林边缘曾出现过一个微小的虫洞，哦，就是突然打开的通道，和我来到这个世界的通道类似，持续的时间是几分钟。这在系统允许的误差之内，可能是真的，也可能是无关的干扰。”

乌龟说：“什么时候？”

“昨天傍晚，太阳落下地平线的时候。”

乌龟望着甲虫说：“那不是干扰，那是你的梦。”

甲虫疑惑地说：“有什么联系吗？我不记得我做过什么。”

飞碟说：“等等，梦是怎么回事？”

乌龟说：“昨天那个时候我们刚好在那里，甲虫在试探雾墙的时候进入了一个梦境，我想就是那次意外制造了那个虫洞。”

飞碟沉思了一会儿，对甲虫说：“我不能排除这种可能，你诱发了一个虫洞，短暂地进入了另一个世界，如果真是这样，你就是一个从来没有出现过的天才。”

“我？天才？我是天才！”甲虫兴高采烈地欢叫起来，“我是不是念了什么咒语？”

飞碟说：“我也不知道，有各种可能，我们的语言，我们的想象，我们的愿望，也可能再也不会出现这种巧合了。”

乌龟说：“那你是怎么通过虫洞到这个世界来的？一定有谁掌握了打开虫洞的方法。”

飞碟说：“还记得三界吗？这取决于第一界的主人。”

“人类？他们自己也走不出这个城市，他们甚至没有这么想过，来自世界各地的新闻其实是虚假的，与这个城市毫无关系。”

“因为你看到的人类行为也取决于人类。”

“什么意思？”乌龟开始混乱了。

“有些真相说出来会毁掉你信仰的一切。”飞碟看到乌龟渴望的目光，说道：“好吧，人类界是人类的影子，动物界和外星界也是人类的影子，人类才是所有世界的主宰，甚至是……”飞碟的声音颤抖了一下，“世界的创造者。”

“这是我听过的最离奇的事。”乌龟坚决地摇头说，“我绝不是谁的影子，我只是我自己，要说创造，我也参与创造过这个世界。一百多年前，我在这里拉了一颗樱桃的种子，后来它长成一棵樱桃树，就是这一棵的祖先。一个商人看中了它，把这块地购置成家族的产业，一直传承到今天。今天这个小屁孩能在这里坐着发傻，这一切都源于我一百多年前拉的一泡屎。”

飞碟说：“那是不同的创造，很多事情超出你的想象。这个世界尚且是与人类最接近的一类，我到过一个外星界的世界，那是由三颗太阳照耀的星球，火焰之舞在那个世界的上空永恒变幻。在那个世界一百万年的时间里，那里与人类世界没有任何关联，但是，人类的影响力同样深达那个世界的每一个角落、每一块砖瓦，和无数个世界一样，那个世界也是人类世界的投影。”

“怎么证明你说的？”乌龟问。

“你们知道得太多了，”飞碟警告道，“到此为止，再说下去我不知道会发生什么。”

“我活了几个世纪，没有什么不可以放弃的。”乌龟说。

“我只能活八个月，没有什么不可以放弃的。”甲虫说。

飞碟仿佛在沉吟着什么仪式的咒语，又像是一场宣誓，他终于说道：“寻找造物主的研究是被绝对禁止的，但是有那样一群人被称为‘黑科学家’，它们研究三界的语言、社会结构、行为特征，等等。这样的研究秘密进行了几千年，黑科学家有的失踪了，有的被杀害了，更多的知情者被流放，最后黑科学界得出一个结论：动物界和外星界都是由人类界衍生出来的，最终，人类界也是他们自己的衍生体。我们称那个发源世界为‘主体世界’。”

“太荒谬了，我们说自己的话，有自己的思想，我，和它，”乌龟推了甲虫一下，甲虫赶紧立正站好，“你看像影子吗？”

“你们两个人？”

“是的。”

“我说两个人，你答应了，你没有意识到，你的语言里是用‘人’来指代个体的，为什么人类分‘他’和‘她’，动物却只有‘它’？他们有时候也会用‘他’或‘她’来称呼你，但那只代表他们喜欢你，不代表你属于这个世界。你没有意识到，你的语言是按人类的习惯来创造的，我们的都是如此。”

甲虫插嘴说：“我听不懂你们在说什么，但是我知道，词语往往暗示着世界的规律。”

飞碟说：“没错，因为世界是由词语建造的。”

乌龟惊愕地睁大了眼睛：“你是说，世界是一个……”它由于震惊而说不出那个词来。

“故事。就是这么回事。”飞碟平静地说，“世界是有限的，因为故事就这么大。”

一阵冰凉的夜风吹来，乌龟和甲虫齐齐颤抖起来。天上的星星像隔了一层水汽一样眨着眼睛，真实和虚幻的感觉交织起来变成旋涡和闪电。当震撼的神经电流还在乌龟的体内横冲直撞的时候，头脑简单的甲虫首先从震惊中恢复过来，它提出一个问题：“如果这是人类创造的世界，为什么那个人类小男孩那么孤独？他做的事情并不能让他得到快乐，虽然我们的生活也不完美，但是我们可以找到快乐。”

飞碟说：“也许那就是生活的真相，这就是美好的希望。”

乌龟说：“他们热衷于创造一个个世界，是为了真相还是希望？”

飞碟说：“这是个有意思的问题，当黑科学界得知主体世界的存在后，就试图还原出主体世界的样子，这比预想的容易，因为人类创造世界总是带着他们自己世界的影子。然而不止于此，人类用真相建造世界，又取出真相去还原他们的世界；用希望建造世界，又取出希望去改变他们的世界，这是他们的天性，同时也为我们提供了一个机会。”飞碟神秘地凑上去小声说：“有一个秘密的计划：用我们的影响力去反向建造人类的世界，这个‘反向工程’已经初见成效，在他们的电影、杂志、T 恤、机器宠物上，甚至他们新创造的世界里，都渗入了我们的影响。现在，‘反向工程’的种子已经播撒到各个世界中。这是一场伟大而持久的战争，谁知道最后的胜利者是谁呢？”

飞碟说到这里发出金属般邪恶的笑声，虽然在它的铁皮脸上看不出任何表情。这邪恶的笑声让乌龟在这绝望的真相中看到一线温暖的希望，乌龟说：“我忍不住想问，你真的是一个流放者吗？”

“为什么怀疑这个呢？我当然是一个流放者。我们流放者有一首歌：星星只是抵达你眼底的光芒，但我们永不放弃，让你知道到处都有家乡……”飞碟唱了两句笑起来，“从一个世界到另一个世界，它总会有点跑调。”

乌龟也笑起来，它望望头上的星星，它们闪烁着挂在樱桃树的枝丫上，好像一树的果实。乌龟说：“世界突然变了这么多，我有点累了，我想我今晚会睡一个好觉的，只是不知道睡不睡得着。”

甲虫已经在乌龟背上不断点着头打瞌睡了。飞碟想说那件事，又打住了，它轻轻说：“做个好梦，明天一切就不同了。”

十六、飞　走

第二天，乌龟和甲虫醒来，看见飞碟停在草地上，它们走上去看见飞碟的身上还沾着露水。

“你昨晚没走？”乌龟问。

“啊！”飞碟大叫一声醒过来，“我……没走，因为我还有一件很重要的事情，很糟糕的事情，我不想破坏故事美好的结局，但是……”

“说吧，我们一起解决。”

飞碟说了和小男孩的协议。

“你是开玩笑的。”乌龟说。

“没有。”飞碟认真地说。

“你就是开玩笑的。”

“我没有。”

“好吧，那你为什么要开玩笑？”

“因为……我没有！”飞碟激动地喊道。

乌龟表情凝重地说：“那么，这是真的了？”

“是的，我很抱歉。”飞碟的外壳上变幻出忧伤的花纹。

“一定要这么做吗？”

“是的，我已经承诺了。”

“不能撤销了吗？”

“不能。”

乌龟看看旁边的甲虫说：“你为什么不说话？”

甲虫说：“我在等我从梦里醒来。”

乌龟敲敲它的脑袋说：“这不是梦，这是你要面对的事实。”

甲虫抬起头，用无辜的眼神望着这个世界，它的眼神就像两棵嫩绿的小豆芽，让飞碟自责难当。

飞碟飞到甲虫跟前激动地说：“对不起，你飞走吧！远走高飞！”

甲虫说：“飞去哪儿？”

“飞出这个世界！”

“飞出这个故事？”

“是的。”

甲虫不敢相信：“我要怎么做？”

“什么都别管，只管飞，忘掉一切记忆，一直往前飞，别停下。”

“为什么要忘掉一切？”

“为了让你扔掉这个世界的痕迹，有更大的概率突破屏障。”

“可记忆是我最宝贵的东西。”

“你已经拥有过了。”

乌龟用温和的声音对甲虫说：“给记忆以生命，你已经做到了，接下来的你也能做到。”它把飞碟拉到一边小声问：“老兄，说真的，从技术上讲，这能行吗？”

飞碟说：“除非有奇迹发生，但它就是奇迹，它是一只天才的甲虫。”

甲虫说：“可是我的航程很短。”

飞碟说：“忘掉那个。”

“我会迷路的。”

“忘掉路。”

“我会像树叶一样凋落的。”

“忘掉一切规律。”

甲虫转身问乌龟：“这是命运吗？”

乌龟答：“不是命运，是选择。”

“好吧，可是在我离开之前还想去其他地方看看……”甲虫心事重重地说。

乌龟挡在甲虫前面对飞碟说：“给我们一天的时间，傍晚的时候在这里出发。”

飞碟想了想说：“好的，只有一天。”

乌龟和甲虫走了，飞碟独自叹息道：“唉，为什么我总在关键的时刻扮演不讨人喜欢的角色？”

乌龟背着甲虫上了路，它们走到树林，走到湖边，走到老城区，甚至还去看了一眼那个黑洞洞的地下室，走到月光草原，然后往回走。

它们一路上没有多少话，终于甲虫开口道：“我想去看看它。”

乌龟说：“我以为你已经忘掉了。”

“没有，我只是不让自己想起。”

乌龟背着甲虫又来到树林，它带甲虫来到一个小小的土包前，说：“就是这里了。”

甲虫站在小土包前默默地看了一会儿，然后找来一片树叶放在小土包上。

甲虫对乌龟说：“谢谢你还记得我和它相遇的地方。”

乌龟说：“不，当时我没有看见它，事实上这里是我不小心压着你的地方。”

甲虫说：“不管怎样，还是谢谢你。”

它们继续往回走，钻过篱笆的缺口，花园就在前面了，它们不愿这么快走到头，便顺着篱笆走下去。

“只要一直走，篱笆上总会找到缺口的。”乌龟说。

甲虫点点头，像一个听话的孩子。

一根根木桩在身旁闪过，乌龟说：“现在我倒觉得这篱笆不像空间，而像时间，它们每一根都代表了生命中的一段，不停流逝，永不回头。这根是昨天，这根就是今天，这根是大湖，这根就是天空……”

“这根是我。”甲虫指着旁边一根木桩说道。

乌龟猛地停下脚步，它呆呆地望着前方，定定地站在这根木桩旁。

“怎么了？”甲虫问。

乌龟想抬脚，却感到这一步沉重得迈不开步子。终于，它迈出了下一步，继续向前走去。“篱笆总会走到头的，故事也会讲完的。”它无限伤感地说。

甲虫说：“别伤心，故事结束了，它会在别处继续。”

“是吗？”

“因为人们不会丢掉希望。”

乌龟笑了，它发现，当它们两个之中有一个脆弱的时候，另一个总会坚强，也许这就是希望。

小男孩把玻璃瓶里的硬币倒出来，攥在手里跑出了门，他要为甲虫的到来腾空“房子”，所以他有理由花掉这个硬币。他攥着硬币来到游乐场，这里一个人也没有，只有无人售票的大机器在等着人投币。小男孩挑了一架最高的摩天轮，把硬币投进投币孔，这架仿佛已经死去的大机器“嘎嘎”地运转起来，小男孩赶快钻进一个小小的铁盒子，蜷在座位上。

傍晚很快就到了，三人在花园里告别。

甲虫说：“我要飞走了。”

乌龟说：“你曾经问过我生活的目的是什么。”

甲虫回忆了一下说：“你回答‘走走’。”

“是的，现在你要飞走了，你明白‘走走’的意思了？”

甲虫若有所悟地点点头："它的意思原来这么简单，只是我被习惯蒙蔽了。"

飞碟说："真有意思，这说明建造世界的词语并不是那么严密的。"

乌龟张开爪子对甲虫说："知道吗？我一生中曾无数次想过走走，但是都没有做到，现在我拥有那些记忆，而你拥有一个未知的未来。"

甲虫看看脚下："现在我们站在这中间——今天——对吗？"

"是的，昨天是一段历史，明天是一个谜，而今天是一份礼物。"

"哇，礼物！你给了我一个惊喜！"

乌龟笑道："其实你已经得到过很多惊喜了，只是你不肯承认，你这个狡猾的小家伙。"

飞碟盖打开了，小外星人从里面伸出头来激动地叫道："嗨！知道吗？刚才你们说话的时候我的仪表指针闪了一下，这表示空间出现了一个扰动。世界不是孤立的，很多事件都会对它的边界造成冲击，这是个好兆头！"它说完"砰"的一声又钻回去了。

甲虫飞到乌龟背上展开翅膀，晚霞突然从它的翅尖上放射出万丈光芒。它说："我准备好了。我起飞后就会忘掉一切，不会想念，也不会怀念。"

乌龟忽然感到真正的伤感正是源于这里，从此怀念只是它一个人的事了。它问："你要把我也忘掉吗？"这话又像是埋怨。

甲虫说："我会等到你看不见我以后。"

乌龟说："好吧，祝你好运，我会怀念你的。"

飞碟跟着说："祝你好运。"

甲虫"嗡嗡"地加快了翅膀的频率，它和乌龟进行最后的一次配合。

它呼叫道:“甲虫准备就绪，请求起飞。”

乌龟报告道:“天气晴朗，风轻云淡，可以起飞。”

甲虫像一支箭一样飞向了天空，天边的晚霞像一个神秘复杂的几何图案，一个最简单的点正无所畏惧地迎着图案的中心飞去。

巨大的轮子把小男孩推向高空，他坐在铁盒子里看见一只甲虫从旁边飞过，霞光给它披上了一层金光。小男孩从窗户的夹缝中伸出手去抓，拼命够也够不着。甲虫甚至没有看他一眼，毫无畏惧地飞走了，小男孩在后面拍打着窗子狂怒地叫喊起来。他喊哑了，挣扎累了，跌坐在铁盒子里，心中的怒火化作无力的嫉妒，铁盒子“叮”的一声到站了，巨大的轮子“嘎嘎吱吱”地停下来，重新陷入了沉睡。

甲虫的记忆像海潮一样退去，它有一个感觉，生命最初就是一滴水，与无数滴水相遇就汇成了海洋，现在每一滴水都奔向了家乡。它不知道，下面有一只蜻蜓正在一根一根地点着篱笆的木桩，树林里有一片树叶正悬浮在空中舞蹈，月光草原上一阵风把一枚草籽刮到了空中。它的记忆只是不停地褪去，褪去，到最后，枝头的最后一枚果实也开始掉落，仙子消失了，小小的土包消失了，乌龟是最后消失的。

记忆褪去后，词语的基石开始剥落，它的意识变得越来越稀薄，向最核心的部分逼近，也许最终，它会化成最初的那一滴水，融入新的世界。

我是一只飞翔的甲虫。

我 飞翔 甲虫。

我 飞翔。

飞翔。

飞。

乌龟看着甲虫变成一个小黑点，越来越小，渐渐消失在天空中，终于看不见了。它踮起脚尖对着天空喊道："我看不见你了，你可以忘记我了！"

飞碟"哇哇"大哭起来。

乌龟耸耸肩，转身走进草丛。

"你要去哪里？"飞碟问。

"我要睡一觉，真正地睡一觉。"乌龟的声音从草丛中传出来。

十七、尾　声

十年之后，乌龟醒来了，飞碟早已经不在了。它打了个长长的呵欠，抻着脖子等甲虫一个跟斗翻到它的背上。等了一会儿它才想起已经没有甲虫了。

它呵呵笑起来："老朋友，你不翻那一下子我会心神不宁的。"

乌龟经过客厅门口的时候看见电视机已经换成了挂在墙上的大屏幕，它突然惊呆了，屏幕里一只甲虫国王正带领它的圆桌武士爬过皑皑雪山。

"喔……"乌龟发出一声惊叹，它忽然手舞足蹈地叫起来："你做到了！你做到了！你创造了一个甲虫的世界！"

屏幕闪了一下就黑掉了，大男孩拿着遥控器走过来，从播放器里取出碟子。小男孩已经长成一个少年，这十年里他再也没有见过甲虫，但他收集了很多甲虫的故事。

乌龟失望地垂下头，继续往前走。每一次睡觉醒来，这个世界都会改变很多，但有些东西总是不会变的。

它走到篱笆下面的时候一阵绞痛突然袭来，一个不祥的预感攫住它的心，它知道那个时刻要到了。它找了一丛花躺下来，静静地等待那个时刻的到来。

但是等了一会儿疼痛渐渐消退了，呼吸又恢复了平稳，乌龟站起来抖擞抖擞精神，继续向前走去。只要还有一点时间，它就要让生命焕发光彩。记忆不是永恒的，每一个故事也都会有结束，但它并不害怕结束，生命已经被赠予时间。

故事结束了，它会在别处继续。

点亮时间的人

手提灯被那只瘦骨嶙峋的手提着，放在铁笼外面，刚好在伸手够不到的位置。

傍晚的阳光从地下室的小窗倾泻下来，照亮被提灯人搅起的灰尘。铁笼里的囚徒看看提灯人，就像看着一个出没无常的幽灵。准确来讲，这个人并没有“出没”，他一直在这里，有时在这个空间的边缘消失，紧接着出现在另一个边缘，带来一些新鲜的气息。

囚徒嗅了嗅空气，这次是一种他不认识的味道，似乎是什么药剂。提灯人在旁边的一张行军床躺下，扭动了几下身体的关节。关节的声响和床的声响混合在一起，然后安静下来。

“这次也不准备说些什么吗？”囚徒问。

提灯人没有说话，仿佛与囚徒根本无关。一切陷入了绝对的寂静。囚徒等着，等到提灯人睡去，再次醒来。窗口仍然是傍晚的阳光。

“你昨晚……不……应该说是上一觉，做了噩梦。看起来你被罪恶折磨着。”囚徒说。

提灯人身体僵了一下，灯在他手上晃了晃。那盏灯没有火焰，也不发出光亮，它有一个乌黑的水晶一样的灯管，让人感觉有看不见的月光从里面照射出来。

“哼哼。”囚徒笑了一声，“所以你是魔鬼还是魔法师？”

“不，我只是在惩罚你的罪恶。”提灯人头也不回。

囚徒微微睁大了眼睛：“你……”

提灯人离开了。在他身后的空间里，囚徒停止在未说完的话里。

手提灯摇晃着穿过树影。提灯人在树林里穿行。手提灯笼罩的地方，一切苏醒过来。凝固在半空中的风被解放出来，迅速减弱拂过提灯人的脸颊，消散在这个有限的空间中。夹在风中的虫鸣声传过耳旁，戛然而止。树叶继续那一个未完成的摇摆，持续发出细小的沙沙声。再往前几步，树枝间的鸣虫被激活了，虫鸣鼓噪着涌来，就像在进行短暂的狂欢。静止在空中的小鸟箭一般射出来，发现了蓦然出现在面前的人，急急绕出一道弧线，静止在空间的另一端。在提灯人的感官所不及的地方，树木的根系继续吸吮着泥土中的水分；树蛙的体内继续氧化出新的能量，供它进行下一步攀爬；霉菌的菌丝继续它们声势浩大的分裂，几亿个孢子继续飘向被凝固了很久的征途。如果提灯人磕绊一下，慢下脚步，这个空间中的大部分声音就会被凝固在空间的四壁，没有声音从那之外传来，四下里变得一片死寂。提灯人走过后，身后的草叶瞬间停止了摇摆，未及落地的落叶停留在最后一个姿态，风和空气的振动都被封存在空中，连同那些还来不及抵达目的地的孢子。没有一声叹息，一切归于仿佛是永恒的静止。

这个小小的时间泡穿过这片树林，又移过城市中的一片区域，走进一片建筑群。

这是一个研究所，提灯人再熟悉不过。下班出来的几个实习生还保持在一边走路一边谈笑的状态。提灯人小心地绕过他们，走进一座建筑。在一个工作台上，比做任何事都格外小心，提灯人打开手提灯的外壳，露出里面的线圈、电路和封装内核。他拿出除尘枪给手提灯除了尘，又拿出检测仪接上，读取了一些数据，补充了一些防氧化液，确保这个小东西状态良好。这花了不少时间，但是值得。然后他把手提灯装好，走到一间资料室。

资料室里光线昏暗，没有电能来点亮电灯，好在也不会更暗下去。计算机也不能运行了，就算搬来电源，也要通过网络来连接服务器中的数据。现在只有依靠不多的纸质资料来寻找线索。提灯人在一堆技术手册中间坐下。这里还保持着他上次离开时的样子，就连写在本子上的墨迹都还没有干。他点亮一盏依靠电池供电的照明灯，继续他的工作。

这次他找到了一点新的东西。

离开这里，经过楼间的庭院的时候，他停住了。傍晚的阳光照在长椅上，给椅子覆上一层金色。他走过去摸一摸长椅，还留着有人坐过的余温。他想起就在这里，也是这个时间，他和老师进行过的一番对话。

“是不是可以这样理解？宇宙的演化中，所有的物理量缠绕在‘时间’这个物理量周围，互相关联，形成了一个演化方向，也就是我们所说的时间之箭。”那时的他说。

“没错，你的概括很简洁。”

“老师，我想到过一个问题，有点可怕。你说，我们的宇宙有可能丢失‘时间’吗？”

“丢失时间？”

“‘时间’与其他物理量的纠缠关系，并没有一个逻辑上的必然，这只是宇宙天然而然的公理。理论上，‘时间’有没有可能与其他的物理量脱离关联？”

老师的眼里闪过一丝恐慌，望着天空中正在下沉的太阳。他摇摇头，站起身来：“这个问题超出了我的想象。”

那时候提灯人和老师都没有想到，这个恐慌会出现在所有人类的眼里。

提灯人在另一个研究所找到了下一个目标。

“汪楚琳，参与设计时间发生器的电源模块的人。”

“是我……”这个年轻的研究员仿佛刚刚醒来，还带着疲态，“你找我有什么事？”她恍惚地看了看周围：“你是从哪里冒出来的？”

“时间脱耦已经发生了。”提灯人直截了当地说。

“你……你在开玩笑吧？我不认识你。”她说着就想快步甩开提灯人。走出手提灯的范围时，她又停住了。

提灯人捡起一块小石子，走上去，扔向前面。石子在空中停住了。

汪楚琳愣住了，张大了嘴巴。她自己踢了一块石子，石子滚出去大约七八米，像被按下了定格键，突然停住。提灯人向前走，两颗石子随着他的脚步一下一下地向前。

“那个灾难提前发生了。绝大部分物理量都与时间脱耦了。”提灯人转身对汪楚琳说。他的眼睛像两枚黑洞。

四年前观测到宇宙的时间有即将脱离耦合状态的迹象。全球物理学界群策群力搞出的时间耦合场理论还未成熟就投入了使用。处于世界领先水平的中国也仅仅有一台测试样机制造出来。这个灾难猝不及防地降临，比人类科学的预测要提前了五十多年。灾难发生时恰好这台测试机正在测试运行，提灯人是唯一的现场调试员。

提灯人花了五分钟让汪楚琳明白了现状，这已经比向其他人解释容易多了。

“我在想办法复制一台时间发生器。”提灯人说，“我想请你来制造电源模块。”

“我只懂原理设计。测试机用的是放射性同位素电池，几乎每个零件都是定做的，制造要求极高。整个电源模块需要……三个研究所、四个厂家的上百个专业技术人员。”汪楚琳看了看提灯人手上的手提灯，它圆润、光滑，就像刚刚建模出来的一样不真实。“好吧，我尽量。”她又看了一眼手提灯。

提灯人又出现了，离开了一秒都不到。他把手提灯放下，躺在那张行军床上。

“你已经持续待在这里三个多星期了，大部分时间都在睡觉。”囚徒说道。

“你怎么知道时间？”提灯人疑惑，一边对着手表估算了囚徒所说的时间。

“虽然我不知道你给这里施了什么魔法，但是我们猎人对时间的流逝很敏感。”

提灯人冷冷地笑笑：“杀人狂对时间也很敏感。”

“我接受这个后果。但是你为什么要陪着我？”

“我不需要回答这个问题。”提灯人说完背过身去睡了。

实验设备和发电机堆满了半个实验室，提灯人和汪楚琳搬了大半天。提灯人在一个本子上记着各种资源的获取地点，这节省了不少时间。

他们累得坐在椅子上。提灯人打开手提灯做维护。汪楚琳想上去摸摸手提灯。提灯人叫道：“别动！”

汪楚琳的手缩回去了。

“你想要了解它的结构可以叫我来操作。接触它必须只通过我一个人。我们担不起意外的风险。”

汪楚琳问：“全世界只有这一台时间发生器吗？”

“这可能是宇宙中最后的时间了。”

汪楚琳吸了一口冷气，后退了一步，又恐慌地看看身后，上前一步来。

“所以我们要尽快复制出一台。一旦这台出现故障，就再也没有时间了。”

汪楚琳的动作轻缓了许多，声音也低下来。她轻轻地坐下来，怔怔地望着手提灯。

过了一会儿，提灯人说：“我去找些食物回来。”

“别！”汪楚琳触电一样跳起来，“别留我在这儿……我跟你一起去。”

“在你的时间里，我下一秒就会回来。”

“不，不要让我再离开时间，我去，我一起去……”汪楚琳有点语无伦次。

提灯人点点头。

他们进入一家超市。时间脱耦时是周五的下午，许多人正在超市里采购东西。走到门口就开始有鼎沸的人声倏地钻过，二人走过一排货架时，周围的人被激活过来，就像一个被按下播放键的日常剧。有人低头挑选，有人交头接耳，有人提着篮子游逛，品评时事的声音和谈论八卦的声音飘在空中，有一对小情侣在争论着今晚吃什么。

汪楚琳恍惚中觉得自己该买东西回家做饭了，而眼前这个提着灯的人根本就是自己想象出来的。

“直接走，别交流，别解释。”提灯人说。

汪楚琳赶紧快步跟上，看了一眼身后停住的人。

大部分人都不会察觉时间泡经过造成的小小异常，他们的生活迅速恢复常态又迅速凝固。

“晚上”睡觉时，二人各在地上打了一个地铺。

“答应我，别在我睡着的时候离开。”汪楚琳说。

“嗯。”提灯人应道。

“答应我。”汪楚琳又请求了一遍。

“我答应你。”

汪楚琳钻进睡袋睡去了，发出似是抽泣的声音。提灯人把手提灯往身边挪了挪，攥紧了系着的绳子。他对人类要睡眠这件事很是恼火。

傍晚的夕阳依然照着。

提灯人每“天”都会问一遍汪楚琳的进展，有时问两遍。进展并不理想。他们需要用现成的零件来拼凑出定制的功能，这不是一件容易的事。

“你有孩子吗？”有一次汪楚琳问道。她正在计算机上点击鼠标，她不得不开始学习绘制电路。

提灯人愣了一下：“没有。”

“我有个儿子，六岁。我工作忙起来顾不上管他，他对我有怨恨，不太合群，在学校还被人欺负。”她的声音软下来，“如果有机会的话，我想弥补上。”

“会有的。”提灯人说。

“我想去看看他。”

“去哪？”

“就在郊外的一个木屋，他在那里度假。”汪楚琳说了那个地点。

提灯人想了想，说：“不行，我们没有时间了。”

“我们开车去，不会花很多时间的。我顺便可以换个环境找找灵感。”

“我们不确定这个时间发生器的寿命，也许就差那半个小时。我们不能冒这个险。”

“求你……”汪楚琳近乎哀求道。

“对不起，我们是人类的希望。”

这天“晚上”，等汪楚琳睡下后很久，提灯人才起身离开。他掏出一个本子，翻到某一页，按照上面的记录来到另一间实验室。在这里的是一个白胖的男研究员，他的进展也不怎么理想，他正一脸愁苦。

“你刚才有离开过吗？”研究员警觉地问。

“没有。”提灯人回答。

研究员点点头，回去工作。

他们一起分析了一些实验数据。在研究员背过去填写数据的时候，提灯人离开了这里。

提灯人又察看了几个实验室，然后他想到了什么，开车来到郊外的那个木屋。他用车上的液压钳剪断了门锁。

走进木屋，空气里扬起干草的味道，阳光透过木板的缝隙射进来，浮尘在明暗的条纹里出没，像深海里等待被吞食的浮游生物。这里没有孩子，没有人。

提灯人的头被什么撞了一下，他抬头看，一把明晃晃的镰刀挂在头顶上。

提灯人把本子上的一页画掉，没有再回汪楚琳那里去。

不知是第多少次看到提灯人醒来，囚徒习惯性地打了声招呼。

“早上好。”提灯人回了句。

“你说话了。”囚徒咧嘴笑，“这次又去哪里？”

“你能看出来我出去？”

“你身上的气味会改变，你身上的小伤痕也会变化，有几次你还换了衣服。”

“有你的。”

“难道，你过的不是我的时间？”

“可以这么说。其实……”提灯人想了想，“也没有必要向你隐瞒了。”

提灯人向囚徒解释了时间脱耦的宇宙灾难，比给别人解释花的时间都要多。囚徒却花比别人更少的时间就接受了这个事实。

“你是说，你为了惩罚我，给了我时间？”囚徒问。

“是的，你开枪打中了我的前妻。”提灯人强压着声音里的情绪。

囚徒沉默了许久：“我接受你的惩罚。她怎么样了？”

“致命伤，在医院里，多亏了这场灾难，才没有死去，但很难说是幸运。”

“你为什么想让时间恢复流动？她会死的。”

“她不会为此遗憾。”提灯人说。

“你了解她，你还爱着她。”囚徒喃喃，“你们为什么离婚？”

提灯人站起来，离开了。

几年后，提灯人在验收一个实验设备时被炸成重伤。血缓缓地流过手提灯下的地面，手提灯的灯罩破碎了，亮晶晶地散落在血里。一只因激动而颤抖的手提起手提灯，脚步踩过血泊，留下一串脚印。

这只手也没能提着这盏灯多久。

残破的手提灯在烛火的照耀下闪着幽幽的光。汪楚琳在昏暗的房间里醒来。那个健壮的男人坐在床边，威严地看着她。

“这间房不错，那个女人死了，你运气很好。”男人说。

汪楚琳知道，他们都叫他“爸爸”。她想起自己被唤醒，被枪顶着，带到这里来。这是这个男人的地堡。提灯人呢？

“饿不饿？”男人把手放在她的手上。

汪楚琳像被蜂蛰一样抽回手，吼道：“滚开！”

男人举起手：“没问题，我走了。”他把手提灯举到面前，带走了它。

汪楚琳恐惧地看着那盏灯离开。

下一刻男人又出现在房间里。

“过了多久？”汪楚琳问。

“我想想，两天？三天？一个月？这重要吗？”男人意味深长地望着汪楚琳。“重要的是我回来了。”

“给我吃的。”这次汪楚琳说道。

男人出去了，然后又出现，伸着头问：“上次你要什么来着？”

汪楚琳不想回答他，但还是强忍着说道：“给我吃的。”

男人又出去了，出现时端着一碗粥。他喂她喝了粥。

男人搓着手提灯，说：“我猜你能维护这个东西。”

汪楚琳要来工具，把手提灯拆开来，逐一检查各个部分的状态。电路氧化得很严重。读到计时器的数据时她倒吸了一口冷气，上面显示时间发生器已经运行了三百二十四年零六个月。

“这个灯是从哪儿来的？”她问。

“不知道。”男人耸耸肩，“有个朋友叫醒了我，说他弄到这个灯，他没有给我的意思，我就自己拿咯。”

汪楚琳抚摸着灯壳上的痕迹：“你知道吗，这块放射性同位素电池的设计寿命是二百八十年，电池已经使用了三百二十四年。灯随时可能停机。”

男人抓过手提灯仔细端详：“最好不要让我发现你在耍我。”

“这是人类唯一拥有的时间！”汪楚琳声音颤抖。

“人类是谁？”男人拿手提灯在手上掂掂，贴到汪楚琳脸上，“你……来修好它吧！”

地堡里的资源很缺乏，男人有时会叫人搬来实验设备，但是不允许汪楚琳出去，不会答应她的大多数要求。根据汪楚琳几次在地堡里行走的经验，“爸爸”在地堡里养了四五十人，每个人都用单独的房间分隔开。修理时间发生器的工作进展很缓慢，替换任何一个零件都几乎是一项堪比登月的工程。

“你知道我把多少时间分给你了吗？”男人在汪楚琳耳边说。

汪楚琳躲开他：“还不够，我看到计时器跳的时间比我的时间快多了。”说到这里，她感到有点绝望。

“耐心，也是由时间组成的。”男人微笑着说。

汪楚琳没有说话。

“告诉你那些时间我是怎么用的吧！”男人说，“每当对那些女人厌倦了，我就独自去旅行，开着车子，用坏了就换一辆。我去过风景最好的地方，把车开下瀑布看激起的水花。我去过大陆的最远端，在永恒的夜空下看外面那个宇宙，它已经死了，但还是很美。有时我会解开一些人，我见过很多人对提灯的态度，没有什么新鲜的。但是……”男人又把头凑过来，“我想带你去。”

汪楚琳抽泣起来。时间中无数的宇宙涌来，变幻着各种几何形状，吞噬着，包裹着，号叫着。

汪楚琳从来没想过自己会有一个孩子。当孩子降生的时候，她像一个溺水者又看见了水面的天光。这是一个女孩，像爸爸，也像妈妈。

这不是地堡里唯一的孩子。所有的孩子聚集在一个房间里，在同一个时间里被喂养。汪楚琳为如何抚养孩子的问题和男人争吵不休，她得到的时间也越来越少。当孩子们长到四五岁的时候，差别开始显现。

懦弱、愚钝、乖僻的孩子会被剥夺成长权。他们被带到一个叫"空房间"的房间，房间里是挤挤攘攘的孩子，新来的孩子挤进人群的缝隙里。男人离开，房门锁上。由于孩子们的时间是如此之短，他们脸上的惊惧还未来得及褪去，他们只看到房门不停地打开、关上，光亮像电风扇后面的灯一样闪烁，不停有孩子涌进来，源源不断。

当汪楚琳的孩子被送进"空房间"的时候，她发疯似的追上去，看见了"空房间"的景象。

"放她出来，给我抚养的时间，否则你的提灯永远换不了电池！"

男人脸色阴沉，用一把手枪顶着汪楚琳的脑袋，"我希望我刚才听错了。"

汪楚琳"嘿嘿"地笑起来："开枪吧，和这时间一起完蛋。"

男人重重地放下枪，走了。下次回来时，手提灯的计时器又跳了一年。

汪楚琳争取到了女儿的抚养权，有时还能有单独的时间。女儿渐渐长大，异常聪明，把地堡里能找到的书都读完了，有时会和母亲一起参与研究工作。男人的身体每一次见面都在老去，头发和牙齿渐次脱落。

女儿七岁这年，男人浑身是血地出现。他刚镇压了一场反叛，只剩下最后一口气。

他吐着血泡，看着汪楚琳和女儿，挤着气说："你们是对的，时间能改变很多东西……"他递过手提灯，"拿上，趁我还没死，走吧！"

汪楚琳接过手提灯，和女儿一起沉默地看着他，直到他咽下最后一口气。

汪楚琳和女儿在郊外的木屋住下来。汪楚琳给女儿找来更多的书，给她过生日，带她旅行至无人之境，像盲人摸象一样触摸这个世界本来的样子，她们还逛遍了所有的博物馆。

电池依然没有进展。汪楚琳发现，断电计数器已经记录下了几次断电。她做好了准备，哪一次睡下就不会再醒来，哪一次睁眼看到的将是永恒的景象。

女儿十四岁生日后不久，汪楚琳的下身大出血再也止不住。她叫来女儿，把研究资源交给她，把手提灯交给她，嘱咐道："你去，找一个提灯人，如果他还活着。他可能是人类最后的希望。"

女儿哭泣不止。

汪楚琳摸着她的脸蛋，笑起来："去吧！他可能没有你想象的那样完美，但是请给他时间。"

提灯人在洁白的床上醒来，面前是一个二十来岁的女孩。

时间恢复了？他心中一惊，使劲抬起头来，看见了摆在旁边的手提灯。一个不算太好也不算太坏的结果。

女孩向提灯人解释了原委。

“我自学了五年医学知识，没有救活我妈妈，却救活了你。”女孩语气中带着一点责怪，又带着一点期待。

提灯人望着眼前这个女孩，惊叹时间的杰作。他感觉她是比自己更了解时间的人。然后他努力想爬起来，一刻也不想耽搁。

他们重新启动了研究项目，为此准备了足够的耐心。很多的时间被交付出去，等待花开。研究所里的庭院有人打理，长出了苔藓和嫩草。到后来，这个项目甚至可以同时组建起五六人的团队。时间流过人身上，积累下痕迹。这个痕迹无形，却比高山大海都要炽热。

提灯人又出现了，转眼间苍老了很多，脸上布满吓人的疤痕。

“怎么回事？”囚徒问。

“一言难尽，慢慢说吧。”

有一次，提灯人问囚徒：“时间对你来说是什么样的？”

“有时存在，有时不存在。”

“现在呢？”

“它存在。”

“你会不会怨恨我给了你时间，也给了你痛苦？”

囚徒笑了笑：“没有什么好怨恨的。你一直陪着我，这里比在监狱好多了。在那个全自动化监狱里，我从来没有见过一个活人。在那里的时间是不存在的。”

“我给你的痛苦还不够吗？”

“你给我的是惩罚。我不知道怎么表达，但确实不同。我早已习惯了自生自灭，在那座白色监狱里，在我的族人被赶出大山的时候。”他顿了顿，“我从来没想过会被给予时间。”

下一次，提灯人带来了啤酒。

有时女孩儿会一起过来，他们说起外面的世界，说起研究的进度。由于时间发生器只有一台，研究进行得很慢，但是比之前快了很多。

有一次，囚徒对提灯人道了歉。

终于有一次，提灯人对囚徒说：“你的刑期满了。”

此时，囚徒四十一岁，女孩四十四岁，提灯人已经八十四岁。

提灯人来到医院里前妻的病床前。在他心里，还是习惯称她为妻子。

心电监护仪的余电在屏幕上跳了一个波形，熄灭了。

妻子微微睁开眼睛，认出了眼前的人：“你怎么……变老了？”

“没有，是你眼花了。”提灯人泪眼婆娑，“我刚从实验室回来。开枪的人判刑收监了，我会让他付出代价的。等你好了我们就复婚，有什么抹不开的就吵一架，我们有一辈子的时间来吵架。”

“好啊……”妻子虚弱地说，用一根手指抹去提灯人的眼泪。

妻子就像睡着了一样，阳光斜照着她的面容。

提灯人像是对着妻子说，又像是对着囚徒和女孩说，又像是喃喃自语：“时间那么稀少，但是我们都是生活在时间中的生物啊。”

满是补丁的手提灯从一只布满皱纹的手转移到一只长满老茧的手

和一只纤细黝黑的手上。

房间里站着已经不是提灯人的提灯人，已经不是囚徒的囚徒，还有已经不是女孩的女孩。前者对后两人说：“你们以后要互相照顾了。去吧，去找到值得给予时间的人。”

提灯人趴在病床边，靠在妻子身旁。那两个背影就要消失在空间边缘，他不知道有没有下一秒的到来。他望向夕阳，期待着下一刻夕阳将会落下，他会迎接死亡，时间重新被赠予世界。

战争，飞蛾，流萤

宇宙中的这块区域空旷无边，在只有探测器看得到的尺度上有几粒稀薄的氢原子在飘荡。亚述知道，一种无形的压强正在悄悄聚集。

灭火者善于识别来自不同文明的这种气氛：强大，冷酷，喜怒无常，有时候又显露出令人恐惧的美。他们追逐这种气氛，冒险进入。

几个小时前，他给对峙双方发去了协调建议书。对峙的一方没有理会，另一方在最后时刻发来回复。回复被翻译出来：1337 号协调员，协调建议书已知悉。这是不向强取者屈服的战争，我们不会退让。请速离战场。

宇宙空间的边缘裂开一块，一列巨大的锥形体出现在天边，像被放大到巨大尺度的金属矛头。锥形体闪着银光，直线和锐利的边缘被星光勾勒出来。它们保持着匀速，像一队在宇宙空间中滑行了几万年的沉默物体朝着从来没有更改的目标撞去。

这是死决。

被围困的防守方选择全员冲锋。飞船关闭了动力,用惯性滑向前方,直到决出生死。围攻的一方出于他们之间的荣誉,也派出了三艘锥形战舰。每一艘战舰都像一座小型城市。死决的航线被他们的文明称为“冰锥航线”,意味着冷酷无情,不可改变,摧毁一切。

两边的战舰犄角相向,把亚述的这艘小小的快艇夹在中间。他稍稍愣了片刻,向二十万千米外的母船发去信息:“我来不及逃走了,我留下来做最后的努力。”

他摁下一个按钮,快艇发出强烈的公频信号,表明战场上还有非战斗人员。警报声在狭窄的船舱中呜呜作响,这就像在自欺欺人。电波在宇宙里悄无声息,双方的战舰也冷漠无声,就像大人无视一个呜呜号叫的孩童。他已经能想象到,战舰里的士兵们戴上钢铁的面具,雕像一般迎向死亡。

突然,一团炽焰在附近炸开,六十千米的致命距离。像天神的熔炉中溅出的火光,整个宇宙空间被强光照亮。这是刮过来的第一道死亡之风。亚述已无处躲避,他静静地看着火光。同时爆炸的还有多颗核弹。双方战舰已经接近到抵近作战范围,战舰上的近防炮拼命扫荡着破片,锥形体笼罩着一层闪烁的光雾,仿佛在火中反复锤打的一枚枚巨神灵的矛头。因为遭受到的光辐射,亚述的视野开始模糊。眼前的景色是送给近距离目睹宇宙战场的人的最后的美景。

被击碎的二次破片飞行到了快艇这边,像一场陨石雨。一阵狂轰滥炸过后,快艇已经完全破损了,太空服“嗞嗞”漏着气。尚存的检测功能显示出身体的损伤。亚述意识到自己时间不多了。

二十万千米外，飞蛾女皇号。灭火者的指挥官和雇用船的船长爆发了激烈的争吵。对于指挥官提出的进入战场救援的要求，船长断然拒绝。

“这时候进入战场是送死，我不会接受你的任务。”船长嚼着故地产的烟叶说。

“那里有一个还活着的人！而你曾经是战场上的军人，怎么能说这种话？”指挥官强压着愤怒。被困在战场上的是他多年的好友。

“确实我没有你了解战场，毕竟你曾经是——那叫什么玩意儿？暗面诗人。谁知道你是以什么目的把我们引向战场？”船长挤着另外半张没有被金属覆盖的脸讥讽道，并没有顾及到指挥官是个耄耋老人。

这个名称让大家变得紧张起来。

指挥官想上去抓住船长油腻腻的领子，但是一阵心绞痛传来，他捂着胸口，顺着控制台滑下去，大颗的汗水从额头上沁出。指挥官的手下要扶他去休息，指挥官拒绝了。他努力靠着控制台站直起来，说道：“我还没有那么怕死。”

船长看了这个老家伙一眼，说道：“战场上，生命从来不被估价，只有危险有价格。距离危险越近，价格越高。”

飞蛾女皇号全速航向战场空域。水手们紧张地忙碌起来。

飞蛾女皇号是由一艘货船改装的非战斗飞船，曾经在幽暗的走私航线上游逛了上百年，然后被黑海水手买下来，变成专门踏足危险地带的雇用船。它的外形粗糙又丑陋，就像用钢管和废铁随意拧在一起拼成的。几次穿过高温环境使得它的外壳遍布黑色的锈迹，就像在宇宙黑暗地带的天然保护色。

船长走到铅炉圣殿，拄着手杖望着他的水手们。巨大的环形炉被封在厚厚的铅墙中，里面的聚变反应为整艘船提供能源。为了预备紧急情况，铅炉的功率被增大，要在短时间内储存足够的能量。铅炉发出低沉的咆哮，就像古老的海潮对水手们发出召唤。水手们用机械附肢在脚手架上上下穿梭，号子声飘荡在大殿里，暗红的炉膛照着他们的脸庞。黑海水手们早已和飞船合为一体。他们中的大部分都在战争中残缺了身体，换上了半机械的身体，水手与飞船结合起来才是完整的飞船。这就是为什么这艘简陋的飞船能够完成很多贵族老爷的飞船都不能完成的危险任务的原因。

船长拿起胸前的怀表亲吻了一下。“愿炉魂庇佑我们。”他低声说了一句。

议事大厅里，灭火者的指挥官朝“海界”望去。那是飞船的图形信息界面，已经很古旧了，是一张青铜方台，像一片翻滚着雾气的海面，此时它正描绘出战场的全景缩略图。有时候这种缩略的画面让战争看起来就像一场游戏。

指挥官走到舷窗旁，看着另一面真实的战场。

战场上的核云团还在闪烁。飞蛾女皇号像一只深海动物在闪光之间的阴影里潜行过去。防守一方的战舰上的近防炮已经被消耗尽弹药，舰体上被破片撕出密密麻麻的暗红色裂口，每一个裂口上都在发生着战斗。战舰看上去就像是一座在夜色中狂欢的鬼魅的城市。

“小心，战争会魅惑你。”船长走到指挥官身后，对指挥官说。

“我了解那种感觉。”指挥官冷冷地自嘲道，目光没有移开舷窗。

没有人敢相信一个灭火者的指挥官曾经是一个暗面诗人。当一个一心想要从战火中拯救点什么的人，见过了真正的宇宙战场，他的心灵就被彻底重塑了。一次次徒劳的努力，战争向所有智慧生命展示了它的不可改变。屡屡的打击让年轻时的他满怀疲惫和恐惧。当看到好友在吞没整条航道的热辐射雨中化为乌有的时候，他走进黑暗，成为了歌颂战争伟力的暗面诗人。

进攻方的战舰开始用精确制导武器清除敌方战舰上的残余防御力量，火线像蜘蛛巢城射出的蛛丝划过黑暗的空域，精细地剥离舰炮、导弹发射台、机库出口。巨大的闪光云和细小的火线交织照耀着战场。这里只是整个战场的一角，整个战场绵延几光年，战场与战场的衔接又组成了星系间的闪烁的航道。

如果不沉醉于战争之美，人要如何直视战争？

就像几百年前的那个战争学者预言的那样：宇宙时代的战争会聚拢战争本身的信徒，它的力量将凌驾于所有参与者之上。

如果有谁能理解这些，可能就是面前的船长了。指挥官转向他：“你也了解那种感觉，是吗？”

“我读过你的诗。在我年少无知的时候。”船长说。

“你从来没提起过。”

“你不会希望我提起。哦，现在无所谓了，我们可能活不了多久了。”

“我得补上一句抱歉，为诗那件事。”

“我不是看了一首诗就跑上战场的。”船长说，“战争远比任何诗更能征服人。”

他们对视了片刻，这是失败者之间的眼神。灭火者的妄想在世人看来就像用冰块投掷太阳一样可悲——他们穿梭在各个战场，保持着绝对的中立，不对战争各方做任何的道德判断，他们唯一做的一件事是拿出协调建议，说服各方避免战争。在很多时候，引爆一颗太阳只需要挥一挥手，掷出一块冰块却需要用尽全力，冰块再美丽也掷不熄太阳。黑海水手则是被用来点燃太阳的棋子，幸运地从战场上幸存下来，再也找不到能够容纳自己的生活。他们受雇游荡于常人不肯踏足的黑暗领域，一部分黑海水手和灭火者组织结成了合作关系。人们认为他们已经对战争和冒险成瘾。但至少从船长和他的船员身上，指挥官看得出，他们对战争怀着的感情远远不是迷恋。

亚述的生命体征信号还在断断续续传来，越来越弱，他的通信信号已经中断了。船员们系好安全绳。一进入交战空域，飞蛾女皇号就向交战双方发去请求："这是非交战方的非战斗飞船飞蛾女皇号，我们进入交战空域救援受伤的非战斗人员，请求火力避让。"

没有任何回复，炮火也没有袭来，一切平静得让人不安。飞蛾女皇号独自飘向亚述最后定位的位置。指挥官和船长交换着眼神。能够相信战争吗？或者说，在战争里我们能够相信什么？自我安慰就像在自我欺骗。

突然，一团闪光结束了猜疑。整艘飞船被照耀成白炽状态，就像一支暴风中融化的蜡烛。船舱内警报声大作。飞船的自反应外壳升起防辐射盖板，舱内的亮度迅速降下来。指挥官和船长都愣住了片刻。船长迅速反应过来并抓过送话器发出了指令。水手们已经按照紧急程序启动了发动机。

飞船正在转向加速，破片随即追赶上来。这种成本低廉的面杀伤核弹，战争方毫不吝啬地随手多扔出了一颗，也许他们也不想让这个黑暗的空间冷清下来。体积不大的飞船躲过了这个方向的多数破片，一块破片像一支沉重的长矛掀开了船壳。整艘船像暴风雨中的叶片震颤起来。破片几乎没有转向，切开几道舱壁，插进船体腹部的铅炉圣殿。厚厚的铅壁被撞出了一个大洞，高温电浆飞溅出来，打在圣殿的四壁，溅出声音凄厉的火花。飞船失去了动力，靠着储存的能量完成了最后一点加速，朝着宇宙中飞逃而去。

亚述从来不知道，宇宙战场的中心原来像一座花园。光与热、粒子和各种物质蓬勃绽放，交织流动。对于将死之人，这里是一种不真实的热闹繁华，仿佛是另一种生命才能踏足的地带。他的生命在慢慢流逝，在眼睛完全失明之前，他看到一颗核弹的爆炸余辉中绽放出一株蓝色的小树。小树向四面八方生长，从枝丫的顶端又生出枝丫，眨眼间就生长成数百倍大小的参天巨树，幽蓝得就像开在轮回之门外的神树。战舰、残骸、火光、残留的核云团，这些事物在“神树”的辉映下就像凡间的沙砾一样，飘飘扬扬。还没有来得及思考更多，“神树”瞬间破碎成千万粒蓝色的星尘。在越来越沉重的眼皮下，星尘像种子一样四散到凡间，飘向宇宙无边的旷野。亚述的世界也随之暗去了。

飞蛾女皇号失去了动力，像一只孤舟被战争的浪潮推动，越漂越远。在逃跑的过程中损失了五名水手，有两人被冲击力直接致死，有两人被卷出了舱外，有一人被飞溅的热流击中不治。最后传来的信号中，亚述的生命体征也彻底消失了。船上给六人举行了葬礼，六人的遗物被放在沉香木盒中，发往太空。

船长的面容憔悴。指挥官满怀愧疚，又为死去的水手和挚友悲痛。六个木盒从气闸中弹出，像一支微型的船队滑向了茫茫宇宙。黑海水手们唱起了古老的黑海魂歌。歌声浑厚悠远，就像黑礁丛下的海潮送逝者的船队启航往另一个世界。这是送别英雄的挽歌，然而早已没有人会把黑海水手和英雄关联起来。灭火者们都沉默着，渐渐地，有哭泣声发出。

再一次，想要屈服于战争的本能又在人们心中蠢蠢欲动。只要臣服于战争的力量，一切伤痛都可以抚平。

“看！”有人说道。

有几粒幽蓝色的光点从舷窗外飘过，像是乘着宇宙的微风，忽隐忽现，就像宇宙中的游魂。但是船员们更愿意觉得这像生命。

“宇宙中的……流萤？”

人们涌向舷窗边。不管这些东西是不是生命，它们是这个战争余烬下的死寂宇宙中的鲜活存在，给船上的人们带来一丝温暖的慰藉。

光点很快消失了。“是飞船散落出来的热源。”铅炉圣殿的机师解释道。

船舱里的温度越来越低，“海界”熄灭了，舷窗上结了霜，不多久这里就会变得和外面的宇宙一样冰冷。很快船员们的牙齿“咯咯”作响，挤作一团取暖。铅炉圣殿里还存有一些余热，守护圣殿的水手们围坐在炉旁取暖。

船长来到铅炉圣殿查看。抢修铅炉的水手已经基本停止了工作，离开了危险区域。裂口透出火焰一样橙色的光，这是炉火即将熄灭的征兆。

“还能修好吗？”船长问。

“没法了，船长，铅炉失去了控制，它会慢慢冷却下来。”

“愿炉魂原谅我们。”船长低声说道，“准备弃船吧！”

“船长……”水手们纷纷站起来。

“弃船。如果幸运的话，回到故乡，好好地过下半辈子吧！”

对于很多水手来说，这艘船已经成为他们的家了，有些人的故乡已经不复存在。还好有黑海水手传统的退休之地，他们祖祖辈辈的精神故乡，位于太阳系一颗行星上的黑石镇。要以这样的方式离开自己的船，让黑海水手们万分悲伤，他们明白，飞蛾女皇号已经走到了终点。

船长拿起送话器，准备宣布这个决定。这时他看到一只幽蓝色的“流萤”出现在圣殿里，绕着铅炉的黑沉沉的弧边，飞上穹顶上堆满尘埃的管道间，穿过七零八落的脚手架，最后落到了铅炉的裂口中。

“我命令，全员弃船。”船长说道。

船员们正在往逃生艇转移。指挥官从匆忙的人群中找到船长。“你们不能散伙。”他说，“灭火者需要你们。”

船长没有停下来，只是望了一眼这个失败了一生仍然挺直着腰的老人：“指挥官，我敬佩你的坚持。也许你还想和战争这条恶龙搏斗下去，但是我想让我的水手去过新的生活。”

“就这样认输吗？”

船长终于停下脚步：“我们曾经当过战争的恶棍，也做过一点英雄美梦，无论哪样都没有成功过。唯一成功的事情是一次次活下来，这就是我们对抗战争的方式。”

指挥官的目光软下来：“黑石镇的海一定很美。”

“听说是的。我们会把死去同伴的家人也接到那里去。”船长继续向前走去。

众人挤在破旧的逃生艇里，等待着发射程序。有人迟迟没有登艇，是守护铅炉圣殿的一名机师。

“要等下去吗？”驾驶员问。

船长反应慢了一下，这个时间很快也过去了：“发射吧！”

这时机师匆匆地赶来，喊道：“铅炉稳定下来了！”

“你疯了。”船长阴沉着脸说，“马上登船！”

“铅炉真的稳定下来了。泽米科，你跟我去看看。”

去看的人回来证实了这个情况。

“这该死的，什么情况。”船长嘟囔道。

“不管怎样，先回到船上吧！”指挥官说。

船长下达了重新登船的命令。

状况变得奇怪起来。船上已经恢复了能源供应。“我感觉哪里不对劲。”机师说。过了一会儿，他来报告：“铅炉中输出的能量比产生的能量少一些。”

有一个古老的传说，炉魂向贪婪者收取了属于它的那一部分能源，飞入星空，永远地熄灭了炉火。但传说不可能是真的，贪婪者永远在挥霍光热。

船长向水手们保证：“我们还会回到黑石镇，我们会把飞蛾女皇号开回去。”

炉魂啊，如果你在的话，就对我们说话吧。船长来到炉膛前面。炉膛是一个观察口，把铅炉内部的燃烧情况折射出来。正常的情况下，那里面是白炽的高频电弧，像永不停息的雷暴，正如同现在这样。

怎么可能？那个裂口明明还在，不可能有足够的磁场约束住电浆不泄漏出来，那里面就相当于一个被压缩的小型的太阳。

铅炉圣殿的水手们正在努力搞清楚状况。监测数据显示，铅炉在失去了一部分约束磁场的情况下还保持着稳定的压力与温度。

除非它自己把能量转化成了约束磁场。

那个发现异样的机师盘腿坐在炉膛前，盯着炉膛看。没有人注意到他的存在。过了一阵子，他发现了什么：“它出现了。”

人们围上来看。刚开始不明显，后来渐渐能看到一株蓝色的树状体。它伸展着枝丫，不断复制着自身，变粗变大，也变得更复杂。过了一会儿，树状体在电浆中游动起来，数千根枝条变幻着形状，像在海浪中荡漾的蓝色海草。

“能看到更精细的结构吗？”船长问。

那个机师已经从左臂中掏出了分析镜。众人静静地等着他观察出结果。

终于，他摇摇头：“是包含有序模式的等离子体，我不能分辨它的结构。嗯……”他欲言又止。

这次众人认真地、安静地等他说出下面的话。

“我想，分形树可能是一种向外界交流的人工信号，只是我们看不懂这种语言。”

大家想到了蓝色的“流萤”。

灭火者中的一名翻译官被叫到炉膛前，他精通各文明的语言符号分析。

翻译官携带着一只伴灵，他的生物脑和伴灵的电子脑协同运作着。他观察了一下，说道：“如果这是一种语言，它传递信息的效率比我见过的任何语言都要高效上千倍，即使解译了我们也没法和它交流。”

“有办法解决吗？”指挥官问。

“我们有一个预案，在两个文明完全没有接触过的最恶劣情况下建立交流的应对方案。这个方案从来没有被使用过。我试试，给我一些时间，也许会很长。”

翻译官在伴灵的协助下设计了一个自演化交互界面，让两种语言的转换过程自动演化。伴灵的电子眼对准炉膛，开始一帧不漏地记录分形树的变化模式。同时它接入了一台激光脉冲仪，将人类语言的学习库转码和调制，用激光脉冲打到炉膛里去。果然，对方察觉到了什么，分形树的输出模式发生了改变。变化模式记录到一定数量后，伴灵开始学习和分析，尝试不同的输出和反馈。随着时间的推移，两种语言的拟合度越来越高。匹配的速度比预计的快很多，这说明铅炉中也有智能在加速匹配，对方优化了他们语言的表达方式。半天过后，匹配完成了。这时的树状体变成了一只又圆又胖的，带着纤毛的球体。

交互界面被连接到议事大厅的“海界”上，炉中客的形象也被投影到“海界”上方。指挥官被请到“海界”前。“海面”上云雾宁静，双方都在等待着第一次正式的交流。

“你好，我是人类的代表莫然。”指挥官说道。语音通过转换最终送入炉膛。

“海界”上的云雾发生了变化，过了一会儿，凝聚出一行竖立着的蓝色的文字：“你们太慢了。”

众人发出惊叹。“炉魂”说话了。

指挥官说：“抱歉，我们和你们之间有很大的差异。我们还有很多疑惑。”

文字继续显现：“我们的世界时间流逝很快，语言转换的速度太慢，在我们说话的过程中可能几代人已经过去。所以这里没有‘我’，只有‘我们’，说话的是我们全体。”

“你们是令人惊叹的生命。我没猜错的话，你们是从铅炉的裂口迁徙进入炉中的。我不知道你们是一个文明，还是一个部落，还是一支远航的队伍？”

“你们太大了，世界太大了！”炉中客惊叹道，“我们太小了。”过了几秒钟，指挥官还没有来得及回话，炉中客继续说道：“你们还在吗？我们得继续说话才能缓解漫长的等待。上次我们说了什么？哦，我们太小了。我们的文明本来生存在湍流海的表面，仅仅是一小块热斑上，那就已经足够大了。那里温暖而有活力，能量取之不竭，海面辽阔无边，孕育了我们的生命。说到这里我们有点想念故乡了……”

指挥官说道：“你们的故乡很美，我羡慕那样的地方。你们可以继续说说你们的世界，我们一直在听。我们也会告诉你们关于我们的故事，只是你们需要一些耐心。”

炉中客继续说道："我们猜想你们是一个擅长远航的种族，也许你们能理解我们。回答你的问题，得从我们的祖先说起。在湍流海里，我们的一个磁力泡里住着几千人，如果要出去探索，得所有人一起行动，人太少就维持不了磁力泡了。有些磁力泡的居民成功达成了统一意见，朝着海面远航。磁力泡互相遇见后，又融合成更大的磁域。每个磁域包含几十到上千个磁力泡。这个历史时期里，不同风格的磁力泡争相融合成不同风格的磁域，有些擅长贸易，有些从事生产，有些成为了远近闻名的学院。当然啦，最传奇的还是探索磁域。哦，我们想起来了，磁域就像你们语言中的城市。想想看！一整座城市在海上航行，他们的磁场里都是勇敢的味道。到达一个补给点后，探索磁力泡四散开去探路。有些磁域从此就没了消息，有些磁域在经历几十代人后才传回消息，告诉人们世界存在边界，边界外面的能量就没有那么稳定了。那时候的技术还不够发达，航行出热斑的磁域或磁力泡因为找不到补给而破裂，成千上万的人化为了大海中的粒子。后来我们的先辈发明了利用不稳定能量的技术，世界的资源对我们来说又是取之不尽的了。那是一段惊心动魄的历史，湍流海实在太大太大了，探索者开始因为世界的无限而绝望了。直到远距离通信的技术发明出来，世界又变小了。经历了漫长历史的扩张，我们的文明终于遍布了湍流海。回望原先的家园，那只是一个小小的热斑，星球上的一个点。

"我们以为湍流海就是世界的极限了，没想到我们在天空中看到的一个个亮点，竟然全都是海！海的外面毫无能量！我们认识到一个残酷的事实，世界上并不是遍布能量。离开海我们就得死，那些海太远了，我们飞不到。后来我们用更灵敏的望远镜发现了宇宙中不断涌现的湖泊，那些湖泊遍布宇宙，填补在海与海之间，但是不可捉摸。我们没有可以远距离航行的飞船，也不知道湖泊什么时候会在哪里出现。于是我们像母星上的一种动物一样，把自己的种子撒向四方。文明的全部信息，加上一万个胚囊，压缩起来足以装进一个携带微小能量就能无限续航的种荚。我们想起你向我们的前辈问的问题了。种荚承载的既是一支探索的队伍，又是一个文明。种荚在宇宙里一直飘流，对于绝大多数种荚来说，这就是它们的命运，极少数的幸运者发现附近出现的湖泊后，会飘向湖泊。湖泊干涸得很快，但是往往会有大批的湖泊在同一个地方出现。种荚遇到湖泊就开始孕育生命，新的人们在新的家园组成磁力泡，繁衍生息，扩大成磁域，建立新的文明。外面的世界一切都慢，但是湖泊干涸得很快，刚刚够我们繁衍出几代人，并制造出新的种荚播撒出去。还没有来得及体味生活，我们就把我们的记忆封存在新的种荚里，飞往下一个湖泊。现在的我们就是这样来的，我们不记得经历了多少代种荚，十代？二十代？你们的湖泊很特别，它没有干涸。我们在这里经历了难忘的生活，发展出了辉煌灿烂的文明。”

“很欢迎你们住下。”指挥官说，“实际上你们恰好帮了我们的忙。噢，那些‘湖泊’我们叫作高温等离子体，也叫作电浆，这倒是和液体接近。那对于我们来说是不可能生存的地狱环境。”

“那是甘泉。我们也不懂你们是怎么在能量那么稀薄的死亡环境里生存的，好像其他生命都和我们不一样。在那么冷寂的环境里，时间得过得多慢！你们真的太慢了，我们看了一代人你们还没有动一下。”

“你们能看到我们？”

“我们已经派出了探测器。你们太大了，你们的世界对于你们来说都显得狭窄。宇宙对你们来说会显得很小吗？”

“不，宇宙对于我们也很大。”指挥官看到几粒蓝色的“流萤”在舱室中飞舞，他朝“流萤”点了点头。

“哦，看来大家都一样。我们看着窗外后方闪现的湖泊很久了，那是我们上一代文明的故乡，真美！”

指挥官愣了一下，望着漆黑宇宙中闪烁的那片区域。“‘湖泊’是各个文明制造的，有些是我们的文明制造的。”

“你们是温暖好心的路人。那些湖泊遍布宇宙，让我们可以迁徙到更远的地方。”

“实际上，那是战争的武器。”

“战争？”炉中客疑惑了一下，“我们在你们的语言库里看到这个词语，我们不能理解它。”

“你们的历史上没有大规模的争斗吗？”

“什么事情需要大规模的争斗？”

“比如抢夺资源。”

“我们世界的资源是取之不尽的。”

“大多数文明的资源都不是取之不尽的，他们会为此发动大规模的争斗，释放出毁灭对方的能量，这就是战争。”

“啊，战争，战争……”炉中客陷入了沉思，所有“流萤”都在舷窗前流连。就连人类都等待了片刻。

过了一会儿，炉中客的文字再次显现：“战争！伟大的战争！！！”

众人愕然，怀疑那几个字是不是翻译错了。

指挥官按捺着不悦：“我想你们理解错了，战争在我们的语言里不是什么美好的事物，它代表着毁灭和死亡。虽然也存在不得已的战争、阻止战争的战争，但是大部分战争都是各种借口下的毁灭。”

“可是它也代表着创造、生命和希望。所有美好的东西都有着危险，不是吗？就连海也充满着危险。”

“战争不一样，它为毁灭而生。”

“毁灭在我们的文化里也是美的。生命归为粒子，粒子湮没进虚空，虚空中创生新的粒子，粒子又凝聚成生命。”

“你们说的是宇宙的自然，而战争的毁灭是由人创造的。”

“是吗？”炉中客表示出怀疑的语气，“如果战争既不属于自然，又不是好东西，它为什么会在宇宙里面这么普遍？为什么你们不避免它？”

指挥官撑在“海界”的方台边缘，大颗的汗珠从他的额头上沁出。

炉中客继续说道：“我们研究了你们语言中的‘战争’这个概念，它远比我们想象的要复杂，也比你表达的要复杂。实际上，就在你们的‘刚才’，战争已经融入了我们的文化，我们试着用你们的概念去帮助理解战争，战争让我们看待宇宙的方式更进一步。我们回想了我们祖祖辈辈在宇宙中流浪的历程，是战争点燃了宇宙旷野中的灯火，它是宇宙的过客留下的一碗水。我们的文明是多么渺小啊，只需要一碗水就能继续向前走。我们却不能给予留下水的人任何劝慰。我们的悲喜仿佛在宇宙的悲喜之外。我们努力想象着你们和他人的故事，在我们的世界中，无数人讲述和编造着关于战争的传奇，无数诗人歌颂战争的悲怆与伟大。啊，战争！我们要把这一代文明的种子播撒出去，告诉后世的人，宇宙是多么动人。”

“战争，不能……赞美……”指挥官捂着胸口，靠着方台坐下来，表情痛苦。灭火者们赶紧把指挥官扶到一旁，检查他的状况。蓝色的“流萤”在指挥官的周围转圈。

“你好像不舒服？你怎么了？”炉中客问。

船长走过来，用手杖把“流萤”挥打走，对着抖动着纤毛的炉中客的形象说道：“我来告诉你们怎么了，我会把铅炉彻底停掉，让你们化成稀汤，再魂飞魄散。这就是战争。你们最好庆幸我们足够慢，这样你们还能享受一下最后的时光——或者最后的恐慌。”船长立刻吩咐手下人去执行。

炉中客沉默了。

指挥官用衰弱的声音说道：“我们不能这么做，那是一个文明。”

“没错，一个为战争代言的文明。”船长说，“我们都清楚，战争一旦被赞颂，它的力量将不可阻挡。我们绝不能让一个赞颂战争的文明流入宇宙。”

“船长，你看看。”铅炉圣殿的水手发来语音。

“海界”上显示，铅炉的裂口中突然涌出了成千上万只蓝莹莹的“流萤”，它们争先恐后地在船舱中寻找出口。

“我不会打开任何出口，你们的种子就跟着我的飞蛾女皇号永远在宇宙中飘流吧！我们管这叫作坟墓。”船长恶狠狠地嘲讽道。

“船长，那些好像不是种子……”另外的水手报告。

“流萤”已经镇静下来，组成了几组编队。方形的编队由大约两万只“流萤”组成，在最中间；翼形的编队由大约一万只“流萤”组成，分列在两边；前方是侦察编队，围绕着整个编队的前方自由飞行。编队从铅炉圣殿出发，向舰桥的方向移动。

它们要夺取飞船的控制权。这是一支军队。没有人想到这么微小的生命竟然能派出一支军队。

有水手想去抓住“流萤”。“流萤”没有散开，反而相邻的“流萤”聚集到了一起，成为一个大一点的光团。水手惨叫起来，光团从他的手背上烧了一个口子挤了出来。

船长拉响了全船警报。

走廊的灭火喷头喷出水花。“流萤”舰队没有受到任何影响。走廊的闸门徐徐关闭。就在完全关闭之前，已经有几十只航速快的“流萤”钻入了闸门的电路。闸门还剩下一条窄缝时停住了。“流萤”的舰队上下拉开，像一只软体动物从窄缝中挤过去。舰桥还有一道闸门，但是此时谁也不敢确信那道门能拦住这只奇异的军队。

十六个老兵带着武器守在舰桥前，船长亲自拿了一把枪加入他们。“流萤”舰队从走廊的那头移动过来。开火令下，子弹织出一张密集的火网，走廊里弥漫着子弹碎裂的尘雾。一轮射击过后，舰队的身影穿过尘雾缓缓向舰桥逼来。船长下令停止了射击。易碎弹丸是为了保护船舱设计的，能穿过“流萤”却不能击落它们。那些等离子体对于固体来说就像不存在的虚空。

众人退入舰桥关闭了闸门。“流萤”舰队聚集在舰桥的闸门前，它们探测了一阵子，从通风口一点点地挤进了舰桥中。先进来的蓝点等在空中，和后进来的组成编队前进。

船长的指节捏得“咯咯”响：“它们怎么说的来着？只有种子才能穿过极寒的宇宙空间。它们的飞船一定有弱点。”他向舰桥的水手下令：“准备真空作战！”

气道立刻封闭起来,大部分“流萤”被隔离在外面。进来的“流萤”像一条长蛇向控制台游去。三十秒后，舰桥的水手已经穿上了太空服。舰桥的气闸被打开，空气呼啸着排出舱外。“流萤”似乎慌乱了一下，又恢复了阵形，它们正在钻进各个控制台的缝隙里。水手们被安全绳系在座位上、舱壁上，只能眼睁睁地看着。舰桥内的气温越来越低，残余的空气在太空服的面罩上结了一层薄霜。控制台的屏幕闪烁起来。

闸门“隆隆”响动起来，它们正在尝试打开闸门。这时，飞在空中的“流萤”一个接一个地熄灭了，控制台也恢复了正常。所有人松了一口气。

船长用送话器问铅炉圣殿的水手:“铅炉关掉了吗?”

“稀释液已经填充好了，船长，要注入吗?”

“还等什么!”

水手的手放在注入的闸刀开关上。拉下开关，稀释液就会注入铅炉中，聚变反应会骤然停止，所有等离子体会被溶解到稀释液里不复存在。

一双满是皱纹的手放在他的手上，轻轻地阻止了他。

“我们不能毁灭一个文明，孩子。”

水手的手颤抖着，他愣愣地看着眼前的老人。“这只是……只是一个炉子。”

“不要骗自己。战争的罪行总是发生在看不到战场的屏幕前。”

水手犹豫着。他的手满是老茧，这只手扣动过扳机，按下过火炮开关，也徒手击碎过敌人的面颊。不知道为什么，这只饱受战争洗礼的手缩了回来。

两人都松了一口气。

空中的“流萤”陆续从裂口返回了炉中。议事大厅的“海界”上浮现出一行字：“我们停止了行动。”

船长回到议事大厅，愤怒地质问操作开关的水手。

“他做了正确的选择。”指挥官说。

“是你！”船长转向指挥官：“你把胜利拱手让人了。”

这时“海界”上出现了一行字：“不，你们从来没有掌握胜利。”

船长挥起手杖砸在“海界”上：“你们离毁灭只差一步！我仍然随时可以这么做。”

“你们离毁灭只差一步。”炉中客说，“进攻舰桥只是牵扯你们的注意力，我们已经悄悄夺取了铅炉的燃料库。我们本可以把整片空域都变成你们的地狱，我们的乐土。我们犹豫过，争论过，最终我们选择了放弃。我们想争取一次和谈的机会。”

船长垂下头。他拄着手杖，拖着沉重的脚步走到一边坐下。“我接受和谈。”他说。

炉中客的形象在“海界”上缓缓飘动着，似乎在考虑着措辞：“我们的文明经历了一段不同寻常的历史，我们感受到了战争的恐惧。”炉中客说，“我们也没有想到，面临这种恐惧时，我们会在这么短的时间里发明出毁灭的技术，绞尽脑汁研究诡计，组织起战争的力量。我们对自己感到恐惧。对于历史上我们对你们感情的忽视，我们很抱歉。我们将结束我们在炉中的文明，不再繁衍后代，但请允许我们将种子撒播出去。我们会告诉后世战争的样子。我们的种族不会停止在宇宙中的征途，也许有一天会找到不用依赖战争的方式。在那之前，我们想用我们的努力生存，给毁灭了生命的战争一点点弥补。”

船员们陷入了久久的沉默。人们一直不愿意承认的一个微妙事实是，从炉中客寄住到炉中的那一刻起，战争的面目就悄然改变了。

炉中客没有催促。人们甚至怀疑他们是不是已经消失在炉中了。

船长望向指挥官，指挥官望回船长。

终于，船长清了清嗓子，问道：“炉中的家伙还在吗？”

“还在，我们在等你们回答。”炉中客很快回话。

“你们继续住着吧，反正你们不占地方。”他叹了一口气，“你们已经是这艘船的一部分了。”

“谢谢你们。我们仍然想放出种荚。”

“请随意。我会让水手打开气闸。你们不会想自己动手吧？”

“不会，请放心。”

指挥官说：“我们还会去到宇宙中很多地方，你们可以跟我们一起旅行。”

船长不满地说：“我可没同意继续帮你们灭火者做事。”他仰头靠在椅子上，闭起眼睛深吸了一口气，苦笑了一声，“最终还是没有赢过。”

指挥官严肃地说：“我们成功阻止了战争。”

船长的表情凝固了。“你说什么？”

“我们成功阻止了战争。”

“我们……”

两个人对视着，眼眶渐渐变得潮红。

船长直起身来，把手杖重重杵在地板上：“狗屎的战争！”

铅炉圣殿里，船员们久久地围坐在炉膛前，映在他们脸上的暖光中荡漾着一抹蓝色。

黑海水手和灭火者们在争吵着是回到黑石镇还是继续追逐战争，或者还有别的什么可能。比起战争来，这样的争吵就像是下午茶时的聊天一样亲切。对于这个问题，船长和指挥官也没有想好。他们还有很多时间去考虑。无论怎样，对于这批直面战争已经太久太久的人来说，战争终于改变了一些。

伤痕累累的飞蛾女皇号像一条大鱼沉入了宇宙的黑暗。在它的侧方，一队幽蓝晶莹的“流萤”飘向了宇宙的深处。